你的爱怎么了

晚睡 著

fashion

人民文学出版社

图书在版编目（CIP）数据

你的爱怎么了/晚睡著．—北京：人民文学出版社，2018
ISBN 978-7-02-014198-2

Ⅰ．①你… Ⅱ．①晚… Ⅲ．①婚姻—通俗读物 Ⅳ．①C913.13-49

中国版本图书馆CIP数据核字（2018）第073948号

责任编辑　徐子茼
责任校对　刘晓强
责任印制　王重艺

出版发行　人民文学出版社
社　　址　北京市朝内大街166号
邮政编码　100705
网　　址　http://www.rw-cn.com

印　　刷　三河市鑫金马印装有限公司
经　　销　全国新华书店等

字　　数　225千字
开　　本　880毫米×1230毫米　1/32
印　　张　11　插页1
版　　次　2019年1月北京第1版
印　　次　2019年1月第1次印刷

书　　号　978-7-02-014198-2
定　　价　45.00元

如有印装质量问题，请与本社图书销售中心调换。电话：010-65233595

CONTENTS

恋爱之前的必备练习

先喜欢上的那个人,是一段可能发生的爱情中最先醒来的人,而先醒来的人,就有义务去唤醒尚在沉睡中的另外一个人。这是爱情的使命,与男女性别无关。

/ 004 /　谁喜欢,谁主动
/ 009 /　你们用何种方式相爱,理应是个秘密
/ 015 /　生活是精神的,也是物质的
/ 019 /　必须同逼婚斗争到底
/ 024 /　女人的独立,意味着一生都在主场之上
/ 029 /　那些让你委屈的美德,不如不要
/ 034 /　每一段婚姻,都是命运的拐点
/ 039 /　真正看得起自己的人,都不下嫁
/ 045 /　"对不起,我睡了你。""不,是我睡了你。"
/ 049 /　就算所有的感情都不安全,也要爱个优秀的人
/ 055 /　和锦上添花的人共事,和雪中送炭的人结婚
/ 060 /　真喜欢你的人,不会长时间和你暧昧

两性关系良性循环的秘密

好的伴侣，一定是不觉得自己唯一正确的那个人。你所选择的伴侣只有懂得包容之道，才能将一个人迎接到自己的世界中来，两个人的相处才能最大限度地减少障碍。

/ 066 /　他爱不爱你，看眼神就知道了

/ 071 /　不争取，凭什么和他在一起？

/ 077 /　吵架停一停，下厨煮碗面吃

/ 082 /　好的伴侣，是不觉得自己是唯一正确的那个人

/ 087 /　用绕指柔打造与直男癌的幸福生活

/ 092 /　找个好看的恋爱，找个实用的结婚

/ 096 /　吵架是生活的盐，但要撒得不多不少

/ 102 /　夫妻之间没有性，还敢说感情好？

/ 108 /　男人为什么不愿意让女人管钱？

/ 113 /　一切不努力的异地恋都是耍流氓

/ 118 /　你不能选择曾经，但未来就在你手里

/ 124 /　结婚就是去认领同类的家庭

/ 129 /　相爱的人，不要同时任性

Part Two

幸福的基石是不折腾

爱情就是一件经得起热烈又耐得住平淡的事情,如果始终追求热乎,到头来一定是腻歪,彼此两相厌。因为你没有给爱情缓慢滋生、凝聚为血肉的机会,就像没有给一锅汤慢火熬煮的机会,它就不会成为一锅好汤。

/ 136 / 幸福,只是一种平衡的智慧
/ 140 / 能用撒娇解决的问题,坚决不撒泼
/ 145 / 最好的优雅中应有粗鲁
/ 149 / 想让他爱你?一点热再加一点冷
/ 153 / 爱情如炖一锅好汤
/ 157 / 钝感力,这幸福的基石
/ 163 / 若你也缺乏安全感,可以试试像她那样去生活
/ 170 / 以必死的决心去生活
/ 174 / 是结婚,不是收编俘虏
/ 179 / 记得爱情好看过
/ 183 / 太勤快是一种病,男人不会领情
/ 187 / 自信的姑娘享受爱情,不自信的姑娘折腾爱情

避免 99% 的恋爱误区

缺爱的人,更需要被爱来治愈,只是若选择了在一个错误的人身上索爱,结局一定是失败。

/ 194 /　　我能理解,不等于我不会受伤

/ 199 /　　你以为我物质,其实我只是看不到希望

/ 205 /　　并非愚蠢,你只是被困在自己的情感里

/ 210 /　　对你好,不等于爱你

/ 214 /　　她在说感情,他却在计算成本

/ 219 /　　为什么男人出轨了,却不肯离婚

/ 225 /　　这恐怕是男女间,最大的误解了

/ 229 /　　为何离婚了,他也没娶你

/ 234 /　　自私就是自私,不是什么钝感力

/ 238 /　　分手后的示好,听听就算

/ 243 /　　请离开让你太懂事的男人

/ 247 /　　有一种感动,不是爱情,是套路

/ 253 /　　为爱而死的人,都不是死于爱

/ 258 /　　请失一个高质量的恋

/ 264 /　　你一个月薪三千的人,有什么资格视金钱如粪土?

再亲密的感情都要有退出机制

如果你不懂止损,你没有这份狠劲,也没有这个远见,你停止不下来和不合适的人纠缠,你生命最大的麻烦,其实不是别人,就是你自己。

/ 270 / 爱情没了,你一定要抓住面包

/ 276 / 对得不到的爱情拔草,就像放弃一件不合适的衣服

/ 282 / 爱情中,敢于离开的才是强者

/ 287 / 还是断、舍、离吧

/ 292 / 你不必将丈夫拱手让人

/ 296 / 哪一种男人出了轨,最难挽回?

/ 300 / 有一种救命的智慧,叫止损

/ 306 / 请你理性地,策划一场离婚

/ 310 / 你过得不好,就是因为你不够"坏"

/ 315 / 在薄情的世界里,要凶猛地活着

/ 322 / 如果男人出现了出轨前兆

/ 326 / 致离婚的你:一个人的路,也要好好走

/ 333 / 你怎能眼睁睁地看着婚姻死亡

/ 337 / 丧偶式婚姻,真的只有离婚一条出路吗?

PART

ONE

/

恋爱之前的

必备练习

先喜欢上的那个人,是一段可能发生的爱情中最先醒来的人,而先醒来的人,就有义务去唤醒尚在沉睡中的另外一个人。这是爱情的使命,与男女性别无关。

谁喜欢，谁主动

大学我们班有个男生是少数民族，长得特别帅，还很有才华，会弹吉他会吹箫，按照现在的说法，属于我们班女生心目中的男神。前几天看《夏洛特烦恼》，夏洛在广播中唱歌给秋雅听，全班同学都沉浸其中的那段，看得我特别有感慨，当时我们听他在教室后面弹着吉他唱着歌的时候，也是那个样子的。

男神什么都好，人也仗义，就是学习不好，不仅学习不好，还抽烟、旷课——在我们那个时代，这可是典型坏孩子的标准。他本来长得就高鼻深目，酷似外国人，再一副冷冷的样子，眼神忧郁，总是独来独往，叫人很不敢接近。记得他第一次开口和我谈话是我们碰巧在书店遇到："我忘带钱了，你能借我点钱吗？"我完全没想到他居然能主动找我求助，心怦怦跳，脸发烫："能、好的、可以。"结结巴巴，哆哆嗦嗦掏出钱来奉上，真丢脸。

当时我班班长是个女生，能说会道，为人热情大方，爱帮助人。所以有时候，她在晚自习后把男神叫出去单独谈话，谁都没想过她有什么企图，都以为是在帮教落后同学。她也总是大大方方的，用手一指："你，跟我出去一下。"男神就一脸便秘的表情跟着她走了。

据前去跟踪盯梢的同学回来汇报说，他们的谈话基本上都围绕着女生劝男神不要抽烟，好好学习进行，女生说得多，男神说得少。慢慢地，开始变成男神说得多，女生说得少。再往后，你懂的，我懂的，我们都懂的。

若干年后，当两个人已经结婚，我们再提起这段，女生不承认是自己主动的："其实我就是想要挽救一个后进的同学，我没那意思，是他后来提出来的。"我们都笑："你可拉倒吧，比他后进的同学有的是，你怎么偏挽救他一个人。"

她先动心的，这确定无疑，但她只负责勾引，用关心、体贴铺开了通往感情的道路，然后他就顺理成章地沿着这条道路走下去了。到最后，他还以为是自己发现和挖掘了这段感情。

他们没有一见钟情，即使在每天的朝夕相对之中，他也没觉得她是合适的对象。是她自己创造了机会，她是爱情的行动派。所以全班觊觎男神的那么多，偏最终落在她的"魔爪"中。

其实也许我也曾有过机会——如果我懂得在男神还我钱的时候，说一句："钱不用还，你请我喝东西好了。"谁说发展下去，就没可能是段甜蜜的爱情呢。只是由于情商有限，这辈子也就彻底与男神绝缘。

/ PART ONE　恋爱之前的必备练习

很多女孩子不愿意主动，觉得主动是"掉价"的事情，容易被对方看扁，可主动也是分很多种类的啊。

喜欢了，直接上去就问："我喜欢你，你喜欢我吗？"——这是莽撞派，简单直接，一句话断生死，容易把事情搞僵，但要是遇到喜欢豪爽的没准也有一线生机。

喜欢了，不表白，只要不断寻找话题，用各种名义，比如借书呀、推荐好的电影电视剧呀、看演唱会啊，各种方式接近，然后趁机表达自己的尊重、欣赏和崇拜之情。"你喜欢的，我都喜欢，我们真有缘。"——这是婉约派，我有个朋友的老公就是这样"到手"的，他家不是书多吗，她就经常用借书的名义去他家，一借一还，就是两次机会。女人铺垫了一切，如果对方有心，就会主动。若是无心，也不尴尬，有下台的机会。

喜欢了，也成了朋友，也铺垫了很久，对方还是没有太多表示，习惯了这种模式，于是突然冷淡下来，对方问起，便说："我们总是这么见面，别人会起疑心的。"——这是以退为进派，亦舒小说中常有这句话，两个心知肚明的男女，全靠这么一句来撕破窗户纸，让一切暧昧再也无路可退，必须表态不可。

以上各种主动的方式全都可选择，只是不能停步不前。

亦舒说自己从前的偶像是关之琳，后来改成崇拜戴安娜。因为什么，太能干了。"伊居然够胆在健身室楼梯口等那位四十岁英俊独身富商下来。大眼睛脉脉地微笑，开口问：'一个女子要做些什么才能使阁下请她喝咖啡?'"

虽然已经与查尔斯离婚,依然保留威尔士王妃的头衔,依然是两位王子的母亲,却如此大胆,超乎世人想象。记者惊叹,"如此陈腔滥调",可是,居然令她成功了。"温莎氏高估了她的美貌,低估了她的智慧。"

《老友记》里朱莉亚·罗伯茨客串钱德勒同学,两个人在片场偶遇,谈笑之间,她轻触他的臂膀,临分手之际,低声问:"我还要抚摸你多少次,你才能开口约我出去呢?"从未想过有此艳遇的钱德勒大喜过望——虽然后来的剧情是她为了报复四年级结下的梁子,有意整蛊他,但这句话从一个美丽的女人嘴里说出来,如何会有男人不动容。

很多西方女子身上,蕴藏着巨大的能量与活力,她们以女性的温柔和婉约,勇势地争取着自己想要的东西。而在我们这里,却总是把表白、主动、勾引,视为丢人的事情。

我教一个女孩要主动和自己喜欢的男人寻找共同话题,她却说:"这些都要我主动去找他吗?会不会不好,我怕他会反感,可不可以先冷淡他一段时间,看他会不会主动来找我。"还有的女孩一提起让她勾引男人,便吓得魂飞魄散:"好难听啊,勾引?好女人才不这么做呢。"

勾引怎么了,男未婚女未嫁的,爱情总得有个由头,就像一件毛衣,总得有个人起头开针,然后才能一针一线地织下去。尊贵的王妃都能自己开口要一杯咖啡,你老实巴交的只能看着爱情与自己擦肩而过。

爱情中主动，和爱情中耍心机是完全不同的事情。

总想在情感关系中占据上风，只喜欢被动承受的人，其实都是内心缺乏勇气和自信。女人的强大不代表强势，而是敢于争取和表达自己的感受。

不要再纠结了，"我喜欢他，可是不知道怎么办。"这样的问题有多么简单的答案啊，谁喜欢，谁主动。

先喜欢上的那个人，是一段可能发生的爱情中最先醒来的人，而先醒来的人，就有义务去唤醒尚在沉睡中的另外一个人。这是爱情的使命，与男女性别无关。

你们用何种方式相爱,理应是个秘密

自从微信有了发红包功能,简直就像打开了潘多拉的盒子,勾引出了很多人心中的小魔鬼。

比如这几天小李和男朋友小王正为这事冷战。过年小王给小李发了5.20的红包,意为"我爱你",小李开始还挺高兴,觉得是个好彩头,结果往朋友圈一发,却一下子被比了下去。

好多朋友亮出自己男朋友的红包或者转账记录,都是什么666、888,最少的也是520、188,虽然人家没明着说什么,可那语气,"你男朋友还挺有心的哈",明显就是说他小气,对自己不上心。

小李怒了,让一个女孩在朋友圈没面子那可是天大的事情,尽管小王再三道歉,也转了520给小李,她还是悻悻的,觉得小王不够爱自己。"我们还是冷静一下吧。"

小王找兄弟出来喝酒,懊悔自己考虑不周,也觉得很冤枉。实事求是说,他平时对小李不错,逢年过节都有礼物,平时也是吃的用的从不吝啬,这点小李自己也承认,而且小李对他也很好,她不是在乎钱的人,可为何这5.20居然就能令他们的感情陷入僵局呢?他百思不得其解。

男人,粗心的男人,总是难以明白女孩在爱情中比较爱显摆的心理。

以前上学的时候,有人谈了男朋友,一定要请同宿舍的姐妹吃饭,这个风气是怎么流传并且约定俗成、雷打不动的,不知道。只知道人人都得如此,否则就会被人说三道四,即使当事人也会觉得一个男人如果不能在朋友面前维护自己的面子,那证明对方根本不在乎你。

所以正确的打开方式是这样的:只要两个人正式确定了男女朋友关系,男孩就要主动说,"请你们宿舍的人吃饭吧",女孩就会很傲娇地说,"当然了。"然后大家欣然前往,男孩不能小气,得多点菜,即使花光这个月的菜金也不能肉疼,大家吃吃喝喝,其乐融融,女孩在一边暗自开心,哪怕明知道这个月自己需要接济男友,也觉得自己脸上有光。

女人不仅需要被爱,还喜欢被人知道自己得到了爱。这就好像肉埋在碗里,虽然吃到了,可是别人没看到,这肉吃得就不香,最好是堆在碗上,招摇过市着吃,人人羡慕,"哇,你真的有肉吃啊",心里才会美滋滋的,这肉才吃得"肉有所值"。

在爱情上，女人就是喜欢跟风，别人怎么样，自己也得怎么样，不问自己内心真正的需求，总是盲目跟着别人走。很多人喜欢按照"男人爱女人的十大标准""看看，这才是男朋友应该为女朋友做的十件事"等恋爱理论和标准衡量自己的感情。如果别人都得到了大红包，而自己只有几块钱，那马上就怒从心头起，觉得自己落后了、失败了、不被爱了。

曾经有女孩向我抱怨："室友的男朋友每个月都给她零花钱，衣服零食全包，特别大方，我的男朋友却做不到，我觉得他不爱我。"

"那他有没有对你好的地方呢？"我问她。

"当然也有了，他对我很有耐心，我有什么困难都愿意帮助我，平常日子也会送些小礼物什么的，出去旅游他也会承担费用，可就是不会主动给我花钱。"

这不就很好了吗，他在自己的能力范围之内，用自己的方式对她付出，只是没有满足和符合大众的恋爱标准。

但问题是，本来就是不同的人，为何一定要用同样的方式相爱呢？

爱是很私密的事情，在不同的人身上，有不同的处理和演绎。

看到一个故事。说有个女孩，家里很穷，和妈妈相依为命。有一年中秋，同学送给她一块米旗月饼，她没舍得吃，带回家和妈妈分着吃。还没等她把月饼拿出来，妈妈抢先拿出了一块差不多的月饼，是邻居看她们娘儿俩困难送给妈妈的，妈妈说："你拿去边看电视晚会边吃。"女孩愣住了。

晚上，女孩在作文中这样写：同时拿到一个月饼，我想到的，是和母亲一人一半！母亲想到的，却是给我一个人吃。这难道就是女儿之爱和母亲之爱的差别吗？

这篇故事的题目是《爱的差别》。代表女孩深为两种爱之间的差别感到惭愧和不安。

母爱固然伟大，想让女儿独享美味，但女儿的爱同样坦白真实——我和妈妈一人一半，都能尝到这样美味——合情又合理，本来就是最好的方案，有什么可愧疚的呢？

那已经是她的世界中最大的爱意了。一个从没有吃过这么高档食物的孩子，忍耐着肚子里馋虫的勾引，一路揣回家，盼望着和妈妈分而食之，这份心意足以令人动容。

都是真心实意，都是最好的爱，那真心和真心之间就不应该分出差别，更不必厚此薄彼，分出高下。

在爱情中同样也应该是如此。

有人用钻戒求婚，有的人只说一句"嫁给我吧"，都可能有一样的爱。责任、担当、流年中的细水长流才是一段感情中最重要的东西。

有人统计过，几乎所有在杂志上晒过幸福的明星夫妻或者恋人，几年内都分手的分手，离婚的离婚，所以得出的结论是，高调的晒幸福容易悲剧。导演高群书也说："有幸福好好在家里放着，千万别拿出来晒。那玩意儿怕光。"

幸福为何怕晒？因为谁的生活都不是无懈可击的，幸福只是片段，平庸、琐碎才是常态，你把片段的摘录拿出来代表常态，不仅会误导别人，也会误导自己。

如果太专注于世人的认可，就可能会失去对幸福本质的追求。高调的炫幸福会把一个人绑在高处不胜寒的境地下不来，多少人就为了人前的那点艳羡，逼得只能自己在背后活生生地吞下各种委屈和不满，被虚假的幸福束缚了手脚。

哲学家弗洛姆认为爱是具有创造力的艺术，是积极地、主动地，从来都不是被动地享受或者得到。"在爱情中，在献身中，在深入对方中，我找到了自己，发现了自己，发现了我们双方，发现了人。"这才是爱情的使命，发现自己，了解生命的意义。爱情没有整齐划一的标准，也没有老天爷对谁格外眷顾，唯一的真相就是冷暖自知。

每段爱情都各有隐情。人们用何种方式相爱，往往是个秘密，别人看到的只是皮毛。有的感情是面子好看，内里糟糠，有的感情却是表皮粗糙，内里美味，每一个人在爱情中所真正感受到的东西，都属于彼此，不属于任何人。

前几天情人节，朋友问我："怎么过的？"我说："撸串去了！"朋友大笑："哈哈，这也忒不浪漫了。"

是啊，不浪漫，可是想吃啊，想得直流口水，那就去吃了呗。吃着吃着我也觉得不对劲："人家情人节都送花，你怎么不给我花?""花? 有啊。"先生放下肉串,慷慨一挥手:"老板,给烤两串腰花。"

腰花也是花,我还能说什么,继续吃吧。

爱情不是表演,不需要喧闹的掌声,如果一个人爱着你,给的是实实在在的温暖,那么管他是不是符合别人的标准呢,自己好,才是真的好。我也有过虚荣的,和别人比较爱情厚度的时候,但现在,我愿保守我被如何爱着的这个秘密,因为幸福已经填满我心。

生活是精神的，
也是物质的

先生听我打电话给人支招："你先别想太多，好好赚钱，等自己有能力之后再决定如何选择。"他很费解："你现在怎么不讲人生大道理，光钻到钱眼里去了？"

我理直气壮："钻到钱眼里就对了。"

比如电话里这位，她现在与老公的矛盾焦点就在收入低，生活捉襟见肘，处处受限制，所以谁看谁都不顺眼，就像鞋里的沙子多了，怎么能不磨脚？现在有一个跳槽的机会，就应该赶紧抓住，先把经济搞上去，然后再谈及如何弥补夫妻关系。

电视剧《我爱我家》里和平作为大鼓艺人的后代，小门小户的姑娘，嫁到贾家这样的高干家庭中，骨子中始终带着一股"怯气"。她哄老头高兴，养着不事生产的小叔，替代母职拉扯年幼的小姑，不仅是出于中国劳动妇女的传统美德，还是因为嫁到这个家庭中，自己是高攀了，所以一定要好好表现。

对于自己的位置，她心里头可是明镜似的，在"假死"那一集，她算是彻底地发泄了一下心头的怨气："我替你们家养老的，生小的，缝新的，补旧的，熬稀的，煮干的，我容易吗我？可你们家这些人，有一个算一个，连圆圆都算上，有一个真正看得起我的没有？嫌我们娘家穷，没文化，小市民，就跟我们图你们家什么似的，是不是？"

位置尴尬，生活也得过，不过和平也有春天，在她混到各路大腕明星走穴，每天都能挣到100块钱的日子里，她可算是彻底地抖起来了。只见她每天睡到日上三竿，才摇着团扇优哉游哉起床，让局级干部——公公傅明给她记电话，小保姆帮她挡粉丝，每天晚上都得按照她的时间表开饭，气焰之嚣张，简直和老舍写的《四世同堂》里的"大赤包"升职那段有一拼了："她的气派之大已使女儿不敢叫妈，丈夫不敢叫太太，而都须叫所长。"

为什么能从"奴隶"到将军呢？只因为每一个月能给家里多交五百块钱伙食费，还能有演出纪念品孝敬给公公，小叔子也能从她那里得到做生意的打车钱，小保姆做饭也撒得起味精了，女儿圆圆也吃得起高档夜宵了，她虽然没有成为大腕，但也彻底扭转了工薪阶层家庭需要算计着花钱的落后局面。于是就成了家里的功臣，众人捧着的对象。

当然后来是她自己作死，看别人赚钱眼热，非要自己挑头走穴，才亏得一塌糊涂，又掉回到原来的地位上。如果不是好高骛远，而是继续这样细水长流地赚下去,焉知和平不能升级成为家里位高权重的人物,享受和公公傅明老人那样一言九鼎的待遇。

戏里的和平,戏外的宋丹丹,都有过类似的经历。宋丹丹与英达离婚后,生活回到了一无所有的原点,在美国散心了一段时间后,她从已经再婚的英达手中要回了儿子的监护权,母子俩相依为命。和从前与英达一起拼搏奋斗的婚姻生活相比,她后来的日子清苦很多,几次相亲失败,没戏拍,没钱赚,她几乎变成了一个怨妇,"白天,我以泪洗面,晚上抱着枕头说话,逢人就哭诉自己的悲惨境遇"。

人生低谷之中,她甚至一度想过"出卖隐私"写书赚钱:"那时,倪萍、黄宏、蔡明都出书了,跟我说很赚钱。"她开始动笔写了几万字,就是自己和英达在一起生活那十年的经历,但后来却停笔了。为什么?因为她恋爱了,"掉进了幸福的蜜罐",事业也焕发了第二春,有爱有钱的人才没时间倒苦水呢。

2007年,这本名为《幸福深处》的自传还是出版了,只是完全没有了当时的那种心态,笔下关于那段婚姻的记忆更加客观,幸福的归于幸福,不幸的两个人承担,她甚至大方承认,自己和英达婚姻的结束,是因为双方都有了婚外情。

没钱,特别容易变成怨妇,觉得全世界都对不起自己。一旦埋头赚钱,靠着自己的努力赚得盆满钵满,实现了自立,很多怨气都烟消云散了。

就算是还想哭泣,也是坐在自己的房里哭,不担心被房东撵走,哭饿了，还能让保姆煮碗面。

前几天还有人问，自己未婚有两个孩子，孩子的爸爸找不到了，现在孩子的奶奶带孩子，自己不知道怎么办？能怎么办，我回答：努力赚钱，先把足够养育两个孩子的钱赚出来，才有资格谈选择。对于这样糟糕的人生困境，在通向自由和幸福的路上，总得先过金钱这一关。

生活是精神的，也是物质的。人在穷苦中，常常变得粗糙和愤怒，不仅仅是因为没钱会处处受限，还是因为实现自我价值的需求会得不到满足，这对自信和自尊都是种摧毁。有一本书叫《穷人缺什么》，中心思想就是穷人缺的是思维、志向和精神，总是缺钱，就会变成那种"只有小算计，而无大志向，眼光盯着琐屑的日常生计，激情消耗在太具体的事情上，鸡毛蒜皮，婆婆妈妈，得小惠而大喜"的人。

赚钱，当然我说的是合法赚钱，最能考验一个人的综合素质，需要的是头脑和体力的双重配合。人越会赚钱，往往就越聪明，心胸也越宽容。充足的物质能滋养人，要做一个体面的人，适度的物质累积是前提。谁有经济权，谁就更有话语权，这也是生活的普遍规律。

必须同逼婚斗争到底

"过年了,孩子们都纷纷回家,又到了一年父母逼婚的日子。"

这段话,必须用赵忠祥老师播《动物世界》那种雄厚的嗓音来说才够味。

对于在异乡辛辛苦苦忙碌了一年的年轻人,回家本应该是一种温暖的栖息,身体和精神都回到最安全的起点来休憩,用亲情来滋养疲惫的身心。但这个美好的愿望却很难实现,回家了,父母没完没了地问,"怎么还不结婚,有对象了没有,为什么还不领回来给我看看",还有亲属之间有关你家我家孩子工资收入、公司规模、未来前途的各种攀比。

就因为害怕被父母和亲人逼婚、无限制地追问,有的人都不想回家了。恐归变成了年轻人每年都要发作几次的流行病,在春节期间达到顶峰。

为了减少一点口水仗，还有人甚至会想出租男友或者女友回家过年的戏码，但这只是一时的缓兵之计，善后更麻烦，因为下次回家父母问的就不是有没有对象了，而是"什么时候结婚啊"。

有人创作了这样的段子："去年春节被催婚，一气之下，我假装出柜了，终于就安静了。没想到今年他们一咬牙、一跺脚，催我带个男朋友回家了。"可见逼婚无止境，只要肯结婚。

客观地说，父母询问孩子的婚姻问题，也在情理之中，不能一概打入逼婚的行列。问题是尺度，适当的问是关心，见天问就是骚扰，让立马结婚，不管"白猫黑猫只有嫁出去才是好猫"的态度，那简直就是迫害。

小素姑娘今年27岁，按照阴历算法是28岁，在当地已经属大龄，父母对此"非常忧心，非常急"。急到什么程度？已经从关心询问，帮着出谋划策，直接跳到指定"产品销售商"环节，要求她必须嫁给一个他们觉得条件很好的男人。

父母的理由是，该人"有房、技术工、孝敬父母、老实、不抽烟不喝酒"，对于普通人家，这样的男人当然是首选。但小素和他接触过几次，却很不喜欢。不，简直不能说不喜欢，而是非常不喜欢，甚至反感、厌恶。而且这个男人也坦承，对小素也印象一般。

爱情这东西就是难以勉强，它可以在陌生人之间瞬间爆发，也可以在天天见面的熟人中一生都不发芽。小素对感情要求也不高，只要是看着顺眼点，能有点喜欢的感觉就行了。她和这男人的感觉如此绝缘,当然不想嫁。

她和父母谈了自己的意见:"我说,我不喜欢他……为此吵了一场大架。简直到了火星撞地球的程度。"父母觉得:"好不容易有个条件不错的。你怎么能不喜欢呢,还想要选什么样的呢?"父母在她面前哭哭啼啼,还发动很多亲戚来劝她,小素试图妥协,可是再次面对这个男人,她还是觉得内心强烈抗拒和抵触。

小素的妈妈"以强硬的手段逼着我要跟他交往",只要一谈起这个问题,妈妈就暴怒,"她说,你是不是想逼死父母啊。"所以小素不敢摊牌,可是"春节马上就要来了,这种事情就是要有结果的时候了"。

"到底应该怎么办?"小素问我。我的回答是:对于以死逼婚的父母,必须以死抗争。这没有丝毫讲价的余地。

否则,结婚一定是不幸福的开始。因为你始终会委屈,始终都觉得自己是父母的傀儡,被命运搬弄,这些委屈积压在心里,就是幸福最致命的杀手。叫女人不幸福的从来都不只是男人,更重要的是心态。

既然都知道不幸福,又为什么要妥协?或者说,以妥协和牺牲自己的幸福为代价来换取父母的满足,那又怎么解决"父母担心我嫁不出去会不幸福"这样的命题呢?到头来还不全是两代人都失望吗?

至于说抗争的方式,则可以因地制宜,结合父母的性格打好这场持久战。比如他们这边唠叨,你就在那边闲扯:"我三舅妈二表妹的孩子现在学习怎么样了?"没准就扯到别的地方了。又或者没事多讲点谁谁谁仓促结婚又离婚的故事恐吓他们。再比如他们让相亲就去,就当认识新朋友了,反正过完年又该脚底抹油溜了,怕什么呢?

烦不烦,累不累?烦,累。但这是单身生活需要付出的代价之一,连这点压力都抵抗不了的人,没资格单身。

很多年轻人其实都明白这个道理,只是,"父母还不是为了我好"这个念头会让他们的反抗更软弱,更不彻底。要消除反抗父母逼婚而带来的道德负担和歉疚感,首先要解决的问题就是很多父母并不真的关心孩子是不是幸福,他们只是更关心自己的意志是否得到实现,以及"我给的才是幸福你自己不能瞎安排"的自大感在作祟。

有的父母说:你不结婚我们脸上无光,这说中了逼婚父母的一部分心态,传统父母把孩子当作自己生活的延续,他们信奉什么生存原则,就会把这种生存原则传递下去。他们觉得不结婚是丢人的事情,所以也就不允许孩子不结婚来损害自己的颜面。

中国的孩子可怜,中国的父母也挺可怜。不要以为只有被逼婚的人难受,那逼婚的人更难熬。被逼婚的孩子是春节难受几天,而逼婚的父母则是在"想你的三百六十五天"里,天天都闹心。一旦想起自己的孩子还一个人单着,马上痛不欲生。《东北一家人》里的牛大妈也曾逼着女儿继红和孙明复婚,继红纳闷:"是我守寡,又不是你守寡。"牛大妈痛心疾首的回答很暴露实质:"你守寡就是妈守寡。"

逼婚的父母迫切地需要孩子按照自己希望的人生轨迹来生活，这样就能卸下自己的人生负担。他们把自己的人生寄托在孩子的人生之上，如果自己的人生没了惦记和念想，他们就来琢磨孩子的。

真正关心孩子幸福的父母不会逼婚，比如我有位亲戚的女儿三十多了还是单身一人，独自在外地生活，老两口经常去看她，却很少就感情问题问东问西，和我们聊天的时候也是坦荡地承认孩子独身，并不遮遮掩掩，觉得自己颜面无光。这位可爱的父亲说："因为孩子是一个人，所以更需要父母的疼惜。"

是啊，为何因为单身她就要受惩罚，或者因为没有把自己嫁出去就不爱她那么多呢？难道不是因为孩子还没有找到爱人而更要去疼她吗？

父母的爱，是人世间最接近神圣的一种爱，可千万别让它再有附带条件，那该多叫人绝望啊！

孩子在父母那里想要得到的只是爱，而且是那种"即使全世界都抛弃了我，只有你不会"的爱。有了这样的爱，结不结婚又如何，我们会殊途同归，沿着不一样的轨迹，而到达一个同样的终点——做一个有人爱的幸福的人。

被逼婚的人们啊，你们必须让你们的父母明白这一点。

女人的独立，意味着一生都在主场之上

一次，有人对我哭诉婚姻不幸福，中间不停重复一句话："我跟他在一起十年，跟了他十年啊……"

听得我恍惚有穿越之感，仿佛穿越到了几百年前，那时候女人就像小猫小狗，被男人领回家，养在膝头足边，靠撒娇卖萌为生，那才叫"跟了他"。

现代人那叫结婚，是两个独立个体的结合，若说是她跟了他，那他跟了谁，还不一样是她吗，两个人互相跟随而已。

而离婚，按照马克思的说法则是："离婚是对下面这一事实的确定：某一婚姻已经死亡，它的存在仅仅是一种外表和骗局。"那么这种婚姻继续下去就是对彼此的不负责任，谁都有权利提出终结这样的婚姻。

后来，我留意过很多女人谈论男人，发现她们总是习惯将自己放置在两性关系中那个被动的位置上。

初次恋爱的女人，困惑于是否同意发生婚前性行为，会问："男朋友要我，我给不给他？"

恋上已婚男人的女人，徘徊于道德和情感的边缘，不知道如何抉择："我到底要不要当他的情人？"

有人可能觉得，我这是吹毛求疵，不就是随便说话吗，哪里有那么多复杂的暗喻。

不，这并非苛求，而是女人作为男人附庸的思想，已经渗透在文化中、骨髓里，甚至每一个无意识的遣词造句中。

发生不发生性行为，或者是否婚前守贞，本来就是个人的选择，为什么不能站在"我想不想要"的角度上去考虑这个问题，而一定要变成"他要我，我给不给"？就因为其实她们根本不是坚持原则，只是把自己的身体当作原始武器，把性当作是女性吃亏、男人享受的事情，交出去害怕对方吃干抹净没结果，不交出去，又唯恐男人变脸不开心，所以才会用这样的方式纠结。

"要不要当他的情人"也深陷这种思考模式，本能地把男人当作是选择方，而自己是被选择方，可男人从来不这么想，即使情人这种事情是相互的，他也不会说，"我要不要当她的情人"，还是一样从自我出发："我能不能把她搞到手？"

谁是主场思维，谁是客场思维，一看便知分晓。

我有朋友做律师，在处理离婚案件的时候，经常会遇到那种不停哭诉自己的青春全都消耗在了家庭中，又是如何如何为了男人而牺牲了自己的女当事人,她很无奈,能争取到的财产或者权利她全都会帮助她们争取,只是不知道如何平息这满腔的幽怨。她对我说:"难道不结婚就能永葆青春了吗,她说把青春给了他,那他的青春不也是全部都给了她吗?纠结这种事情有意义吗?"

是没意义,可正是女人常常以附庸之心态和习惯去生活,才会将情感关系的剥离,变得特别特别艰难,甚至视为整个人生光亮的熄灭。

终生研究罗马史的日本女作家盐野七生以每年一册的速度,历时15年,完成了巨著《罗马人的故事》,内容纵横了1000多年的罗马史。她很神往假如自己生活在罗马帝国,"我会爱上恺撒,不过我只会让他当情人,不会嫁给他"。奥古斯都和恺撒相比就差一点了,"奥古斯都是比恺撒更加高明、更加伟大的一个艺术家,但我既不会嫁给他,也不会让他当情人"。

注意到了吧,她提到对两位大帝的感受,都未曾说,"我要当他的情人",或者"我不要当他的情人",而是"我会让他当我的情人",或者,"我不会让他当我的情人"。而前者,就是我们很多人日常习惯的表达方式。

这并不是她某种无意识的句式,而是因为她的确是一个非常有现代女权意识的女人。她把自己当作选择的一方,男人就会变成被选项。她认为女人顾忌自己的性别角色定位,"把自己当作女人来考虑、来思考,这是男人强加给女人的桎梏"。

因为日本女性多是相夫教子,而像她这样醉心于学术研究的作家实在是少数，她在日本一直遭受指责和批评："外界说我不像个女人，我想问，我们作为女人为什么需要男人来做恋人，我认为就是在我们不爽的时候要向他发发脾气，这个对象就是男人。"

除此之外，她从来不把自己当作女人看待。男人能做到的，她也能做到，所以她克服了女性的思维局限，令《罗马人的故事》这套书展现了非常开阔的视野，构架异常宏大。

曾经她不想结婚，后来结婚了也是合格的妈妈和主妇，自己的事业需要和自己的家庭角色抢时间，"在孩子小的时候，我要把他送到幼儿园，每天上午只有四个小时的工作时间，一旦我进入工作状态，老公、孩子就会被忘得一干二净，精神高度集中。但是孩子一旦回家了，那我的一切都是围着孩子转了"。

她是个女人，是个真实的女人，但这个女人独立存在，也依赖男人，只是不以男人的存在而存在。人生如果是一场盛宴，她选择她所需要的东西放在自己面前的托盘上，包括男人。

今日的世界对于女性来说，依然充满各种歧视和不平等，并非最好的生存时代，但同样也有无数伟大优秀的女性作为榜样，在指引着女性同样可以达到灵魂自由的境界，只要涤荡干净骨子中作为附庸的暗示。

这要从哪里开始呢，就从一次勇敢地表白开始吧。

不要问："我可以做你女朋友吗？"

要问："你可以做我男朋友吗？"

女人要习惯成为自己生命的主场,独立,就意味着知道自己这一生都在主场作战。把所有选择都向"我"靠拢,才能让自我复苏、醒来,像春天的秧苗,风里笑着风里长,期待着秋天的丰收。

那些让你委屈的美德，不如不要

我爸妈他们家隔三差五就要上演一场苦情戏。

我妈说："我一天天这么伺候你，你还气我，呜呜呜……"

我爸说："你怎么成天把这点事挂嘴上，那你还不如不对我好呢！"

我妈说："你太没良心了，呜呜呜……"

每次都是我爸必败，因为他永远处于道义的下风，我妈的确是精心地伺候他呀，即使自己身体做了大手术，出院没几天，还是颤颤巍巍地坚守一线岗位，洗衣、做饭。提前声明一下，不是我们做儿女的不孝顺，而是家里常年都雇人做家务，可我妈经常把人家打发回家，一定要亲自奉献爱心。

我爸是很懒，特别不爱做家务，不仅懒，还狡辩，说不是只有体力劳动是劳动，脑力劳动也是劳动。年幼无知的时候曾经被这种说法洗脑，看他写文章的时候油然而生一种神圣感："啊，我爸在劳动呢，不要打扰他。"现在已经嗤之以鼻："都说劳逸结合，您老人家脑力劳动这么长时间，也该干点家务休息休息了吧。"

不过我爸虽然懒，但真算不上没良心。说实在的，他就是习惯了，习惯了被伺候很多年，然后考虑对方的感受就少，估计在他印象当中，我家的餐桌是有魔法的，每天三顿定时定点地出现热乎饭菜，吃完了，还能自动完成收拾刷碗加打扫卫生等一系列工作。

我妈对他好他是知道的。现在也经常懊恼，年轻时候不懂事，不知道关心人，所以现在也开始学着对老伴好点，主动承担了一些家务，比如替我妈跑腿，出去买菜，帮着拿药、倒水之类的。

只是对于我妈来说，我爸做事和不做事都是一个效果，稍微闹点矛盾，我妈就委屈、抱怨，对我们诉苦，把自己所做的一切都扯出来。

"我给他做饭……"

"你可以不给他做。"我早就练就了铁石心肠。

我妈不接招，继续抱怨："每顿你爸想吃什么我就给他做什么，爱吃肉我每顿做饭都得有肉……"

"他没逼着你给他做，你可以不做的呀。"

"不做？就这么伺候，还不给好脸呢，要是不做还不吃了我。"

不，不。不是这样的。我爸真是有口吃的就行，并不介意谁来做，不做也行，他还没凶残到非要求70岁的老太太还伺候自己。

而且我爸现在也有点想明白了:"你妈对我的好怎么好像是种阴谋,敢情对我好就是为了吵架的时候有材料对付我。"

我劝我妈很多次:"你要学会让自己心理平衡,你要是真觉得自己做饭特别累、特别委屈,那你就别做,自己还能落一心情好,免得做了,又抱怨,我爸还不领情,白挨累了呀。"

"要是他真的非让你做,你来找我,"我胸脯拍得山响,"我替你批评他。"

没用,依然故我,然后又是一轮新的抱怨:"我这么伺候他,他竟然还欺负我,呜呜呜……"

我妈善良、坚强、勤劳、节约,具备中华妇女的一切传统美德,但她不知道怎么对自己好。她所做的一切,吃苦受累,全都是为了得到别人的认可,全都在享受那份受难中的优越感:"你看我对你多好,你就是不如我高尚。"她总是过度付出,做了很多可以不做,甚至是不需要的牺牲,因为她觉得,只有这样,方能展现出自己的伟大和价值所在。

这种性格是被训练出来的。我妈提起当年,也是一把心酸史。小时候,姥姥重男轻女,虽然儿子一大把,女儿只有一个,依然是娇纵着儿子,苛刻着女儿,按照旧社会丫鬟的标准训练着她,要求她勤快,有眼色,干得多吃得少。

天长日久,我妈就变成了一个只有不断为别人做事,才能觉得自己有存在感的人。她必须对别人有意义、有用,稍微松懈一点,就有很强烈的不安全感。但要是这么做了呢,她又为自己的这种地位觉得悲哀，感觉到吃亏，所以总是抱怨不休，负面情绪一大把。

她永远停留在一个受害者的境界中，所有的坚强和美德，都并非出于自愿，而是将她往这个方向越推越近。

从小我就在她身上看到了一个明明可以更快乐更强大更自我的女人——她绝对有这样的能力，却因为不断纠结于"你为何对我不好"这样的问题，而把自己大部分的幸福浪费掉了。

生活中，我也总是能看到和我妈类似的心理在不同的女性身上展现。

比如有人说谈恋爱的时候非要装得大方懂事："你加班好几天了，挺累的，今天别来接我了。"男的当真了，就没来。她却不高兴了："让你不来真不来啊。"心里憋屈，见面非得找茬吵一架。

结婚了，更要贤惠点："来，我吃剩菜，你吃新菜。"你吃就你吃，男人都缺心眼儿，自顾自吃新菜。她却委屈了："你要是爱我就不应该答应我。"

还有一个孕妇对我抱怨，她说她要求自己孕期自己去做产检，男人同意了，她就心酸了："我难道怀的不是你的孩子吗，你都不知道心疼我。"

对于以上种种心理，我很想说一遍唐僧的那段台词："你想要啊？悟空，你要是想要的话你就说话嘛，你不说我怎么知道你想要呢，虽然你很有诚意地看着我，可是你还是要跟我说你想要的。"

想要被照顾，就不要装贤惠。想要被疼爱，就不要装强大。

想要什么，就老老实实表达什么，把如何取悦自己的方式告诉对方，对自己和他人都是一件公平有利的事情。

伪装了一大堆美德，却暗藏了委屈，然后还不是转嫁了这种负面情绪在对方身上，谁受益了？都是受害者。不如不要，坦白如实地依赖、偷懒、软弱、自私，反倒不容易给对方多余的希望。

曾有人问我从父母婚姻中得到哪些经验，我老老实实回答："没什么，就一条，凡事都按照我妈做的反着来就行了。"

我在她身上学会了，一个人要懂得对自己好。这真的特别重要。

不爱自己，全指着别人来爱的人是很可怕的。他们的内心就像一个黑洞，吸食感情的能量，给多少都不会满足，因为他们不懂爱，先天就有爱的残障。

只有知道自己需要的是什么，知道如何满足自己，才能在自我满足的基础上，心甘情愿地去付出，付出本身就是回报，而无须把这一切作为达摩克利斯之剑，悬在别人头上做爱的要挟。

在我妈眼里，我属于又懒又馋又刁蛮的品种，我也认为自己没有什么美德，但我心里有杆秤，你对我好，我就对你好，你对我不好，那我就少对你好点。

我对你的好不多不少，正好配得起你的好。

我对你的坏也不多不少，正好和你的坏差不多。

所以有什么委屈啊，没有，所有的好与坏都是可调整的，我没吃亏，当然不抱怨，整天笑眯眯的，先生还觉得讨到了一个贤妻，没注意到其实也就是个一般水平。

每一段婚姻，都是命运的拐点

原生家庭不幸的人，在自己选择婚姻的时候，都会有一种不自信。

这种不自信来源于两个方面，一个是不相信自己能够拥有幸福的可能，另外一个就是不相信婚姻或者伴侣能够靠得住。

小霞就是这样的一个女孩，才23岁，却已经跟饱经沧桑的中年人一样，内心充满疲惫。

她是农村姑娘，有一个智力有障碍的妈妈，需要她从小就当孩子一样照顾。爸爸是个酒鬼，还重男轻女，喝多了就打她和妈妈。为了谋生，她很早就放弃学业，出来打工。

打工赚到的钱，大多都贴补了家里，自己手里总也剩不下。亲戚家的阿姨好心劝她："找个好男人嫁了吧，两个人就不会这么难了。"

她没谈过恋爱，也害怕谈恋爱。她所见的婚姻，她父母的，她阿姨的，都不是那么和睦。他们都是底层人群，在一起会吵架，甚至动手，没有完美的婚姻榜样让她学习，她不知道怎么和别人相处。

虽然追她的人一直有，可她谁都信不过。有时候想想，或者她最信不过的人，就是她自己。

婚姻真的可以依赖吗？女人能够借助婚姻改善自己的命运吗？两个人在一起真的可以让生活变得容易一点吗？

这些问题一直在小霞的心里盘旋不去。

因为爱情而结合曾经是文明社会的一大进步，以前的婚姻只是为了繁衍的需要，谁管你相爱不相爱。

但有爱情的婚姻不一定长久，没有爱情的婚姻也不一定都失败。婚姻制度最终要保护的不是爱情，而是生存。即使在当代，很多人结婚的原因也并不是感情，只是想找一个伴。

这就是无奈的现实。

你说黄蓉要武功有武功，要钱有钱，要貌有貌，走到哪里都不愁吃饭，为什么还会对郭靖送来的温暖深深感动，因为一个人行走江湖，孤单才是最大的敌人。

有人单身久了，回到家里先把电视打开，有了人的声音，整个房间就会多了一点生气。后来她结婚了，回想之前的生活，她说真叫人不寒而栗。孤独是能逼疯人的，有一个人在自己身边，哪怕是唠唠叨叨，也会让人感觉到安心。就算吵架，也是一种解闷的方式。心理不够强大的人，的确需要一个同伴来消解孤单和软弱。即使有些婚姻不够美满，充满了争斗，但在这些婚姻背后，依然有相互温暖和需要的时候。他们不愿意对彼此放手，说明婚姻这个容器，这种生活模式，依然是他们所需要的。

有一次，我到一个小店买东西，老板和老板娘吵架，很凶，吓得我这个顾客都不敢说话了。一会儿，孩子来送饭，前几分钟还在吵闹的两个人，现在头抵着头，一起吃着简单的饭菜。

男的往女的碗里夹肉，"你多吃点。"女的显然还没消气，口气依然是硬邦邦的："我不爱吃肉。"可嘴上这么说，却依然夹着吃了。然后又夹给对方一块，"不欠你的，你也吃一块。"

这就是婚姻，婚姻不完美，生活也不完美，阳光下总有阴影，但阴影也是被遮蔽的阳光。

某位致力于研究富豪发家史的专家发现，没有一个富豪是真正的苦力出身，虽然他们的成功史都喜欢这么写：穷小子自强不息，最终鲤鱼跳龙门，彻底改变自己的出身。

相反，他们在自己的成功之路上，不是借助了某个关键人物的帮助，就是借助了婚姻的作用。

比如李嘉诚。

12岁的时候，穷小子李嘉诚和父母一起投靠已经富甲一时的舅舅庄静庵，认识了表妹庄月明。两个人一起长大，进而情愫暗生。

李嘉诚虽然家贫，但也是一个有志气的青年，他做过茶楼堂倌，做过钟表公司的学徒，做过走街串巷的行街仔，后来开始独立创业，白手起家。而庄月明则是典型的富家千金，受过良好的教育，以优异成绩考入香港大学，并留学于日本明治大学。

庄静庵虽然欣赏自己外甥的才干，却并不愿意把女儿嫁给他。为了能和李嘉诚在一起，庄月明拒绝所有相亲，生生将自己拖成了"大龄剩女"，父亲无奈只好答应他们结婚。

庄月明在李嘉诚的成功道路上，扮演了极其重要的角色。早期，她是慧眼识珠的伯乐，为了帮助李嘉诚创业，变卖了自己所有的首饰。后来，她是精明干练的助手，利用自己的学识和人脉，打通了李嘉诚走向上层社会的通道。

一位熟悉李氏家庭的人士认为：

"人们总是说地产巨头李嘉诚，如何以超人之术创立宏基伟业，而鲜有人言及他的贤内助及事业的鼎助人庄月明女士。我们很难想象，李嘉诚一生中若没遇到庄月明，他的事业将又会是怎样的情景？"

没有遇到庄月明的李嘉诚，人生故事会完全不同。

我有一个同学，早年父亲去世，家里条件非常差，整个青春期她都活得灰头土脸的，而且十分敏感，不好相处。

后来找了一个出身小康之家的男朋友，她结婚不久，我们再见她，发现整个人都变了，不仅仅是衣服提升了她的气质，而且那种被物质滋养出来的幸福感，平顺了她的气场，她变得从容和温柔了。

真的，物质是可以改造人的精神气质的，选择结婚对象，在两个人人品、资质都差不多的情况下,选择一个条件好的,衣食无忧,生活顺当,可以滋润一个女人的身心。

美国作家米奇·阿尔博姆写过:"世上没有偶然的行为,我们都是联系在一起的,你无法将一个生命和另一个生命分割开来,就像风和微风紧密相连一样;没有一个故事是孤立的,它们有时在拐角相遇,有时一个压着一个,重重叠叠,就像河底的卵石。"

男人们可以通过婚姻改写自己的人生命运,女人也一样可以。

这并非是过去那种女人将婚姻当作是"第二次投胎"的投机心态,而是所有的选择——婚姻的选择、事业的选择,都可以成为人生的拐点。

好的婚姻,叫人可以走向更好的人生。糟糕的婚姻,当然也能令人堕入更坏的结果。

如果自己能够解决自己的生存问题,尽可能地不要去凑合,感情是决定婚姻的首要原则。但如果个人的生活能力有限,还是找一个合适的伴吧,人品好、肯负责、有能力,都比爱情更重要,然后两个人一起奋斗,这会让你看到生活更美好的一面,绝对可以帮助你提升生活质量。而所谓的感情,在朝夕相对的陪伴当中,会偷偷滋生。

真正看得起自己的人，都不下嫁

前几天有人问我一个问题："我到底嫁还是不嫁？"

问这个问题的女孩，与男友恋爱几年，已经走到了谈婚论嫁的阶段。她个人条件很不错，薪水很高，而且有继续上升的空间，而男友的工作在事业单位，比较稳定、体面，收入却基本上一眼看到头，几年内不会有太大的提升。

曾经有情饮水饱的女孩，到了这个时候才发现这些差距还是客观存在的，她开始犹豫，不知道是否应该继续走下去。

"我一想到自己下嫁给他，心里有点委屈。"

"那就别嫁了，"因为关系不错，我很坦白地实话实说。

"可是他对我很好，我舍不得。"

我是女人，我都觉得女人的这个习惯好烦啊，左右都能讲出道理来，两头堵。

我细细和她聊:"那就说明他身上有你看重的东西,既然如此,就不算下嫁,如果想不通,认为自己吃亏了,不如开始就不嫁。"

结婚最忌什么,不是没房没车没钱,而是委屈,不情不愿,尚未开始新生活,就已经认为自己在做一桩蚀本的买卖。

就我所见,凡是带着下嫁的心理嫁出去的女人,基本上都没有幸福的。

我和她讲了一个发生在我身边的故事。

一个曾经关系很好的同学,找了一个外地的男朋友,算是凤凰男吧。父母在村镇,做点小生意,他大学毕业留在本市创业,事业前景不错,为人也很开朗幽默。

综合条件来看,两个人各有所长,也各有所短。男人家庭一般,但自身的经济能力强,女孩家境殷实,但个人条件一般,依赖心较重。这样的结合,其实无所谓吃亏,可女同学的妈妈偏不这么想,总认为自己女儿不愁嫁,嫁谁都觉得亏。

结婚那天我和好几位同学都去了,她妈对我们很热情,招呼我们坐下,然后略微带点鄙视地对隔壁桌撇了撇嘴:"今天是两家合办,可婆家人都是农村人,上不了台面,你们担待点。"

我们连忙打圆场:"挺好的啊,农村人热情。"

她妈叹了口气:"好什么好啊,嫁谁不好,非要嫁给农村人,我姑娘亏死了。"

当时我心里就闪过一丝不祥的预感:"这么看不起对方的家庭,以后要怎么生活?"

未来发生的事情证实了我的担心。她结婚不久就有了孩子，生完孩子就搬回了娘家，她妈妈帮她带孩子，不让婆婆来，嫌弃农村婆婆笨手笨脚。她妈性格强势，嘴巴很厉害，是那种事情做了不少，但一张嘴把人全都得罪的人。

她总感觉自己是施恩那一方，常常会把"你看我对你多好"的事迹挂在嘴边，看不到对方也有自己的付出和努力。男人拼命赚钱也消不掉她的抱怨和指责，这场婚姻好像已经变成了女方单方面吃亏，男方百身莫赎的交易。他感觉自己遭到了道德绑架，后来干脆变得破罐破摔。

她妈和她老公闹得不可开交，她夹在中间，左右为难，本来感情不错的夫妻俩也逐渐疏远，她隔三差五就要和我们几个关系不错的哭诉一下。

"那天我们吵架，他居然说要搬走，不在我家受窝囊气，你说他多没良心啊，我妈对他那么好，他居然还说出这种话？"

"你妈是为你们做了不少事，可是整天挂在嘴上，动不动就说你嫁给他吃了多少亏，谁受得了啊？"

她为她妈辩护："我妈不也是想要督促他对我好点吗，让他知道感恩，谁知道他这么狼心狗肺。"

感恩？每天被人不停地提醒、贬低，"你欠我们家的"，把自己所有的好处都摆出来，丝毫不考虑对方的感受，这样能够产生正面的激励作用？

我提醒她："如果你还珍惜这场婚姻，就别让你妈再说这些话了，这是夫妻之间的大忌。"

她没听我的,反而觉得我有点站着说话不腰疼:"我妈到底是对我好的,要不是我妈,我还不得被他欺负死啊。"

我苦笑,只能少说话。

后来他们还是离婚了,她完全被她妈洗脑,认为自己下嫁而没有得到应有的尊重和待遇,离婚就是对男人最好的惩罚。其实从外人的角度看,两个人完全不至于此,他们之间并无大是大非问题,这段婚姻生生毁于委屈感,毁于自认为是下嫁的傲慢。

女人在一段感情关系中十分需要征服感,不能为她们所崇拜的男人都难免引发她们的蔑视。下嫁感真是一件有百害而无一利的事情,但偏有很多女人不了解自己的真正需求,青睐下嫁,觉得嫁给条件好的男人自己容易hold(掌握)不住,干脆捡个软柿子捏,找一个各方面条件都不如自己的,掌握着制高点嫁了,以为就能换来对方更多的珍惜。

我有个亲戚就公开宣称:"我家不缺钱,只缺对我女儿好的人。"所以选择了一个他们认为靠得住而又老实的男人,他们为这场婚姻倾尽所有,只图小夫妻能够幸福美满。但没几年,老实男人居然出轨了,坚决要求离婚,毫无缓和的余地,因为他找到了另外一个愿意仰视他的人,"我在她面前才觉得自己是个男人"。他怪老婆强势,其实老婆真的已经十分注重尊重他的感受,是他自己心有不甘。

我表弟有个朋友,娶了一个家里很有钱的女孩,房子、钱、车都是岳母家赞助。可就是这么一种情况,他那个朋友居然家暴,动不动就打老婆，还总是说："你们家有什么了不起的，不就是有点臭钱吗？"我表弟的三观被震裂，想不通啊，找我开解："姐，人怎么会这样，如果换成是我娶了这样一个老婆，我肯定玩命对她好。"

会吗？不身临其境的人不会明白，若他真的承受了这样的好处，也不见得就能老老实实做一个好丈夫，这就是人性的阴暗，白白得到的越多，反会觉得压力越大。到最后，积蓄成一种巨大的压迫，为了拯救自己脆弱自卑的心灵，干脆反过来要压对方一头。

这世界上，真正是做好人比做坏人还难。做了好人，要想得到好结果，就一定要考虑对方的感受，得把人性的小脆弱小阴暗计算在内，不能把那些好处挂在嘴边，随时讨债，否则对方因为得到太多，先天心理已经失衡，心存不安，任何风吹草动都会引发玻璃心。

我只见过一个能维持好这种关系的，那真是一位情商超高的女孩，自己有钱也不会买名牌，因为老公消费水平低，家里有钱嫁妆也只给十万，因为男方只能承受这个档次的彩礼。她不动声色地利用自己的能力改善生活的细节，却从不张扬，也不居功自傲，男人感念她的平和，对她十分好。

要真的很爱对方，以及真的很聪明才能做到这样吧，绝大部分女人都做不到。我自问也做不到，所以我不下嫁，我只和我认为配得上自己的男人结婚。势均力敌，无须那么费心去经营，也没有委屈。

以为自己下嫁了，就能多一点资本，到对方那里做公主的，迟早都会失望。就像自古公主的婚姻都不会幸福，地位太高，放不下身段，男人畏她们如虎，到头来，都累。

文章写到最后，女孩给我发来微信："是不是我只有解除掉自己的下嫁感才适合结婚？"

是的，结婚就应该是你情我愿，不是家电下乡，不是精准扶贫。真正看得起自己的人，都不需要靠下嫁来抬高自己的位置，一旦觉得自己和他在一起吃了好大的亏，那不如开始就不嫁。

两个人在一起，原本就没有什么配得上配不上，或许按照俗世的标准是各有不同，互有所长，但生活不就是这样吗？永远是拿我们所有的，去换我们没有的。在不能两全的时候，只看你最看重的是什么。

下嫁感，首先代表你还是不够爱对方，或者曾经爱的魔咒已经开始失去效力，现实问题浮上水面。当在一起的决心开始动摇，委屈来凑热闹，就说明不是结婚的最好时候。

「对不起,我睡了你。」

「不,是我睡了你。」

　　都说女孩的心事男孩你别猜,反正你猜来猜去也猜不明白。但有时候,男生也并不都是如此迟钝,他们对于女孩是不是喜欢自己,有一种猎物者的敏锐。

　　家明在 9 年前就知道玫瑰喜欢自己,虽然那时候他们只是初中的小屁孩,可谁让玫瑰表现得如此之明显呢,眼神、行动、全副身心都跟着家明走,连最傻的傻子都看出来了。

　　虽然日后玫瑰也有了男朋友,在心里她对家明依然十分放不下。家明也不说破,只是和她在网络上做着不咸不淡的朋友。

　　玫瑰看着他女朋友换了一任又一任,还要在失恋的时候负责扮演知心大姐安慰他,挺虐心的,有时候也会心酸:"我这算什么呢?"最后,还是始终舍不得退出他的生活,喜欢一个不喜欢自己的人就是这样煎熬。进不是,退也不是。

一次意外的机会，两个人在家明的城市相遇，家明又成了单身青年，他对她还像以前一样，洒脱自如，关爱有加，偶尔还会开个暧昧的、打擦边球的玩笑。玫瑰恍惚觉得他们好像已经在一起了，这样的日子正是她曾经无限期待的。

玫瑰无法拒绝家明的好，正如她无法割舍他的不好。有一天，家明吻了她，这个吻把她压抑已久的感情全都激发出来了，他们上了床。

回到自己所在的城市后，玫瑰问家明："你喜不喜欢我。"

家明的回答是："超越普通朋友，但具体的没敢细想。"一个月以后，玫瑰看到家明在朋友圈宣告自己有了新女朋友，她知道了，他还是不喜欢她。她只是他度过寂寞期的一个工具罢了。

玫瑰特别难过。她觉得好像被套路了，也有点恨家明，不喜欢为什么还要和自己上床，简直是个渣男。可她依旧控制不住地想要知道他的消息，会偷偷看他的朋友圈，她绝望于自己管不住自己，犯贱地去喜欢一个不喜欢自己的人。

玫瑰的故事是爱情中最常见的微缩版悲剧。

喜欢上一个人，就会变得身不由己，自己管不了自己的心和眼睛。

喜欢上了，就容易犯贱，干出很多匪夷所思的事来。

如果玫瑰要问我，像自己这样，时刻挂念着一个不喜欢自己的男人，上了床，睡了他，结果还是没有得到他，这是不是犯贱？我会说，是，挺犯贱的。

但谁没有为自己的心头好犯贱过？刘銮雄还曾经为李嘉欣爬几十层楼梯送肠粉呢，以他的身家，一声令下，怕是有好几百小弟等着替他代劳这件事吧。但大哥偏偏要自己来，只为了博伊人一点欢心。

犯贱是爱情的病症，爱了才会犯病，不爱了，让你贱一下简直比登天还难。

没有人规定在爱情中只许男的犯贱，不允许女的犯贱，犯贱不分男女，大家机会均等。

犯贱本身又是件成者王侯败者贼的事，爱情成功了，犯贱就是甜蜜的回忆。爱情失败了，犯贱就成了人生污点，显得自己特别傻，恨不得将这段记忆删掉。

玫瑰的痛苦是因为她以为上床可以改变点什么，她错把这个男人的套路当成了动情，结果，当两个人的关系再次回到原点，这种犯贱就显得特别屈辱了。

但这其实就是一个心态的问题。换成我认识的某人，她一定会说："能睡了自己喜欢的男人，也不坏啊，就算不能在一起也赚了。"就像《寻龙诀》里的 Shirley 杨，胡八一和她睡过一夜之后犹豫不决，躲着她，她却豪气地说："是我把他给睡了。"

她不需要男人为她负责，她只为自己的感受负责。激情来了，你想睡我，我想睡你，成年男女两厢情愿的事，不是谁欺负了谁。这样的女人才能拿得起放得下，直面事实，不拖泥带水，在感情中不做怨妇。

家明不爱玫瑰,还偏要挑逗玫瑰,制造暧昧的错觉,并且和她上床,这个男人显然不够厚道,人品有问题。但玫瑰自己就没有责任吗?耿耿于怀的暗恋,已经令她在他面前完全不设防,失掉了基本的遮掩能力,她像木偶一样,喜怒哀乐全都被牵在他手里,而他,对此心知肚明。

他一撩拨,她马上打蛇随棍上,因为喜欢而丧失了基本的自制力,她自己甚至也在暗示着、盼望着、期待着他们之间可以发生点什么。

未婚男女,你情我愿,为何一定是女的吃亏?有这种思想的人,最好在上床之前当贞女,上床之后再后悔自己上床居然没得到什么,有点晚了。

睡了就睡了,但女人既然有敢于睡了男人的勇气,也要有敢于为自己解套的能力。

玫瑰应该用这次经历,为自己的感情画上一个句号,得不到这个人,但得到过他的身体,也是一种对情感的补偿和交代。"对不起,我睡了你。""不,是我睡了你。"

有些情感,就在得到与得不到之间的时候最难受,最牵制人,真的想开了,看明白了,也就可以放下了。

犯贱是有次数限制的,你不能一辈子总犯贱,也不能一辈子都没犯过一次贱。

犯就犯了,这段经历就是留着让未来的你笑话现在的你的。不过无所谓啊,年轻时候没点罗曼史,老了以后你坐在轮椅上回忆什么啊?

就算所有的感情都不安全，也要爱个优秀的人

通常都是女孩嫌弃男友不优秀，小燕却嫌男友太优秀。

她男朋友是一家国企的中层干部，事业上很有发展潜力，为人沉着稳重、开朗大方，更难得的是，综合评分也高，有生活情趣，谈吐幽默，人品、口才俱佳。而小燕从外表和工作上，都比男友差一个层次，可男友并不在乎，他喜欢她性格开朗，为人善良。

两个人感情发展顺利，情投意合，甜甜蜜蜜。但小燕心中有一个打不开的结，就是男友因为工作需要，社会关系比较繁杂，朋友多，其中也不乏女性朋友。

虽然男友一切都做得无懈可击，也从来不会和别人暧昧不清，可小燕的心中依然非常不舒服。一想到像男友这样优秀的人周围一定围满了虎视眈眈、居心叵测的异性，小燕就很抓狂。

她不让男友打扮，让男友剪最老气的发型，只穿单位的制服，

/ PART ONE　恋爱之前的必备练习　　049

以便减少他吸引狂蜂浪蝶的机会。谁知他穿简单的职业装都很有型，剪了一个20世纪50年代的发型却被某位大姐认为，"像《山楂树之恋》中的老三一样帅"——小燕算彻底黔驴技穷了。

小燕没事就找出一些有关男人劈腿的例子敲打男友，时不时暗示男友要和所有女性划清距离，她偷看男友的手机、微信、邮件，男友并不生气，只是很好笑小燕的小伎俩，他保证自己会一直爱她，不会变心："男人要是想劈腿你拦也拦不住，不想劈腿你赶也赶不走。"

小燕听了很开心，在短时间内会安稳一阵。可常常是开心五分钟然后又陷入无尽的抑郁和怀疑中，她担心这是他在安慰自己，等他真的发现有人比自己好的时候就会毫不犹豫地离开自己。

她像守着一幅世界名画的收藏家，既很想拿出来公开嘚瑟一下，炫耀自己的财富，又担心会有强盗来抢走自己的宝贝。快乐都是鬼鬼祟祟，胆胆怯怯，吃着鱼翅还要做出来"这粉丝太一般了"的样子，一点滋味都没有，憋屈啊。

有时候小燕甚至想，要是找一个条件一般的男朋友就好了，就不用有那么多人惦记，每天过得提心吊胆的。可是现在两个人感情这么好，提分手实在舍不得，再说了，"因为男友太优秀分手，这个理由是不是显得特别欠扁呢"？

确实很欠扁。但真的有人是因为这个理由选择了分手，比如有一位网友跟我讲了她的故事，他男友原来只是一个普通的公司员工，后来她支持他创业，他越做越好，后来她和他的收入差距越来越大了，他的用美金计算，她的用人民币计算，她非常不安。

虽然他总是鼓励她这其实无所谓的,她对他的意义胜过了金钱,可还是难以消除她对感情的担心。

因为自卑和不安,她的思想已经极度拧巴,产生了一种怪异的逻辑:反正早晚他都会嫌弃我的,那不如早点分手还能争取个主动。所以即使她很痛苦,还是提出了分手。我说你怎么这么傻,她说我觉得自己驾驭不了他。

男人又不是马,为什么一定要"驾驭"?情投意合就是在一起最好的理由了。

几年前,我在某电视台做过一档相亲节目的嘉宾,那时候因为《非诚勿扰》的走红,各个电视台都在上相亲节目。有一期来了一个男生,职业是医生,家庭、个人条件都不错,谈吐得体,温文尔雅。我和另外的男嘉宾曾子航老师都很看好他,觉得一定会被女生们疯抢的。

但最后,出乎所有人意料的是,曾经为他亮灯的几位女生,没有一个选择他作为心动男生,他,黯然下场,没有牵手成功任何女生。

我们都很惊讶,忍不住问她们原因,她们说,就是因为他太好了,她们觉得优秀的男人不可靠,怕自己 hold(掌握)不住。

我说谁告诉你们条件不好的男友就一定安全?有的男人花着女朋友的钱养小三,拿着爹娘的积蓄胡吃海塞,相貌平庸还勾三搭四的例子太多了,物质的缺乏和生活的窘迫更容易引起一个人修养的匮乏。要是降低标准找了个不咋样的男人,最后还一样

/ PART ONE 恋爱之前的必备练习

hold（掌握）不住，岂不是要冤枉死？

后来几期节目过后，这个男生的心动女生依然没有牵手成功，她很后悔，觉得自己当初不应该放过了他。我鼓励她，既然有他的联系方式，可以主动争取一下，试试才会有机会，不试怎么知道呢。

太想要所谓的安全感，在感情中力求稳定，已经令很多女孩子的择偶观陷入了误区。她们觉得，优秀的男人＝出轨概率大的男人＝不安全的男人，没本事的男人＝出轨概率小的男人＝安全的男人。这就导致了一种怪异的择偶趋势：优秀的男人反而没人要，歪瓜裂枣的男人抢着要。

说到底，还不是自卑。优秀的人和优秀的人在一起会觉得很平常，只有自卑的人才会在优秀的人面前自惭形秽。

自卑的人先在精神上低了姿态，输了气势，看扁了自己，只能用占据感情中的上风来安抚自己的不安。

但最后，很多感情输也输在了自卑上。自信能够使人焕发出与众不同的魅力，而自卑却能够让人患得患失，疑神疑鬼，有些人被一个自己觉得比自己强的人爱上就感恩戴德，诚惶诚恐，这种不自然、不放松的感觉绝对不会滋养出平等健康的恋爱。最终自己毁掉了自己的优势，也毁掉了自己在另外一个人眼中的魅力。

喜欢优秀的更好的应该是人的本能。那些优秀、出众，人靓心美的人，他们就像这平凡人生的一道光，负责照亮尘世的黯淡。

这样的人天生就有吸引别人注意力的能力，总是叫人忍不住往前面凑一凑，别说相爱，就是做朋友也更开心点吧。我们买水果还专挑整齐、饱满的呢，谈恋爱怎么能专找歪瓜裂枣？

恋人优秀，首先证明自己有眼光，其次证明自己有足够资本对得起这种优秀。恋人的优秀不是一夜之间就突然出现的，有时候是恋爱的滋润培养和打磨了他们，两个人在一起血肉相连，逐渐变得更加丰腴和强大。没有这样的眼光，就算是美玉也有被人当作砖头的时候。

每个人都有自己不同的优势，在感情天平的两端，我们就是这样用不同但独具特色的个性和能力吸引着对方，保持着彼此之间的平衡。

和一个优秀的人在一起，才能让自己的人生不断升级。就算所有的感情都不安全，你也要爱个优秀的人。因为优秀的人，在离开你的生命之后，他们拿走一些，但留下的，其实更多。

你爱的人身上始终有你欣赏和倾慕的东西，是维持感情长盛不衰的秘诀。而和那些你觉得配不上自己的人在一起，只能给你暂时的优越感，然后就是漫长的委屈和空虚。

这个世界上，绝对安全的感情不存在。很多感情的变质，并不始于一个人的优秀，而是他在优秀，你在退步。差距大了，空隙多了，外力的介入才能有那样可怕的破坏力。

还是专注于爱，专注于自己吧。

爱是让自己变得更好的理由。

被爱本身就是最大的认可。

优秀的人爱你，证明你也优秀。优秀的人永远爱你，证明你一直变得更好。

和锦上添花的人共事，和雪中送炭的人结婚

前几天在网上看到一个故事，女孩的父亲去世刚刚半个月，全家都沉浸在悲痛之中，尤其是女孩的母亲，中年丧夫，更是人间至痛，始终精神不振，意志消沉。女孩只能尽量多一点时间在家里陪着妈妈，分担妈妈的痛苦。

女孩的男朋友却不愿意了："我都好几天没看到你了，你怎么就想不起来陪陪我呢？"

女孩解释："我妈妈现在状态不好，需要我啊。"

男朋友不接受这个说法："可她是大人，她用得着你来安慰她吗？"

女孩生气了："我们家都死人了，你却还在计较自己的这点事，太不男人了。"

男朋友还挺委屈，觉得女朋友不理解自己想要和恋人在一起

的心情:"我还不是因为爱你吗?"

女孩上网说起这件事,网友众口一致,认为这样的男人靠不住。女朋友家摊上这么大的事,正是男人表现自己担当和体贴的时候,他却如此小气,和人家的妈妈争夺女儿,真是没心没肺,无情无义。

大家说得女孩自己也动摇了,可她又说:"可是他平常对我不错,什么都舍得给我买,一心一意的,也许只是年纪小,不懂事吧。"

呵,女人总是这样,不愿意相信最坏的可能。年纪小就应该不懂事吗?那四岁的孩子算不算年纪小——某一年,国外举行了一个比赛,要评选出一个最有爱心的小孩,获胜者是个四岁的孩子。他的事迹是看到隔壁新近丧妻的老者在哭泣,便走进他的院子爬到他的膝上,然后就坐在那儿。后来他妈妈问他对邻居说了什么,小男孩说:"什么也没说,我只是帮着他哭。"

四岁的孩子,还什么都不明白,不知道死亡为何物,也没有什么本事提供实际的帮助,来安抚一颗悲苦的心,可是他会用最朴素的方式来表达自己的爱心,"我帮你一起哭",苦着你的苦,痛着你的痛。

一个成年人,一个号称爱着对方的成年男人,不是理应要比孩子做得更好更周到吗?之所以做不到,不是因为不懂,而是因为自私。

他只想着他自己的感受,他的世界完全是以自我为中心构筑起来的,一切外在的人和事,必须按照他的需求来运转,否则他就会抓狂，由体贴男友变身幼稚男，说出那样令女友寒心的话。

自私的人常常永远自私，很难改变，因为这并非是行为偏差，而是世界观的偏差。

无论是自私的男人还是女人，都不是良伴。很多人在选择伴侣的时候，都希望能透过现象看穿本质，撇去爱的激情和浮华，筛选掉这样的人，找到一个最对的人，最值得依靠的人。

什么样的人，才是对的人呢？最近我也常常在思考这个问题。

前几天我写了篇文章，写到我养的猫咪小灰去世了。其实这个过程远比我写出来的要折磨人得多，当发现它日复一日地衰退，逐渐走向死亡，我已经忍不住哭了好几次。每次先生都默默伸出胳膊，将我揽在怀里："来，来这里。"

他从来不会说："不就是只猫吗? 你至于吗?"我知道，换成别的中年男人，一定会这么说的，因为他们觉得一个中年妇女养猫已经不务正业了，居然还会为猫哭哭啼啼，多么无聊的事情。他未必真的了解猫对于我的意义，但他的任务不是评论和分析，而是负责分担我的痛苦。

我去带着小灰打点滴，没时间做饭接孩子，他都自己一个人来。他平时其实是一个很懒的人，依赖性很强，可是在紧要关头，他便把自己的需求隐藏了。

小灰走了之后，他帮我把小灰收殓。晚上我们一起开车出去，帮小灰找了一块有水有树的好地方，我们决定把小灰葬在那里。3月的东北土地完全没有解冻，一铲子下去，只是一个小白坑，我都有点绝望了,他自己挥起工兵铲干了半个小时,硬是刨出了一个小小的墓穴。掩埋完小灰之后,回到车上,他累得气喘吁吁,一口气喝了半瓶子水,可还是一句怨言也没有。

不仅在小灰的问题上是如此,在别的患难与挫折中,比如我妈手术,我爸住院,他都是站在我身边最坚定的那个人。他跟我一起拎着大锅小盆去医院送饭,晚上陪床,跑前跑后照顾病人,我的难,就是他的难。

平常我们是凡俗夫妻,有恩爱,也有打闹,互相嫌弃和指责,然后又心有不甘地和好。只是每当我虚弱、无助、悲痛,需要帮助的时候,他便不是平日的他了,他会放下所有成见和评判,默默守在我身边,做那个撑住我不让我下坠的人。

这么多年他一直是这样一种存在,而我似乎到了今天才刚刚发现。

以前常常怄气,觉得他不够支持我,他从来不看我写的东西,即使有我最得意的文章,硬塞给他,他也只是勉勉强强读了几行便敷衍地说:"看完了,看完了。"恨得我每次都说:"下次再给你看,我就是小狗。"

谁不希望得到自己伴侣的夸奖呢?谁不希望两个人情趣相投呢?我们都有自己理想的被爱方式,少了任何一点,都觉得是个遗憾。

曾经的那些遗憾,在人到中年,一切逐渐清晰的时候,终于都可以放下了。

过去我只觉得选择他没有错,他是个合适的人,现在我终于真的看清楚了，他就是那个对的人。

春风得意马蹄疾的日子里，有太多人帮助你分享喜悦，分享成功，但在你落寞的悲伤的无助的日子里，还能有一个值得依靠的人却比什么都重要。

冰心先生看到雨天里池塘的一张大荷叶遮护着一枝红莲，触景生情而写下对母亲的心声："母亲呵！你是荷叶，我是红莲。心中的雨点来了，除了你，谁是我在无遮拦天空下的荫庇？"我们大了，母亲老了，我们再不能躲在母亲的莲叶之下，如果爱人，可以接力提供这样的荫庇，人生该有多么圆满？

对的人，就是在最困难的时候也靠得住的人。

人生的好时光其实很容易忘记，印象最深的还是两个人在一起共过的患难。有人愿意锦上添花，比如开篇故事中的男友，在平常的日子里他愿意对自己的女朋友好，是因为这个过程愉悦了他自己，他也享受这种感觉。而女朋友家遭了难，需要影响他的一些生活安排，出让他的一部分利益，要他做雪中送炭的事情，他就不愿意了。

锦上添花的人或许招人爱，但那些肯雪中送炭的人才值得嫁。

在这个世界上，锦上添花的人太多，肯雪中送炭的人太少，但我只愿，如果人生注定不能两者兼顾，那么我的风光我可以自己去争取，爱的人，只负责在寒冷的时候抱住我，给我温暖就好。

真喜欢你的人，不会长时间和你暧昧

　　两个人之间还仅仅停留在互有好感的阶段，女人却浮想联翩，连以后在哪结婚、第一个孩子叫什么名字都想好了。

　　这就是女人在恋爱中最大的问题，感性过于泛滥，用想象代替真实的体验。这样恋爱的结果是，过早投入了期待，感情混合了太多假想，忽视对方的态度，束缚住了自己。

　　比如有个女孩，刚入职新的公司没几个月，有位男同事经常对着她笑，她就动心了。"他是不是喜欢我呢？"

　　然后她就自动进入了脑补程序："但公司规定如果两个人结了婚就一定有一个要离开，公司待遇很好的，我也没有什么特别擅长的专业技能，就一普通职员，离开这里我找不到跟这一样高的待遇和福利了。"

　　她不想离开，找个合适的工作不容易啊，可是憋着自己的感受好难受。于是又自己说服自己："后来一想反正要等结婚了才用离职，要不就先和他恋恋吧，要是不合适再分开呗。"

男人只是甜笑了几下，后续都是她自己想出来的。兵将未动，粮草先行，彼此之间的关系八字还没一撇呢，仅凭一点心电感应和眉来眼去就开始计划着以后如何如何，犯愁恋爱曝光之后是否离职的问题，这基本上都属于女人的套路。

他呢，他可能这么想吗？

不，不会的，男人现在基本上只是负责勾引，负责"时不时甜甜地笑"，至于说女孩能不能动心，是不是肯和他恋爱，恋爱后怎么办，谁离职，对于男人来说，都是后事。

女人很容易被打动，在陌生孤独的环境中一点温情更容易引起女人内心的波浪。但这种仅仅停留在暧昧的境界，不是爱情。

"暧昧"这个词总让我想起忽明忽暗的灯光，还有说一半留一半含糊不清的态度。暧昧给人的感觉就像坏了的甩干桶，甩过的衣服还是水分太多，恨不得用手使劲拧一下，把多余的水分榨干掉。

但有时候人就是喜欢这个调调，网上一抓一大把如何和异性进行暧昧的帖子，年轻嘛，玩得起，男男女女在一起，很容易就会发生谁和谁陷入友情之上、未达爱情的境界。

暧昧的乐趣在于没有承诺，没有责任。很多男人喜欢暧昧是因为这样进可攻退可守，一切全在掌握中。想起来了打情骂俏一下，不在一起的时候一样过日子。

那些挑逗的话瞬间就可以收回，不露一丝痕迹，完全无从追究。暧昧的乐趣还在于不为人所知。男女之间，每一句话都暗藏玄机，随便你怎么去理解，正着听和歪着听是完全不同的效果。天知地知你知我知的感觉真是好，有助于大家一边毫不寂寞地享受男女之间的情感滋润，一面又可以随时挑选和审视真正适合自己的对象。

如果有的人发现自己被对方误导了，指责对方的时候，对方也可以故作无辜状地说：我以为我们只是朋友呢。

暧昧的窍门是敌不动我不动，嘴上跟蜜调了油一般，但心却稳如磐石。一旦有了盼望，有了要求，这个游戏就开始不好玩。谁动了心，谁就容易输掉这场比赛。

有的暧昧可以发展成为爱情，有的则不能。暧昧可以是爱情的前奏，暧昧也可能是爱情的掘墓人。

如何去判断，就看一个人是不是满足于暧昧。如果一个男人，愿意长时间和你保持暧昧关系，却始终不愿意正面承认或者挑明，面对你的质询，总是顾左右而言他，那他一定不爱你。

大学时，同宿舍的两位姑娘各有自己的暗恋对象，每天吃完饭回到寝室，她们都会交换自己的心得：

"你看，他对我笑了一下，他肯定是对我有意思。"

"今天在食堂他多看了我两眼，肯定是觉得我今天挺好看的。"

我躺在上铺，听着她们的对话，觉得在爱中的人是那么可爱，也是那么可怜。

太多期待，太多煎熬，太多自以为是。

其实那两个男生根本不喜欢她俩，对她们不会比任何一个普通同学更多一点热情，可是她们喜欢上了，就像找到一个宝贝，舍不得放手，便为这个宝贝的存在寻找到各种理由，试图让自己有理由可以继续拥有它。

所有的蛛丝马迹，所有的似有若无，都成了证据。

但爱不是这样的，爱是心里的肿胀，是小苗落入泥土，等待破土而出，要不说，不做，太难办到。

一个人爱你，你不会不知道，他不会不行动。

如果他停步不前，定是有哪里不对了。

如果男人犹豫，多半是因为女人的相貌。

如果女人犹豫，多半是因为男人的身家。

现实就是这么残酷，那些觉得两个人在一起总是很好，很快乐，十分默契的人，为何却不能在一起相爱，往往都是感情缺少现实的推手。

正是那些说不出口的障碍，阻挡着两个看起来很合适的人接近。

真的喜欢上一个人，会一刻都不想耽搁地渴望靠近。羞涩的人会用羞涩的方式来表达，内向的人会用内向的方式来追求。

真爱你的人，才不舍得浪费时光，他只想让你知道，他想和你在一起。

THE
SECRECT
OF

PART

TWO

/

两性关系

良性循环的秘密

好的伴侣，一定是不觉得自己唯一正确的那个人。你所选择的伴侣只有懂得包容之道，才能将一个人迎接到自己的世界中来，两个人的相处才能最大限度地减少障碍。

他爱不爱你，看眼神就知道了

一群朋友聚会，其中有一对是夫妻。席间大家气氛和谐，把酒言欢，个个都妙语连珠，笑声一浪高过一浪，差点没把酒店的屋顶掀翻了。

趁着兴头，谁都不愿意回家，又去KTV唱歌。找个空，我把那对夫妻中的太太叫到一边，说点体己话，"告诉我，你们是不是吵架了？"

她有点吃惊："你怎么知道的？我没觉得我们露出了什么破绽啊？"

是的，他们都努力表现得一切照常的样子，先生会给太太夹菜，太太会把先生的酒杯斟满，他们热烈参与席间的一切讨论，看不出一点不愉快的迹象。但是，也许只有像我这么细心（变态）的人，才会发现，无论做什么，紧挨着的两个人都很小心地不让彼此的肢体发生碰撞，他们的目光始终回避着彼此——整个晚上，他们居然没有对视过一次！

这一点都不正常。很多假装恩爱的夫妻都是在大处伪装良好，却在细节上溃不成军，暴露出他们不想让别人知道的真相。

朋友坦白，说他们来之前因为小事两个人大吵一架，为了不影响我们大家的兴致，约好了好好把饭吃完，剩下的架回家再吵，没想到被我发现了。

既然被发现了，两个人也就不装了，互相抱怨了一下，又在我们的劝说下喝了两杯酒，杯酒释仇怨，散场的时候，又恢复了往常那种亲昵的样子。

美剧《丑闻》中，处于竞选关键时期的准总统和准第一夫人，打算在公众面前双双露面，打亲情牌为自己赢得选票。他们的参选顾问奥利维亚尖锐指出，他们那种貌合神离、假装恩爱的样子，是骗不过民众的，不能加分，只能减分。

如果他们想要赢得选票，就必须发自内心地表现出亲密和关心，他们的肢体要不经意地碰撞，一个人说话，另外一个人一定要凝视着对方。

政治人物的一切都可以是表演，但男女之间的亲密感的确是一种非常微妙的感觉，没有极高的道行，装是装不来的。它并不在于两个人之间的距离有多近，或者言语多么肉麻，而是从信任、喜爱、欣赏、依赖中自然流淌出来的东西。即使锁住一切行为和语言，那望向彼此的眼光、惊鸿一瞥的神态，也能将真正的情感全部宣泄出来。

而两个人不再相爱了，首先也是从眼角眉梢改变。在感情变得疏远之前，一对男女的肢体逐渐开始疏离，他们的目光不再纠缠，对待彼此的耐心逐渐耗尽。

有一年同学聚会，有位女生带着自己的老公来。吃完这顿饭，我回家跟老公闲聊的时候提到了这对夫妻："他们的婚姻多半要出事了。"

老公不以为然，说何以见得呢。我说，那个男人整个晚上都特别焦躁，十分没有耐心，我同学做什么他都一副嫌恶的样子，目光中充满蔑视和不屑。同学是个性情好的女人，一点察觉都没有，还忙着给他夹菜，介绍别的同学给他认识。他对待别人态度还好一些，回头看自己的太太，依然是那个死样子。

他并没有做什么特别过分的事情，但整体的那个感觉，非常叫人不舒服。根据我多年来对情感问题的研究，我只能从中得出一个结论：他已经完全不爱她了。

果真，没几个月，就听别的同学传来这个男人出轨的消息，两口子正在闹离婚。据说这事不是一年两年了，只是我那位女同学一直被蒙在鼓里，她完全没感觉到男人的变化，对他的各种恶劣行为解释为，"他脾气不好""最近他工作压力大""老夫老妻时间长了，自然没耐心了"等等理由。

我叹息，心粗的女人真是伤不起啊。没有任何理由能够解释他的行为，一个人，只有不爱另外一个人，甚至讨厌对方的时候，才会无法收敛自己的情绪。不耐烦、厌恶、反感、嘲讽，一切负面的东西都从目光这个最薄弱的环节中流淌出来。

和朋友谈起这件事，她说我喜欢侦探小说真是没有白喜欢，"简直是马普尔小姐附体，从一切人性的蛛丝马迹中窥得真相"。

这让我想起马普尔小姐的缔造者阿加莎·克里斯蒂，曾经在自己的半自传体小说中写到了她发现丈夫喜欢上了别人的场景。"有些事情不对劲……看着她的是个陌生人：不睁眼看她，视线望着旁边，然后又转移开去……他的眼神、游移不定的眼神，不是从她脸上转向别人……"

他喜欢上了别人，所以不敢看她，变得鬼鬼祟祟、畏首畏尾，"看起来几乎……就像个罪犯……"

不用言语，阿加莎很快就知道出了事情，她只是不确定是多么糟糕的事故，尽管对方完全不承认，她依然感到害怕和恐惧。

敏感而聪慧的女人就应该是这样的，一切细微的变化都瞒不过她的眼睛。男人也不是神仙，他们心有旁骛，被别的人分去了魂灵，就算竭力伪装，也一定会无法克制地表现出来。那每天朝夕相对在一起的人，怎么会感觉不到呢？他的温度降一点，他的神态中多了一丝疲惫，都将波及周围的空气，影响到整个大环境。

现在很多婚姻的事故中，都暴露出有的女人活得太麻木和粗糙了，当外人都看得出来这个男人的种种不正常，当事人自己却依旧沉浸在自己的感受中。这种后知后觉，就是对感情最大的不尊重，等男人连伪装都不耐烦的时候，她又会觉得被迎头痛击了。

不要始终停留在不安全的忐忑中,但也要保持一丝敏感的触须。爱是只属于两个人的事情,爱与不爱,在眼角眉梢之间暴露无遗。你的爱人爱不爱你,用什么样的眼神看你,就是爱情最好的温度计。

如果一个男人连看不都愿意看你,眼神之中一点温情都无,就千万别骗自己说"他还爱我"了。

不争取，凭什么和他在一起？

很多人太幸运了，恋爱中一点阻力都没有，不仅父母赞成、朋友支持，连街坊邻居都站出来喊一声好。我身边就有好几对这样的，身家背景个人资历，都非常相配，小两口恩爱，两家大人开明，幸福得那么顺理成章。

但有的人就没这么幸运。比如武汉的一位 24 岁的刘小姐就遇到了这样的事，跟随男朋友朱先生回家见家长，朱先生的妈妈觉得刘小姐太瘦——身高 1.68 米体重才 45 公斤，如此轻量级的体重，很可能是身体有病，劝儿子分手。

朱先生舍不得，刘小姐身材苗条、衣着时尚，正是当下最受欢迎最抢手的时髦漂亮姑娘。可妈妈坚持自己的道理，"未来儿媳的首要条件是身体健康"，这姑娘"不是最佳人选"，希望儿子"慎重考虑"。

/ PART TWO /　两性关系良性循环的秘密

小伙子一时不知如何是好。

如果就事论事，那么摆在刘小姐和朱先生面前的有两条路：一是努力增点肥，方便妈妈看着顺眼；二是到医院做个全项检查，证明没问题妈妈也该放心了。

当然，这只是站在朱先生立场的一种理想化的处理方式，完全不具备操作性。

1. 努力增肥姑娘不会乐意，开玩笑，我要是天生就这个分量我也不乐意，知道减肥多难吗，增上去减不下来怎么办？

2. 妈妈会说，体检报告没问题就真没问题了，万一有什么机器检查不出来的毛病怎么办？再说太瘦抵抗力低，没准将来患病概率也大，到时候后悔就晚了。

朱先生如果希望女朋友和妈妈能够各让一步，让他可以从又不分手，又不违背母亲意志的麻烦中解脱，那基本是不可能的。

父母反对子女的恋爱，常常各种理由花样翻新。太胖、太瘦；太木讷、太能说；太穷、太有钱；太保守、太开放，全都有可能成为反对的理由。

人嘴两张皮，咋说都有理。

有时候甚至不需要理由。"我就是不喜欢她"，那又怎样？理由不重要，重要的是父母常常用这种方式来试探子女到底听不听自己的话。

我刚上班的时候单位有个大姐，遇到过类似的情况。她没结婚之前去老公家串门，被准婆婆嫌弃太瘦，说怕她有肺结核，活不长，阻挠她过门。大姐是乐天派，把这件事当笑话讲，还非常得意地说："当初她可没想到我会胖成今天这样，哈哈哈。"

看着大姐壮硕的体形，我也想不到，她曾经也那样弱不禁风过。这可能会让婆婆在日后觉得自己当初的忧虑很无稽，前提是，大姐的老公坚持了自己的选择，没有听妈妈的话。

这种事情是必须明确态度的，必须硬碰硬，付出代价去坚持和反抗，从来都没有折中的路可走。

A姑娘最近一直困惑于自己的感情该何去何从的问题。男朋友希望她能和自己出去创业，家里却想留下她帮着照顾弟妹，她反复挣扎在两种力量中间，她是很想和男朋友走的，因为在家里自己也没有地位，没有温暖，可妈妈不同意，她是懦弱惯了的，也很担心她不在家妈妈太辛苦，一直犹豫不决。

我帮她分析了好几次，其实无论是从爱情还是从现实的角度，最理想的选择都是她先出去创业，等自己有能力了再回头帮助家庭，才是对父母最大的贡献。她的父母不懂得为她着想，只为了缓解眼前的困难，将她拖在家里帮衬家务，谁都不在乎她的未来会怎样。

但没用，她自己什么道理都明白，"我和男友因为父母的阻碍一直异地，他对我来说不仅是爱情，还是我独立为自己拼搏一次的勇气所在"，可还是狠不下心来去决定。

乒乓球世界冠军庄则栋和日本太太佐佐木敦子的相爱经历非常传奇，早年她便是他的粉丝，1971年中国乒乓球队去日本比赛，敦子带着同伴去了中国代表团的住地，庄则栋奉命接待了她们。转年，他又率领青少年乒乓球代表团到日本访问，她又去看望了一次，还是公事公办地聊了几句，只是临走的时候，他将自己房间中的一个花篮送给了她。

之后便是长达十几年的杳无音信，这中间他经历了"文革"的种种遭遇，自杀未遂，入狱审查4年，这一切都被她从报纸上看到了。20世纪80年代初期，敦子被公司派驻北京，两个人重新相见，继而相恋。当时她已经是个40岁的女人了，在爱情面前却还是如此羞涩，他们之间的恋情还是她哥哥来北京出差对他说破的："我妹妹很爱你，希望你们能结为连理。"庄则栋十分高兴地答应了。

他们的结婚遇到了强大的阻力，这阻力不是来自家庭，而是拥有最高权力的国家和组织。上级驳回了庄则栋结婚的报告，理由是："你掌握国家机密。"他不断向上级单位反映，都没有奏效，那是一个中国与世界冰封的年代，人们对涉外婚姻的筛选非常严格，尤其是像庄则栋这样的国之功臣。

1986年底，敦子的签证到期了，公安局不给她续签，也不给庄则栋办理护照，这一走，大概就是永不可能见面了。

这之后，是将近一年的分离，连敦子尝试着通过旅行社办签证的努力都失败了，他们只能通过中间人传递信息和物品。后来，还是庄则栋亲自上书邓小平同志，由最高领导人批准了这桩婚姻，条件有两个：一是敦子必须放弃日本国籍，加入中国国籍；二是今后只能由敦子一个人回日本探亲，庄则栋不能跟随。

敦子毫不犹豫，当时就答应了条件，去中国驻日本大使馆办理了相关手续。飞机飞越富士山的时候，敦子心里也有几分伤感，但，"想到能和庄先生在一起了，我觉得都是值得的"。他们在一起生活了 20 多年，始终幸福美满，敦子从未怀疑过自己当初的这个选择。

一切都依赖于勇敢来成行，敦子连国籍都肯放弃，还有什么比这种牺牲更为巨大的吗？和敦子的付出相比，那些父母的反对意见都是小 case 了吧。

在爱情中，不仅女人勇敢，男人也是一样。

某军史作家讲过一个故事：抗美援朝，某副师干部跟某朝鲜女子迸出火花，犯错误。组织上帮助，但死不悔改，回国坚决要带老婆，被边境卡住。组织上严惩，连降三级打回营级……然后，一帮兄弟帮忙锯汽油桶，把朝鲜嫂子塞汽油桶里，上边再盖半个桶，愣是给偷运回来了……

这个传奇爱情故事的结果是：两个人在一个不大的县城中过着平淡的生活，恩爱到老。

有选择，就会有放弃；有阻挠，也会有坚持。

世界上有太多这样的例子了，不是吗？"村里有个姑娘叫小芳，长得美丽又善良"，再美丽善良又如何，知识青年要回城了，更好的生活在向他招手,她只能落得个"谢谢你给我的爱,今生今世我不忘怀"的虚名。

有的人宁可用一生的时间来怀念一个人,也不愿意勇敢一次。坚持太难了,有太多值得放弃的理由。

如果军官放弃了,大概也没有人会谴责他,那是时代的悲剧。若干年后,讲出来,也是一个叫人落泪的美好爱情故事。但军人的执拗和顽强,让他没有止步在强大的阻力之外,他自己创造了另外一个更美好的爱情故事,并将这种美好延绵一生。

相爱的人总能找到办法在一起,只要两个人足够坚定。

没有什么能阻挡一颗坚定的心。退却的人,只是不够爱,不够勇敢。

一切因为外界的一点压力就分手的人,请不要再问:男未婚女未嫁,我们为何不能在一起?答案是,因为你们不够勇敢,所以找不到办法在一起。

吵架停一停，下厨煮碗面吃

一次，到某个城市的著名景点旅游，排了好长的队等着坐缆车下山，又累又热又拥挤，心情跌到谷底。

前面一对夫妻刚开始的时候还不受影响，一起开玩笑聊天，随着队伍向前缓缓移动。后来先生先受不了了，跑到前面去看了几次，有点着急。太太还好，继续找话题逗他开心。但先生的情绪显然受到了影响，皱着眉头不说话。太太就挠他的胳肢，说："笑一笑嘛，笑一笑嘛。"

先生一边躲，一边说："别闹了，笑不出来。"

太太还是没收手，先生突然怒了，提高声音："你干什么啊你，不分场合地点，就知道瞎胡闹！"

周围的人都向这边看过来，太太有点尴尬，停住手。站在后面的我不禁想，天哪，一场家庭大战就要开始了。

出乎我意料的是，太太居然没爆发，相反，只是略带嗔怪地白了先生一眼，说："不闹就不闹，你发什么火呀，天已经这么热了，你再加把火还让不让人活了。"

先生听到太太这么说，也有点意外，情绪开始缓和："还不是排队排得人心烦。"

太太撇撇嘴，说："是喽，心烦就可以吼老婆，安全啊，吼别人有挨揍的风险。"

排在夫妻前面的一位大哥回过头来，说："谁说的，回家跪搓衣板也受不了啊。"

先生很不好意思："我们家没搓衣板。"

"可是有电脑主板。"老婆接上一句。

大家都笑了。有大婶说："你看这小媳妇脾气多好。"

先生挠挠头："是比我脾气好。"

比我脾气也好啊，我在心里默念。我是最不喜欢看人脸色的，老公要是当众对我这么大呼小叫的，我就算碍于面子不还击，也肯定拉个脸，还他以颜色。

而这位太太让我想起《大内密探零零发》中的发嫂刘嘉玲。有必要解释一下，发嫂既是刘嘉玲扮演的，片中角色的名字也是刘嘉玲。

这位发嫂，性格十分滑稽，常常剑走偏锋。她给阿发抓痒抓不中，阿发抱怨她笨，她一点都不生气，只是说："我不笨怎么显示你聪明呀？"

两个人吵架了，她气势汹汹地离家出走，却每次都被阿发找到，发嫂还觉得这是很奇怪的事情："你怎么会知道我每次都躲在桌下面？"

阿发很崩溃："你每次都躲在桌下面啊。我有什么办法能够不知道你躲在桌下面呢。"

发嫂的理由很充分："可是我不躲在桌下面我怕你找不到我嘛。"

阿发骂她，她也会生气："唉！我只是个血肉之躯。你每次都这样骂我。我不知道哪一天我就忍不下去了。"

阿发说那你走啊，她顾左右而言他："我去洗澡了。"

阿发又让她走，她一脸真诚地看着阿发，仿佛之前什么事情都没有发生过："你会不会肚子饿啊。我下碗面给你吃。"

阿发被打败了。

阿发给她发明的所有乱七八糟的东西，什么防止切菜切到手的假手，什么抽油烟机，什么扫把拖鞋，她都高高兴兴地收下，还一脸惊讶和崇拜："你怎么做到的？"

当阿发在事业上郁郁不得志时，她安慰他说："可是你的发明真的好棒啊！"阿发不以为然："谁说的？"她理直气壮："我说的！"

"你贵姓啊！"

"姓刘啊！"

"哪位呀？"

"你老婆！"

十分无厘头，是星爷的电影风格。但这种夫妻相处的模式，却十分具有现实意义。这位迷迷糊糊、看起来嘻嘻哈哈的女子，已经掌握了天底下最难懂的生活智慧。

难道不应该是这样吗？好的夫妻不仅是朋友，还应该是战友的关系。一方有难，另外一方理应义不容辞地支援。无需任何道理，只需要陪伴走过这段低谷。

这个世界没有完美丈夫，也没有完美妻子，两个血肉之躯生活在同一空间之内，总会有情绪化和失控的时候，哪怕号称一辈子都不吵架的三浦友和夫妇，也会闹矛盾。

发嫂的聪明在于不是以牙还牙地把言语的子弹射向对方，而是打出一套化骨绵掌，大事化小，小事化了，让两个人之间的怒气落在一个弹性地面上，谁也不会被谁伤到。

如何解决冲突，是比矛盾本身的性质还要重要的事情。

发嫂能做到的事情，很多女人都做不到。这里面有一个非常微妙的，又是经常被忽视的问题存在。

心理学家黄维仁认为："我们很多人今天在亲密关系中所打的仗，多半不是现在的仗，而是在打过去没有处理完的糊涂仗。"有数据说明：大约90％的伴侣冲突，来自我们的过去，只有10％是新问题。

了解了这一点，就会清楚，为何伴侣的一句批评、指责，或者不好听的话就能令我们失态，进入战争状态，只是因为这让我们想起了过去的诸多不愉快，那些曾经我们以为都过去的争吵、伤害，其实从来都没有过去，而是埋在了心里，时刻等待爆发。

等冲突和矛盾出现的时候，它们就会跳出来作祟。

心有怨气会让两个人保持长久的对抗状态，也让两个人不由自主地下意识地彼此惩罚。你在此刻对伴侣发泄的怒气，有一部分来自遥远的过去。可是你自己不知道，所以眼下的矛盾虽然不一定多大，但依然会挑动情绪。

夫妻们总是为各种问题而争吵，其实内在的核心矛盾往往只有一个，那就是被爱和被尊重有关。

人们介意那一句话两句话之争，只是因为感觉到不被重视不被尊重不被爱，这份恐惧和伤心最终都化成了利器，做出了愤怒的表达。

只有在安全的关系中，人们才会愿意表达爱、善意、悲伤等脆弱的情绪。人变得强势、愤怒、带有攻击性，常常都是缺乏安全感造成的。

发嫂的内心没有积怨，她看到的只是眼下的矛盾，却没有之前的纠缠，而且她对阿发和他们的婚姻有满溢的安全感，所以才能够说出："你会不会肚子饿啊，我煮碗面给你吃。"对她来说，日子终究是要过下去的，什么都没有吃饭重要，他们可以一面吃饭，一面继续讨论这些不愉快的话题。

可是，一碗面暖暖地吃下肚，就不会那么生气了。

也许，可以学学发嫂，吵架吵到中间的时候，叫停，去煮碗面吃吧。吃饱的人，脾气也会好一点。

> 好的伴侣，
> 是不觉得自己是
> 唯一正确的那个人

  如果有人要问我，你最不喜欢和哪种人在一起？我的答案就是，那种觉得自己才是唯一正确，时时刻刻都想输出价值观的人，是我最想逃开的人。

  可偏偏生活中这种人特别多，躲不胜躲。

  比如本来就是大家在一起瞎聊，扯到八卦，我说喜欢章子怡，他偏要说章子怡不行，私生活不检点。我说我喜欢的是她的演技，不关私生活什么事，他说那怎么行，公众人物必须树立正能量，品行第一。我随口说一句："好演员又不是选劳模，主要还得看演技……"他马上急了："我看你三观有问题，必须彻底改变一下了。"一般遇到这种情况，我都是点头作揖，求饶过，从不争辩，因为你怎么能战胜真理本人呢。

有一次，我和朋友去参加婚礼，同桌的大妈看我朋友脸熟，问："姑娘，你姓啥？"朋友回答："我姓马。"大妈立刻斩钉截铁地说："不，你应该姓杨。"朋友哭笑不得："大妈，我真姓马，不骗你。"大妈依旧若有所思地说："我怎么觉得你应该姓杨啊？"吃完饭我俩出来，我笑她："参加个婚礼还把姓丢了。"她也笑："敢情我姓什么还得她说了算。"

大妈的固执来源于她的耿直："我看你像一个姓杨的人，你就应该是这个人，你说不是，我才不信。"

前段时间有一则美籍华人在电梯内动手打剔牙小孩的新闻。这位海外回国的罗女士，看见同梯的男孩把手放在嘴巴里，就直接动手打了男孩子的胳膊，孩子的家人报警后，罗女士声称自己是看这种行为不礼貌，所以想替他的父母教育一下孩子，还说要是换成自己的孩子，会打得比这还要厉害。

你说，别人家的孩子剔牙和她有什么关系？愿意看就看，不愿意看就扭过脸不看呗。可是不行，这世界上就有一种小学教导主任附体的人，看见自己觉得不顺眼的事情就必须得管，还觉得自己是替天行道，正义感爆棚。

可能我们在生活中都遇到过这样的人，他们觉得自己唯一正确，从不认错，不肯承认失误，总是能为自己的行动找到理由。

这样的人，会非常难以相处。谁愿意和一个永远正确的人在一起呢？既然他们不错，那错的就必然是我们自己喽，谁都不喜欢这种定性和压迫感。

而他们，也不会开心，他们会觉得，你们干吗总是挑战我的权威，明明我才是正确的好吗？他们总是觉得自己被误解、伤害和辜负，他们无形中和别人站在了对立面上，经常会将别人正常的建议、交流、友好行为理解为攻击、伤害和轻视。一旦他们的自负和自我为中心受到环境的遏制，他们就会变成一个特别有攻击性的人。就像惊慌的猎物，想要突破猎人的重围。

在他们的认知中，"我错了"等于"我不再存在"。他们把自己存在的全部理由，就建立在"我是正确的"这种观念上。"我要是不对了，我就没有了，找不到存在的意义"，这是一种深藏于他们内心的恐惧。

若这样的人是熟人、朋友，还能躲得开，可如果这样的人就是自己的家人、父母、长辈，那就更惨了。

以前我有个同学的父亲是个老古板，一辈子活得就像《激情燃烧的岁月》里的石光荣似的，从来不苟言笑，甭管多热的天，领口都系得严严实实的。他要求儿女们也都必须按照自己的标准，夏天不许穿裙子，不许露大腿和胸脯，家庭成员之间不能随便开玩笑，放学之后必须回家，晚五分钟都不行。我去他家吃过一回饭，那肃杀的气氛，跟集中营似的。以后同学再怎么求我，我都不去了。

她妈和他爸这一辈子受了太多委屈，她爸人不坏，对家庭也很有责任感，只是那种滚刀肉，油盐不进的劲头叫人受不了。他永远没错，永远正确，任何事情都必须按照他的心意去做，旁人的意见都微不足道。

到了女大当嫁的年龄,她妈对她择偶的唯一的忠告就是:"千万不要找你父亲这样的,要找一个懂得包容的男人。"

同学后来还真的找到了,结婚几年后我去看她,她流着幸福的眼泪对我说:"我现在才知道按照自己的心意生活是什么样的感觉。"对方是个憨厚的男人,从不挑剔,总是有商有量,就算是自己不喜欢的东西,只要同学喜欢,也可以让步,"你喜欢就好"。她被他父亲教育得已经习惯了看别人的脸色做事,这份自由和尊重她花了好长的时间才适应,但真正适应之后,才发现幸福感有多强。

我说自己也是淘宝剁手一族,几年时间买成了四钻买家。有人问我:你先生支持你吗?我回了个无耻的笑脸:当然不支持了。他不支持不是因为我消费多了,而是不赞成我的消费观,他崇尚买精品,拒绝便宜货,而我喜欢价低量大买买买,每次他看见我炫耀自己的战利品,都一副恨铁不成钢的样子:"你说你一个作家,你这样好吗?"有什么不好啊,我乐意。

但他的好处是,不赞同,也不干涉。看见我乐在其中,他还叹气:"哎,难得你喜欢啊。"

我们永远求同存异,搁置争议,这种宽容并非是强行压抑,或者被迫让步,而是真的觉得在同一件事情上,可以出现"你是对的,我也没错"的结果。

关于对待购物的态度只是他性格的一个缩影。他就是这样一个人，自己有自己一套很规范的生活坐标体系，但绝不把这些东西强加于人。比如他在人群中不爱说话，而我又是一个特爱讲话的人，有时候也胡说八道，他从不像我爸那样——我爸永远对我妈讲的话嗤之以鼻，"你说得不对"，在人前也不给伴侣留面子——无论我说什么，他都笑眯眯听着，真的说错话了，也是回家沟通，搞得我妈很羡慕我："你看他从不批评你。"

以前我也被人问过："选择什么样的人婚姻能幸福？"每次我都会说，第一，要选择彼此喜欢的，两情相悦是现代婚姻的基础，现在已经不是盲婚哑嫁的时代，不能把自己的后半生将就给一个不够爱的人。第二，就要找一个宽容、大度，懂得妥协的人，无论男女，这点基本素质将直接决定婚姻的质量，尤其是当感情缓慢渗入生活的细节之中，拼的就不是激情，而是谁能让谁更舒服了。

这就是我自己的心得体会，好的伴侣，一定是不觉得自己唯一正确的那个人。你所选择的伴侣只有懂得包容之道，才能将一个人迎接到自己的世界中来，两个人的相处才能最大限度减少障碍。

只有一个伴侣懂得尊重你的一切，不强行改变你，给你一个恣意的发展空间，你才能越来越有自信，越来越强大。人与人之间，相互塑造和改变，都应该交给时间，交给亲密，去一点点进行，强行用人力去扭转，会制造出最糟糕的情感关系。

用绕指柔打造与直男癌的幸福生活

接受某报纸采访，他们要做一期关于直男癌的话题，想请我来谈谈对直男癌的看法。

直男癌是个新生名词，所谓直男呢，指的是异性恋的男人，也就是典型男人，那么直男癌就是男人中将所有男性的特质发挥到了极致，跟癌症一样深刻入骨的那类男人。这种男人信奉大男子主义，忽视男女平等，不愿意花费心思去真正了解女性，女性的情感需求在他们眼里都是没有意义的，他们或许有责任感，但缺少对维系一段情感关系所必需的尊重和体谅。

换句话说，和直男癌相爱并不难，难的是相处。相爱的时候，大家互相都有所掩饰，直男癌还可能会表现得很有男性气概，但在婚姻之中，两个人都恢复自然状态，他们深藏于精神世界的粗鲁、自大、偏执就会暴露无遗，成为婚姻的沙子，将伴侣的感情打磨到鲜血淋漓。

很巧,刚和记者谈完关于直男癌的问题,就有人发私信给我,奉献上了与直男癌苦乐参半的鲜活婚姻生活范例。

她叫小暖,是个老师,性情温柔和顺,相貌靓丽,既有传统的贤妻良母的美德,又具有现代女性的情趣和追求。结婚 8 年,一心一意相夫教子,身边的朋友和公婆对她的持家有道都赞不绝口,只有她先生,好像从来都不觉得她有多么值得珍惜,"脾气性格一直非常暴躁,喜欢无端挑剔指责,但似乎全然不知"。

他的好处是,精明,能赚钱,"对家和孩子负责,不常晚归,常常在家吃饭,喜欢大包小包往家买吃的用的",发完脾气之后,虽然不会正式道歉,但会找各种理由示弱。想着他的这些优点,她一直忍受着他的坏脾气,只是离婚的念头一直在她心头盘桓,他时不时发作的暴脾气,让她生活起来没有安全感。

像小暖先生这样的男人,可不就是直男癌的典型代表吗?有责任感、顾家,但对伴侣缺乏尊重,情商低,遇到问题只会指责、发脾气,不懂得宽容、妥协、适应的健康相处之道,和这样的人生活在一起,就是一半是火焰,一半是海水的感觉,你的物质需求得到满足了,你的精神需求却荒凉着。那也是另外一种叫人难以忍受的煎熬。

但对付这种男人,强硬也不是最好的办法。这个男人之前的那段婚姻,就是因为前妻忍受不了他的脾气,两个人整日大吵大闹不到一年就离了。因为小暖的好性格,他们不仅保持了相对稳定的婚姻生活，而且他也不是不改变，以前是完全拒绝沟通，现在也能够接受事后沟通了，只是习惯为自己找理由，进步甚微。

这充分证明，有改造价值的直男癌是块钢，适用绕指柔。要像水一样去渗透，像风一样不停地吹，卸掉他的铠甲，化解他的抵触，在不知不觉之间将他们降服。

我这不是纸上谈兵，我有真实的成功案例。我有位朋友就嫁了一个这样的直男癌男人，我说说她是怎么调教他的。

朋友和先生是大学同学，大学就开始恋爱，又经历了异地恋的考验，可谓情比金坚。她先生确切来说是个好人，深爱她，也对家庭非常有责任感，可就是性格不好，脾气大，任何一点别人都觉得不算事的事，都可能会成为他发脾气的爆点。他发脾气不分时间地点场合人物，就连我都遇见过多次。

当她老公莫名发脾气的时候，她从来不应战，该干什么干什么。他觉得没人接茬不过瘾，会跳到她眼前，想要引起她的注意，她就用近乎痴呆的表情看着他，好像根本就没有听清他在说什么。经常是他自己蹦跶半天，觉得没意思，就偃旗息鼓了。

他们之间的矛盾点很多。比如她喜欢购物，他也不是一个小气的人，很支持，但男人嘛，都很难理解女人那种为了购物而购物的心态。他觉得她的消费观有问题，整天买一些破烂，浪费了钱还保证不了品质。所以她买回东西来他常常会唠叨个不停，这个太便宜，那个根本穿不出去之类的，她就听着，从不争辩，貌似很虚心地点头，"你说得对呀""确实看着不值钱"。她态度这么好，他还能吵得起来吗？可下次，她还是照买不误呀，时间长了他自己说着都觉得没意思了。

我有时候挺不理解她的，我说你脾气也太好了吧，怎么能够接受一个男人这么嘴碎且喜怒无常呢？她就笑，说："他呀，就是一个纸老虎，外强中干。"她说自己太了解他了，心不坏，就是控制欲比较强，所以干脆就给他一种自己已经控制一切的错觉好了。"实际上，"她得意地说，"家里什么事情都是按照我的意志安排的，他还觉得自己是做主的那个人。"

她甩给我一份关于自闭症儿童的教育材料，说对待像他先生这样的人，就像对待自闭症的孩子那样，他很注重自己世界中的秩序，不愿意接受变通，你只要一次次不动声色地去改变他的习惯，比如放在床前的鞋的位置，他摆正你就弄乱，总有一天，他会不再去关注这件事，这就是进步。

这样的智慧，在看似一团乱麻的复杂中找到一根最有价值的线头，不会为对方的情绪所牵制，需要的不仅是技巧，还有足够的理性。她有强大的心理做支撑，而这恰恰是很多女性身上所缺乏的，她们太容易被男人的态度左右，也太容易在男人的喜怒无常中失掉安全感。

她说命运分配给你的永远都不完美，但你可以去雕琢它，让它尽可能接近你心目中的模样。不付出所有的努力，不尝试过全部的办法，都不应该轻言放弃。

这是我所见的最有智慧的女人的心得，他的坏脾气落在她用柔韧结成的网上，没有激起反弹，而是被承受和包容了。所以这些年来，他越来越柔和，越来越没脾气了，他们的婚姻穿越偶尔的小风小浪，朝着幸福的方向驶去。

总而言之，直男癌是需要改造的男人，他们需要变得更宽容、更文明、更深刻地理解男女平等的意义。与直男癌相爱或者结婚，并非一定要走到绝路，而是需要花费更多的时间进行磨合、适应、改变，如水滴石穿，才能将他们领到真正健康的相处之道上。

找个好看的恋爱，找个实用的结婚

在网上看到一个很有趣的帖子。

女孩喜欢上了男孩，经过艰苦的倒追，男孩终于就范，表示愿意接受她做自己的女朋友。

女孩容貌普通，而他前女友都是大美女，她自己心里没底，心虚地问："我长得不好看，你介意吗？"男孩把胸脯拍得啪啪响："不会，我在意的是你的内在，我不是外貌协会，没那么肤浅。"

两个人开始谈恋爱，在路上遇到男孩的同事，男孩介绍她："这是我女朋友，虽然她长得不漂亮，但是我很爱她。"

在朋友圈，他发了她的照片，也是这种口气："相比她的外表，我更爱她的内在。"

连两个人计划订婚，他还是这个说法："我不看重外表，否则也不会和你结婚。"

这种话明明是赞扬，但其实和刀子一样，绝对比"你很丑"更伤害女人的自尊心。

女孩都快被气疯了，和他大吵一顿，他却觉得自己说的都是实话："我就是那种看重内在的人啊。"

女孩很不解，询问广大网友："他说了他不是外貌协会，那为什么要这么说啊，总强调我不好看的事实。"

网友们异口同声作答："他就是个外貌协会！"有个网友回帖最好笑："他不是外貌协会？他是外貌协会黑钻贵宾用户好吗？"

是的，他是很看重外貌的人，因为特别在乎，而又没有得到漂亮姑娘，只是贪图了她的好才和她在一起，然后心里不舒服，只能不断地为自己洗脑，"我不看重外表，我不看重外表"，期待能够说服自己。

如果真的不在乎，会完全忽视美丑的概念，直达更深层次的境界："我喜欢你，你就是最美的。"

像这样的故事，还可以男女主人公换过来再讲一遍。

小萌的男朋友小强，很聪明，性情温和，很照顾小萌，她觉得和他在一起很有安全感。

都说"三观"很重要，两个人在这方面绝对没话讲，对待很多事情都有相同的观点，总是一拍即合，十分聊得来。

就是小强的长相，不是小萌喜欢的类型，他有点胖，不帅气，一副憨厚男人样。这成了小萌一桩很沉重的心事，她也知道自己挑剔长相有点肤浅，但是想继续坚持又觉得自己好像并不够爱他，所以找不到支持的动力。

是的,不够喜欢,常常是将人困在"外貌协会"的元凶。当一段感情无法令人产生足够的热情和动力,尚未认清对方的真正的价值,就会纠结于外在的问题——长相问题常常首当其冲。

如果真正喜欢一个人的内在,就会延续到外在,而不够喜欢一个人的内在,也会变得挑剔外在。

现在很多人都号称自己是外貌协会,颜值成了择偶的第一标准。"长得不好看,我没性欲。"有位姑娘说得直白。

著名翻译家和比较文学家赵萝蕤学养深厚,深谙中西方文化,年轻时曾是燕京大学有名的才女和校花,外号"林黛玉",有许多追求者,但她最后却选择了大诗人陈梦家。有人曾问她:

"为什么?是不是喜欢他的诗?"

"不不不,我最讨厌他的诗。"

"那为了什么呢?"

"因为他长得漂亮。"

因为外貌而最终爱上这个人其实并不肤浅,感情总要有一个开始,容貌是最直接的切入点,然后才会让感情滋生和蔓延,最后变得即使容貌不再,爱的感觉却永存心中。

不过美貌是有等级和品相之分的,但爱情没有。爱情一旦产生,众生皆为平等,好看难看都不重要。

情窦初开的时候我喜欢过一个男孩,喜欢了就觉得哪里都好,连他嘴里的牙长得参差不齐都喜欢："哇，看他的牙长得好可爱啊！"现在我家先生也是相貌普通，我总笑话他长了一张大长脸，可其实我一点都不嫌弃，照样走到哪里都美滋滋地挎着胳膊，好看难看都是我的。

爱上一个人的感觉是，我知道你有缺点，可在我眼里你就是最美，就是最好看，怎么看怎么顺眼。

美好的东西谁都喜欢，漂亮的人谁都爱，但恋爱是一回事，结婚又是另外一回事。反正两个人在一起时间久了，最先忽略的就是长相，好看的天天看也腻，难看的天天看也看惯了，只要不是丑得人神共愤都不是问题。

真正对生活有益处的还是人品、性格、教养、感情这些东西——赵萝蕤爱陈梦家的漂亮，可陈梦家可不只有漂亮，如果陈梦家只是徒有其表，不可能入得了才女赵萝蕤的法眼。

肤浅的人，忽视品行，只看外表，满足的只是自己的虚荣心，只为让自己把对方领出去的时候能被人艳羡，"看，你老公真帅""哇，你老婆好漂亮"，很多人以牺牲人品和感情为代价得到了美貌，但短暂的臭美之后，就是长久的闹心。

当然，如果是人靓心好当然是最好的事情了，问题是，世界上哪有那么多两全的美事？

在长相和实用之间，恋爱中的人们通常会选择长相，而结婚则应该选择实用。就像肉埋在碗里怎么吃不是肉，何必非要别人知道自己在吃肉呢？嘴里香、心里美才最重要，不是吗？

> 吵架是生活的盐，
> 但要撒得不多不少

"不作死就不会死"这句话已经成为网络流行语和朋友之间的俏皮话了，每每看到有人过于矫情、冲动、偏执，这句话必定默默浮出心底。

但有时候，这可不是俏皮话，而是惨痛的现实。

相信很多人都看了这个视频，一家小夫妻带着孩子和岳母在八达岭野生动物园自驾游，据说是因为夫妻发生了口角而在园区内停车，坐在副驾驶的老婆气哼哼地走下车，跑到另一侧的驾驶位上打开老公的车门，质问着老公什么。没等男人下车，一只老虎从角落里蹿出来，把女人扑倒，她妈妈奋不顾身下车救人，结果被另外一只老虎袭击身亡，她本人也在抢救中，没有完全脱离生命危险。

什么事情，能令人失去理性？什么样的是非纠缠，值得搭上自己母亲的一条命？

　　相信身在病床在生死关头挣扎的女人现在一定会后悔，都是一家人，谁也不是谁的敌人，没有不能化解的深仇大恨，就算男人再怎么过分，有多么气人，都不值得用这样的方式置自己和家人于险境。

　　网上骂声一片，都是骂女人太作，尤其是很多男人，估计平时被自家的女人欺压多了，终于逮住一个能被批判的对象，可得好好发泄一下胸中块垒。其实这也不是女人独有的问题，前段时间网上还有一个视频，是一对情侣在商场吵架，据说是因为没有买到女朋友要求的电影票，然后突然之间，男人从商场6层跳下来身亡，其行为之激烈，吓得旁观者连声尖叫。

　　走极端当然是不对的了，但人就是这样，往往可以对路人有涵养，可以对不相干人的错误一笑置之，但在情感关系中，对于和自己亲密的人，因为关系太近了，反而会要求更高，更加缺少耐心。可以想象，在当时的情景之下，当她被愤怒和冲动完全占据身心的时候，根本没有理智思考的能力，少说一句话都觉得能把自己憋死，不做出点极端的事情就难以表达自己的情绪。

　　我也曾经体会过男女之间因为吵架而完全失控的感觉，那种感觉，就像漂浮在情绪的水中，找不到能够借力的土地，令人惊慌而绝望，最后，忘了争吵的初衷是为了沟通，只顾混战到底。

　　曾经有读者给我讲过她自己亲身经历的一件事。某天早晨，她和老公因为一点琐事吵了起来，然后双方都有点憋着气，一起带着孩子和保姆开车去办事，半路上不知道怎么又吵了起来，于是她就失控了，站起来狠狠地打老公的头，老公忍着痛继续开车，没有还手。等把车开到安全地带，老公停下车，和她厮打了几下。

她还觉得自己很冤枉，原因是老公对自己使用了暴力，她问我是不是该离婚。但作为旁观者，感觉问题的关键并不在于是否该离婚，而是当高速行驶的车上有自己的孩子、保姆，她居然还敢动手打司机，这暴露出了她过于冲动，无法控制自己情绪的弱点。

老公不合适可以换，自己却永远逃不过自己的局限。

有哲人说，吵架是生活中的盐。这话没错，再恩爱的夫妻也难免会有意见不合的时刻，吵一吵，作一作，也是一种沟通的方式。不过这把盐要加得恰如其分，不多不少，伴侣之间，如何吵一场不伤筋动骨的架，如何有益身心地作一作，可是一个值得研究的大学问啦。

作为一个资深的作女，在这么多年的婚姻生活中，我总结出以下几点关于吵架的心得体会，和大家交流一下。

1. 不能指望通过一场吵架就能解决问题。

有的夫妻之间之所以吵到停不下来，就是因为在思想深处有一个误区，他们总希望通过这次吵架来彻底解决彼此之间的问题。尤其是女人，会觉得一定要让男人低头认错，或者以后这个问题永不再犯，才算是彻底胜利。

这是不可能的，急于生气的人其实是急于把对方击倒，对方所有的行为此刻在眼中都代表着侵犯和敌意，所以在盛怒之下解决问题是达不到目的的。

生活就是一个小毛驴拉磨的过程，一圈又一圈，周而复始，那些我们身上无法互相接受的棱角和缺点，是被时光磨掉的，也是被天长日久的默契洗刷掉的，却从来都不是吵架吵没的。彼此之间的隔阂与矛盾，能拿得起来，也要能放得下去，留待以后慢慢去解决。

2. 永远都要记住少说一句才是真理。

两个人吵架吵到不可开交的时候，旁人劝架总是会说："都少说一句，少说一句。"这不是盲目地和稀泥，而的确是一个降低情绪沸点的好办法。

吵架当中，话都是越说越难听的，所谓"打架无好手，吵架无好口"，要想让两个人不进入互相刺激的恶性循环，就一定要记住，你最想说的那最难听的一句，要放在心里，在心里打个转就行了，千万不要说出来。

少说一句话，不要把彼此的情绪搞到最糟，就总有回转的余地。

3. 坚决不做让自己吃亏的事情。

像这种两个人吵架女的跳车、男的跳楼的情况，表面上看起来是性情刚烈，其实内里的原因是愤怒产生了无助，因为无助而变得极端，甚至连自己的生命都可以牺牲。

自残，是自我伤害，也是道德胁迫，让对方看到，"你竟然如此伤害我，你会后悔的"。但这是很难达到目的，这更多地会引发对方的厌恶："你真是可怕。"绝对得不偿失。

所以能控制住自己不走极端，不仅是一种修养，也代表着人格的完整，以及自我管理的能力。

再怎么生气，也要该吃吃该喝喝，不要离家出走，不要自我伤害，千万别让自己吃亏。要告诉自己，留得青山在不怕没柴烧，把自己照顾好，别人才能懂得珍惜你。

4. 错了就要认错。

为什么越是婚龄短的夫妻，越容易吵架，一是互相不够了解，二是谁都不愿意承认自己的错误，都想要坚持到最后，害怕输一次就会输掉自己在感情中的地位。

强硬往往是心中充满恐惧的表现，而真正强大的人从不介意认错。

有时候朋友会羡慕我，"你看你在家里地位多高，先生对你多好"，我哈哈大笑，"我认怂的时候也不会让你看见"。如果发现自己错了，或者某件事情是我的不对，我认错的态度绝对诚恳。为什么要坚持错误呢，人的心都是肉做的，你永远占据上风的代价就是有人永远被踩在脚下，没有什么比一句"我错了"更能有效地平息战火，安抚对方心灵的了。

刘青云和郭蔼明十几年"黑白配"的美满婚姻叫人羡慕，他们之间必然有自己的相处技巧，才能保持这么多年的和睦关系，但其中一点就是他们是那种吵架都吵不起来的人。刘青云曾经说过，有时两个人吵架，吵着吵着他就乱了，因为郭蔼明就开始飙英文了，他听不懂了……那英文就是他们之间的缓冲，他借着这听不懂，不再穷追猛打，顺势离开这种负面的环境。而她，说着他不懂的语言发泄了自己的情绪，而又没有造成伤害。

爱是慈悲，是疼惜，是关键时刻少说一句，是悄悄默默地退让和妥协。做一个会吵架的人吧，那是爱情的需要，也是幸福的需要。

夫妻之间没有性，还敢说感情好？

女人都希望自己的男人是柳下惠，面对诱惑坐怀不乱，绝不越雷池一步。

但如果男人把这份定力用在自己老婆身上，情况就完全不同了。

A女士最近正在烦恼这件事。她和老公结婚两年，婚后第一年是磨合期，经常争吵，过了磨合期，感情越来越好，可到了晚上，老公总是在关键时刻"掉链子"。

两个人为这件事沟通过，男人总觉得自己没问题，他很传统，在这方面很少主动，也没什么花样。她虽然渴望能像过去那样浪漫完美，可也不愿意总是自己主动，经历那种从希望到失望的过程。

她不明白怎么就会这样了呢，是时间消磨掉了曾经的激情，还是所有的婚姻最终都会走向这个结果？

一个感情好，但无性的婚姻能维持下去吗？

对性讳莫如深，认为性的不和谐属于可以忍耐的缺陷，逃避解决问题，是造成中国的婚姻质量低下的主要原因。

有人结婚几年，有了孩子，可总是为了各种小事吵架。在接受情感咨询的时候，说到最后，她承认，他们的性生活很不和谐，而且很少，她表达过不满，但他并没有改变。

这就是问题的关键所在，很多婚姻矛盾的背后，都是性生活不和谐。但是中国人习惯不说，把这种憋屈和郁闷找点别的缘由发泄出来，身心的饥渴让夫妻两个人好像坐在了火药桶上面，任何一点火花都能点燃两个人之间紧张的空气。

这些人往往意识不到自己为何如此焦躁，为何忍耐力这么低。还有人认为两个人之间除了没有性生活，感情还是很好的——都过成了无性婚姻，还敢说自己感情好？说这话的人不是自欺欺人，就是压根没有体会过真正美好健康的性。

夫妻之间，不同于其他人际关系的最主要特征就是性了。两个人住一起，不上床，没有身体、肌肤、灵魂的恩爱缠绵，算什么夫妻，还不如当兄妹。

有人会羡慕别人夫妻恩爱，却又不知道人家的技术要领在哪里，其实这恩爱的奥秘多半就在床笫之间了。

人家白天有了矛盾，晚上躺在一起，亲亲密密地说说话，爽一把，身心舒展了，什么问题不能谅解和看开？这和那种白天假装和睦，晚上冰冷冷地各睡一边的关系，怎么可能取得一致的结果？

很多人以为性只是性，其实哪有那么简单，它和一个人的精神、心灵直接挂钩，性生活和谐美满，满足了身体，更满足了心灵，若一个男人不碰自己的女人，她难道会感谢他不骚扰之恩吗？不，她只能感到被羞辱和冷落，觉得自己不被爱，感觉到被否定，影响到她对自己的评价。

床上好，才是真的好，不以上床为目的的婚姻，质量绝对好不到哪里去。

之所以这种生活在短时间看起来风平浪静，只是某一方（男人为多）用表面的顺从、某些物质方面的付出来堵住对方的嘴，像温水煮青蛙一样麻痹着对方的感受，叫人进也不是，退也不是。

人在结婚之后，可能会放松过去那种对性的饥渴，不会像未结婚时候那样热情是可以理解的。但这种事，就像水库必须定期开闸放水一样，欲望积累到了一定程度，就要释放，不释放，是要憋坏人的。

如果男人不在老婆这里释放，他必然会选取别的方式释放，比如别的女人那里，或者自己动手丰衣足食习惯了，再也对老婆提不起兴趣来。

为什么有的男人即使憋坏了，也不愿意动自己的老婆，无非有以下几种可能：

感情受损，长期争吵或者感情不和干扰到了两个人之间的默契。吵架这种东西，不是今天吵完了，明天不吵了，就算是今天感情很好。它会在心里留下阴影，影响对方在自己心里的形象，从内而外地抵触。到后来，有的男人宁可自己动手，也不找老婆。

男人生理上出现了问题。现代社会竞争激烈，工作压力过大或者身体虚弱容易导致男人生理性疲软。这会造成一种恶性循环，越是不行，越着急，越着急就越不行。男人其实比谁都更清楚自己的身体出现了问题，但他们往往都不愿意主动承认自己，因为这会有损他们的男性尊严。

出轨了。很多出轨的男人都未必是坏人，他们做不到左右逢源，外面有了人，身体开了小差，就会反应在自己的婚姻中，以及对待老婆的态度上。有了新欢就对老婆提不起性趣来，或者是出于为新欢"洁身自好"的考量，无法同时周旋在两个女人之间。

不管原因是哪一种，愿意忍耐无性婚姻的人，都是一些懒惰的人。他们不愿意真正去面对问题，解决问题，只想在残破的婚姻名头之下苟延残喘，混得一日算一日，今天不管明天事。

可你以为熬过一个艰难的午夜，到明天太阳升起，一切就能有改变了吗？不，只能越来越糟糕，越来越煎熬，两个人逐渐离心离德，最后像两条干掉的橡皮泥一样，无法糅合在一起。

如果希望得到幸福，那就坚决不能对无性婚姻妥协。逃避才是对自己最大的不负责任。

有三点建议：

1. 要加深感情。

性的问题绝大多数时候都不是生理问题，而是心理上有了阴影和忌惮。很多女人之所以觉得两个人感情没问题，是男人学会了掩饰，其实彼此之间的积怨从来没有真正化解，而性又是最不能勉强的，就会表现在身体的疏远上。所以与其步步紧逼，不如退后一点，把感情经营好，少吵架，多体谅，消化了不愉快之后，很多问题自然会迎刃而解。

2. 提高夫妻生活的质量。

在类似问题的咨询中，很多人会把夫妻生活的次数说出来，比如一个月才一次，太少。但真正完美的性关系从来不在次数上体现，更关键的是质量如何，两个人能不能得到满足。质量低下，谁都不关注谁的感受，次数多了也没用，还会觉得是种折磨。

相反，如果质量很高，夫妻之间互相取悦，两个人都能得到酣畅淋漓的宣泄，次数少一点也没关系，这种宣泄足够可以产生更绵长的动力。所以不要盲目追求次数，要关注质量，选择合适的时间和合适的心情，别勉强，草率的仓促的性生活更叫人难受。

3. 建立沟通的习惯。

衡量亲密夫妻的标准是什么，就是什么都能拿出来摊开说。包括床上的感受和彼此的技术，很多夫妻就是太封闭了，生理知识严重匮乏，总觉得性是肮脏的，不愿意面对自己的身体，忽视自己的正常需求，压抑扭曲自己的性欲望，结果双方都被蒙在自己的感受中，一起躲着问题走。成年人应该了解自己的身体，也要了解对方的身体，夫妻之间都有义务研究和开发对方的身体，从而享受到更完美的性和情感。

自古以来，女人被所谓的贞洁观控制着，始终处于性压抑的状态，明明是正常的合理需求，都不敢正确表达。现在，作为现代女性，我们应该大大方方承认自己身体的存在、性欲的存在，要让男人知道，你爱他，就是想把他推倒，想要和他亲密无间，这是你的权利，也是你的爱理所应当的回报，别被男人各种别有用心的解释洗了脑。

为了性得不到满足离婚也没什么丢人的，因为性的分崩离析，一定会带来日后情感的破损。忍耐是没有意义的，就像蔡琴和杨德昌的婚姻悲剧一样，当女人以为节欲可以换来男人的忠心的时候，人家已经另外找了一张值得自己上的床。

男人为什么不愿意让女人管钱？

傻姑娘我见多了，但是像她这么神经大条的傻姑娘，我还真是头一次见。

她是工薪阶层，工作稳定但收入一般，老公是生意人，和别人合伙开公司。从恋爱开始，老公就花言巧语地骗她的工资卡，说自己会理财，能帮她大钱生小钱。她心存抵触，觉得男人没本事才找自己的女朋友要工资卡，硬是没交出去。

这大概就是她在这段关系中唯一的胜利。结婚后，她赚多少钱，她老公都知道，老公是赚了亏了，她全都不知道。他们是裸婚，买不起房子，住在娘家。生活AA制，他不仅拿不出家用，亏钱缺资金的时候还要向她要，她就几万几万地给。偶尔赚了钱，她也是从婆婆那里听到，他是不会跟她说的。

后来，他说要帮父母改善居住条件，他们买了套房子跟他父母住。公婆出的首付，她一个人的收入还月供，兼养孩子。他的钱据说要去投资，一分钱都见不到。

前几天两个人要买车，她父母可以借给他们一半，剩下另一半她希望两个人一起出。问起他的收入，他照样支支吾吾，一会儿说不清楚自己的财务状况，一会儿又说自己钱全部压在股票和工程上，一分钱也拿不出来。

她这才知道生气，觉得他太没有诚意了。现在她真担心自己如果以后不赚钱了，他会怎么对自己。

神经大条的人真是可爱又可恨。他们之间早就危机重重，从最开始要工资卡，到后来的AA制（各人平均分担所需费用），到一毛不拔，到隐瞒收入，每一步这个男人的小算盘都打得啪啪响，所有的计算全都是有利于自己的，只有她，傻乎乎地觉得既然在一起生活，就不应该计较太多。

她问我应该怎么办，我说你的婚姻等于驻扎在一个巨大的炸药包上面。他瞒着你，把你的钱都花了，而你却一无所知，万一，我是说万一，婚姻走不下去了，你怎么保障自己的权益？被人这么算计，你晚上睡得着觉吗？

有些女人爱犯的毛病就是把生活的主要控制权全都交给男人，以为夫妻同心，就能高枕无忧。还有的女性满足于男人的照顾，觉得自己没有头脑理财，全部都交给男人，反正自己有吃有喝，想买什么就买什么，就不关心自己家里到底有多少收入。尤其是有些男人经商，收入不可控，管也管不了，索性不管。但风雨一来，生活陷入困局的时候就会发现其中的风险。

我这可不是危言耸听,我可是见过太多这样的案例。社会新闻上也有啊,某女离婚之后才发现男人居然还有房产没有参与分割,只好另行起诉,扯皮扯了好长时间,才算拿到一部分补偿,劳心费力伤神,那种损失,真是金钱都无法弥补。

现在女性要经济独立的意识已经深入人心,但同时也带来了一些副作用,有些人明显矫枉过正。因为害怕被说成物质女,就干脆表现得什么都能自给自足。久而久之,惯坏了男人。

我有个朋友,都快结婚了,我顺便问起男人赚多少钱,她却说不知道。我说你怎么不问问啊,她说我不好意思,我怕他觉得我市侩。

都结婚了,还保持清高,其实绝不仅仅是不好意思谈钱的问题,还代表两个人的感情还不具备亲密无间的基础。

两个相爱的人在一起,物质绝对是绕不过去的一关,能坦率地谈论物质,能自然地在恋人面前提出自己的需求,那才是到了结婚这一步。

一个男人,如果真爱一个女人,一定很愿意展示和炫耀自己的强大,赚得多要多说,赚得少也得往多里说,就像雄性动物在求偶的时候,要拼命把自己的漂亮毛皮展现给雌性动物。隐瞒不说,只谈情爱,不论及现实,舍不出来金钱的所谓真爱,不管谁信了,我是不相信的。

夫妻之间坦诚的意义,绝不在于金钱本身,而在于这是一种

互相接纳的姿态。隐瞒收入本身的最大的危害并不是金钱的问题，而是他的不诚实，撼动了婚姻的基石，造成了婚姻的不安全感。

中国传统的家庭模式是男的赚钱，女的管钱。一个是搂钱的耙子，另外一个是装钱的匣子，夫妻搭配，科学合理，经济实惠，是最适合普通家庭的理财方式。但为什么有些男人不愿意把钱交给女人管呢？除了前面那位傻姑娘的老公明显是在算计她的情况，很多男人其实都有自己的顾虑。

1. 担心花钱不方便。

有的家庭女的管钱手特紧，男的收入全都上交，每次都要像小学生一样从老婆手里讨零花钱，干什么了、花在哪里，还得给老婆对账，搞得男人处处捉襟见肘，久而久之，就不愿意让女人管钱了。有的男人见惯了父母或者身边人的这种相处方式，杯弓蛇影，自己结婚就很抗拒女人管钱。

2. 支出不透明。

天涯论坛曾经有个热帖，写的是老婆把家里的钱全都偷偷给了娘家花，等老公发现的时候，钱已经所剩无几了，虽然这个故事后来被证明是编造的，但现实生活中这样的情况也不少。民间有句俗话："不怕耙子没齿儿，就怕匣子没底儿。"有的女人管钱，越管越少，自己花费无度，还不对老公坦诚，男人辛辛苦苦，连点家庭收入的知情权都没有，时间长了谁能不寒心。

3. 女人不善理财。

以前爸爸妈妈那代，基本都是女人管钱，因为所谓管钱，就真的是管钱，少的放家里，多了存银行，顶多买买国库券，没有别的理财方式。现在股票、期货、债券、基金、房地产，各种各样的理财方式花样翻新，有的女人懒得操心，缺乏理财头脑，还是老一套存银行，不适应时代发展，只能交给男人处理。

所以女人要想掌握家里的财权，就得解决好以上这三个问题，给男人应有的自由，还要互相信任，收入和支出都透明，最最重要的，就是要学会一些理财手段，让钱能生钱。

当然，每个家庭都有自己管理收入的方式，其实男女之间谁管钱不是关键，只要财务公开，收入透明，彼此都对重大支出有知情权，那就谁能管好谁管，能偷懒也不是坏事啦。

一切不努力的异地恋都是耍流氓

和老友聚会，谈到我们当年恋爱时的事情，她突然有个感慨："为什么以前异地恋很少，而现在却很多呢？"

我说："还不都是网络和通信的发达惹的祸。"

网络让人和人之间的距离无限缩进，即时通信系统又让人随时随地都可以进行联络，再加上社会的流动性加大，每个人的身份和生活都不再被固定原地，地域便不会成为恋爱的障碍。

以前两地情侣要见一面，多难，只能邮张照片解解馋。现在电话、微信都能视频，思念了，就可以见到。

但恋爱，我还是喜欢面对面地谈，我不喜欢异地恋。

如果我病了，身心全部软弱，恋人的声音和影像能给我端水送药吗？

如果我晚归，心惊肉跳地走着夜路，身在异乡的他能吓退身后的跟随者吗?

如果我失意了,我想对着真人倾诉,哭倒在他的肩头。

如果我高兴了,我想能有人在我身边分享这份喜悦,而不是只通过电话传达。

我要我的恋人,是我真实生活的组成部分,我不要他是一个影子,一种声音。如果长久分离,自己也可以料理自己的生活,一点都不寂寞和空虚,那我会怀疑,我真的需要他吗?

朋友笑话我:"你就是依赖性太强,所以接受不了异地恋。"

对啊,我就是怂,就是意志薄弱,因为我们的肉体,总是比精神更先妥协。最需要的时候,最想念的时候,你都不在,一次次失望之后,大概就真的不在乎你是不是在了。

这就是很多异地恋会失败的原因吧。

很多异地恋的终结,就是从某种无力感的滋生开始的。

看着身边的人成双成对,那种寂寞,也是刻骨的。虽然感情依旧充沛,可全靠精神食粮,天长日久也厌倦了这种虚无,转而想要点实惠的、直接的东西了。

当然异地恋也有很多修成正果的,比如我最好的朋友,她和老公就是由异地恋走进的婚姻。

他们距离上千公里谈了几年恋爱。我还记得陪着她去打长途电话,远远地,看不见他们说什么,只看到她脸上少见的温柔表情。

他过生日的时候,她送他整套的邓丽君歌碟,也是我和她一起买,一起邮出去。

这几年当中，她大多数的业余时间都是我和她在一起，只有探亲假的时候，他们可以拥有几天、几十天的团圆，我见证了这段恋爱几乎所有的甜蜜和艰辛，直至最终结婚，直到现在。

他们为何能够逃出异地恋的魔咒，我所能看到的是，除了感情之外，他们一直很努力地计划着如何结束异地的生活，很努力地想要在一起。

一开始是朋友决定去男朋友那边，后来因为家庭关系，又改换成男朋友回到家乡。没有谁抱怨，没有谁觉得是牺牲，"我们一定是要在一起的"，这是他们的信念，也是努力的动力。

他们能够忍受短暂的分离，因为他们相信随之而来的，是长久的一生。这会让分离都变得不再那么难以忍受，人总是需要为幸福付出一些代价的，不是吗？

前段时间我认识一对恋爱异地、结婚异地、生孩子还是异地的夫妻，两个人各自在各自的城市中，谁都不愿意放弃工作走到一起。四年了，女人什么都是一个人，感觉这种日子真的是过不下去了。我真的是很好奇，问她："为什么不解决两地的情况再结婚呢？"

结婚，那是多么现实的事情，并不适合异地。开枝散叶，柴米油盐，在一切凡俗的生活程序中，需要一个家，让两个人共同去经营。没有这个居所，各自漂泊，家也就不像家了。

女人苦笑："当初还不是高估了我们之间的感情。"

他们相爱的时候，都觉得距离不重要，抱着"以后会在一起"

的单纯想法，就结婚了。可结婚之后，又都觉得自己现有的生活不错，都指望对方会改变现状，于是僵持不下。

她逐渐发现，她跌倒，他不能第一时间来扶她；她孤独，他也难以分身来安慰她。

若问还爱不爱，答案是，还爱。但爱情成了天边的月亮，皎洁明亮，抬头能够寄托遥远的思念，但是，也仅仅是这样了，它不是拐棍，不是扶梯，不是一双温暖的手，想抓的时候，总是抓不到，想要的时候，总是慢一拍。

人们很容易因为距离制造出来的美而相互迷恋，也会因为距离制造出来的生疏而相互厌倦。

最近身边有对小情侣在异地恋，我提醒他们异地恋不容易，要小心经营。恋人们利用语音、文字、视频来谈恋爱，这本身就是一种冒险，每个人爱上的，都不完全是真实的对方，有一部分也来自想象。待回到现实中，真正面对面，那些因为想象而创造出来的虚幻消失，还会有一个重新认知和相见的过程。

女孩听了之后，对我说："姐姐你是不是很不看好异地恋？"不，我不看好的不是异地恋，而是不努力的异地恋。

你可以异地相恋，但两个人终究要走到一起，回到真正的现实世界里。

如果你爱的人不在你的身边，你要努力创造能够在一起的机会，你不能停止努力，否则你就不配说爱他。

如果一边满足于自己的生活，保持着长久的异地恋，又一边说"我爱你",这爱情一定不那么可信。

真的想要在一起的人,一定会认真想办法在一起。没有人能忍受长久的分离,真爱就是一股不顾一切地想要在一起的力量。

一切不努力的异地恋都是耍流氓。

你不能选择曾经，但未来就在你手里

有一个遭遇婚外情的妻子给我留言说：请教会我们在这样的经历后如何进行心理修复，要怎样才能忘记这个男人的背叛所带来的伤害。

这是一个难以回答的问题。遭遇婚姻的裂变，不仅会改变一个人原有的生活方式，还会因为伴侣的移情而颠覆了对于爱情和忠诚的信念。这是双重的打击。

世间最容易治疗的就是有形的伤害，最难消除的就是心灵上的痛苦。

记得自己以前也曾经写过类似的文章，要想忘掉婚外情的痛苦，需要用智慧来治疗自己。可能智慧这个概念太笼统了，难以具体实践。总的来说，同样的伤害在不同的人身上会制造出不同的结果，起决定因素的，不是伤害的大小，而是在关键的时刻我们到底是什么样的人会暴露无遗。

这里没有任何捷径可走，假使我能够说出轻浮的安慰，那也不过诸如"一切都会过去的，时间是最好的治疗师"之类的。但这只是一种理论上的概念，事实上，在现实中，有些人就是永远也走不出来了，永远心碎，永远痛苦，永远怨毒。一提起这个男人，就握紧拳头，心跳加速，愤愤不平。或者，还有的人干脆让自己为失败的感情和婚姻殉葬，决绝地不打算再给自己一次机会。

能不能在一场瘟疫中活下来，取决于我们的体质够不够强壮；能不能在一场打击中痊愈，取决于我们够不够坚强。伤害不是能够忘记的，正如伤疤总是那么触目惊心地提醒我们曾经遭受的折磨，但伤害是可以被征服、稀释和淡化的。

只是，你一定要懂得带领自己走出痛苦，你一定不能停留在原地。

1. 不要去解释伤害，伤害才能变得容易接受。

不断地回想"他为什么会背叛我"曾经是很多妻子挥之不去的梦魇。无论是男人最终回归了还是最终分开了，无法相信、无法解释对方的行为都是她内心最大的伤害。

其实不是男人的行为不能够被解释，而是女人总是无法让自己相信最真实、最残酷的那个答案。男人出轨，不是感情出了问题就是品质出了问题，但相信任何一个都不是女人所愿意看到的。

所以女人既想要得到答案，又害怕知道答案，这种矛盾而交错的心态让女人主动在原地打转，计较这个根本已经成为既定事实的问题。

不要去解释伤害，伤害存在了就是存在了，男人背叛了你已经是事实，多去想想自己应该如何面对和解决问题，少思考"如果""假设"这样的不确定的东西。只有这样，伤害才能变成一种现实的存在而不是虚无的煎熬，当你把背叛作为一种通常的困难去面对的时候，它就不会特别伤害你了。

2. 错的是一个人，不是你爱的信念。

遭遇背叛之所以令人痛苦是因为对方打碎了承诺，违背了两个人曾经恪守的原则和底线。

信念七零八落，尊严千疮百孔，对方将你最珍视最宝贵的东西扔在地上，狠狠地踩上几脚，被否定的感觉会让一个即使无限自信的人都变得软弱和狼狈。

失去了爱人可以再找，失去了信念却很难再重新建立起来。有些人变得不再相信感情和婚姻，不相信忠诚和美好，深深痛恨自己曾经相信对方的日子。对方已经走了，自己却永远留在黑暗之中。

信仰这个东西，绝不是既得利益者的选择，应该是对美好东西的向往和尊重。信念应该是千锤百炼的东西，是无论如何都难以泯灭的价值观和人生态度。如果说，一次失败就毁灭掉了我们对生活的信念、对美好的期望，那只能说我们还太软弱。

错的是一个人，并不是爱情本身。爱情的信念是给自己的，不是给别人的。即使身在最黑暗的人性的伤害之中，也不要闭上自己向着光明仰望的那双眼睛。相信自己坚持的是正确的，你就不会被他人的卑劣所伤害。

3. 伤害是生活的一部分，谁都无法逃避。

婚姻的挫折和人生中其他的伤害一样，都无法预料。

有时候，并不一定是自己多么愚笨，或者对方多么不堪，这就像一个概率问题，倒霉了，遇到了。有的人没有遇到那样的机会，就躲过了那样的劫数。只能说，并没有多少人有那样的幸运能够平安稳定地活到老。

有的人一帆风顺惯了，不能咽下这口被生活羞辱的怨气，所以加倍痛苦。但请相信，对于每个人，人生的烦恼和痛苦永远如影随形，没有这样，也会有那样。更没有人可以骄傲到让命运网开一面，手下留情。淡定一点，承认自己就是一个平凡的人，有时候，消解困难和痛苦的最好办法就是知道，世界上还有很多同样困惑和迷茫的心灵，有同样类似的故事，这时候来点阿Q精神（自我安慰精神）也没什么不好。明白自己不是孤单的才可能获得更大的力量，去抗争命运的残酷。否则，一个人默默地扛起一切，是多么令人恐惧的事情。

再深的痛苦都可以转化，化成一种心平气和的回忆。

我们最终要原谅的，不是那些伤害我们的人和事，而是在时间的作用下，一心要寻求解脱的自己。

原谅我们曾经很无知，很笨拙，很软弱，原谅我们曾经那么用力地生活，以至于忘记了生命的宗旨。宽恕和原谅，原本就是为了让我们能更好地活着。

4. 没有必要强迫忘记，伤害是在成就你。

有的人总觉得一个人伤害了自己，自己就应该忘记他，因为做不到这点而愈加难过。其实惦念一个离去的人，一个已经不爱你的人，不是懦弱的表现，而是用情至深，不能自已，是一件美好的事情。

一段感情的离去总会给我们留下一些可能根深蒂固的习惯，比如，喜欢上了一种颜色，爱看穿某一类型衣服的人，看见某种场景就会辛酸，在相似的环境中经常会惆怅、恍惚，这都是无可厚非的。我们的人生也是因有这些回忆而丰富。但是，凡事都有度，都有一个底线。关心是一回事，怀念是一回事，而开始过新的生活又是另外一回事。

每个人都会有当时当地不可避免的选择和权衡利弊只能不得已而为之的选择。即使你爱他，但两个人无法回到一个地点，那么分手就是最好的结果。作为成年人，自己背负自己选择的代价，而不能永远互相谴责，顾影自怜。

当过去的种种已经被时间的巨手敲碎了，一段一段地嵌入你的生命，那么，你无论如何也不能回避曾经的快乐和伤害。是它们，成就了你。所以，用不着刻意地去忘记，那刻意，才会成为你的梦魇，挥之不去。只有坦然地面对，接受命运赐给你的礼物，然后才可能超越这些,在悲苦之上,获得宁静。

曾经,是不可以选择的,但是未来就在你手里。想要得到什么样的未来,那取决于你有多勇敢、多聪明、多坚强。

结婚就是去认领同类的家庭

曾经有人问我一个问题："是不是老一辈的人衡量幸福的唯一方式就是经济上好不好呢？"

她正在读大三，和男朋友谈了三年恋爱，对方学历不高已经在家乡工作了，现在她家里反对，理由是对方工作不稳定工资不高。她觉得男友很努力，也上进，感觉父母就因为他现在经济能力差就否定了他。

我回她："经济问题当然不是衡量幸福的唯一指标，但是在经济问题背后往往隐藏着能力问题、阶层问题、家庭问题。"

在中国，阶层固化的现象越来越严重，父母是白领，家庭是小康，孩子很少能够跌落成蓝领。而父母是农民或者工人，家里贫困，孩子想要摆脱出来，也是千难万难，往往要经历非常艰辛的挣扎过程。

一个人有钱没钱并不代表这个人有素质没素质，但在这个商业社会中，你的学识、身世、背景、人品、能力、人脉，都是可以换钱的。所以反推过来，赚不到钱的人，往往在这些方面是欠缺的。

另外在中国，不是钱就能解决所有问题，比钱更大的是权力，还有人脉，以及社会地位。

有些生意人，最喜欢子女找公务员、事业单位员工等工作稳定，有一定权力的对象，为什么？因为这可以进行资源交换，在中国光有钱有些事也做不成。

在同样中等经济程度的家庭中，是首选一个当官家庭，还是首选一个批发海鲜的家庭？老派的父母都会说，要选当官的。为什么？因为体面，有社会地位。

而对于一个知识分子来说，另一个家境平常的知识分子家庭，比一个有钱的暴发户更值得选择。前者和他有近似的生活环境，更容易沟通，后者的行事规则和人生信条可能超越了他的理解范围。

钱不是万能的，白手起家，从零起步，依旧可以成就美满婚姻。问题是，两个人是不是有足够的上升空间和事业潜力，同样白手起家，一个家境贫困的名校毕业生，和一个初中毕业的城市贫民，未来的创造力，绝不相同。

这些问题，是很多年轻人在择偶过程中忽视的，尤其是女孩。那些觉得自己不物质的，不看重现实的姑娘，常常也连对方的家庭、学识、修养、阶层都一并忽视了。

小楠和男朋友相识 10 年了，他始终没有稳定工作，最近一年完全待在家里不做事。他家庭条件也不好，妈妈不识字靠卖菜维生，他爸爸在家不做事，全靠他妈妈赚钱养着。而她有稳定工作，家庭小康，条件相差太多，父母不同意他们在一起。

小楠很犹豫，男友对自己很好，她舍不得分。她只是对他的家庭没有好感，父亲游手好闲，妈妈没什么素质，总会插手她和男友的小矛盾，还批评作为她女人为什么不让着男人，简直是女版"直男癌"。

他们分分合合好几次，都没有分开，感情却不比从前了。现在到了该结婚的时候，她也困惑了，坚持吧，父母不开心，不坚持吧，在一起成了习惯，心里空荡荡的。

恋爱中的人，都有一种勇敢，或者也可以说是盲目，只重视感情，不重视家庭。以为感情好，就能解决一切问题。

我经常会遇到女性读者留言说自己是稀里糊涂结了婚，根本没有了解对方的家庭，而结婚后发现对方家里如何如何奇葩，如何如何难以相处。

比如有一位的公公和家里的保姆常年有不正当关系，生了个孩子，婆婆也接受现实，三个人幸福地生活在一起。

看得我直叹气，咱们买台冰箱、彩电，还得选选牌子、看看厂家，研究下到底国产还是进口的吧，你选一个大活人结婚，却不看看他的"生产厂家"都是什么样的人，不了解他是在什么样的环境中长大的，这是不是太草率了？

真相信结婚就是和一个人结的，和他的家人没关系的人，都是无可救药的乐观主义者。事实上，看一个人的父母，大致就能看出他未来的样子。而这个人现在的样子，也藏着他父母几十年的教育。

感情好，不怕穷，挨得苦，这都很简单。问题是，一个小康之家的孩子，知道如何和卖菜的小贩的家庭相处吗？妈妈不识字，父亲一辈子游手好闲，然后儿子也不工作的家庭是个什么家风？这样的家庭能够做到通情达理、宽厚善良吗？

两个阶层中的生存规则和逻辑完全不同，可能在小楠看来享受生活是天经地义的、讲究品质的理念，在对方看来就是臭讲究，不务实。而对方的粗声大气，精明泼辣，在小楠看来简直就是没素质，这南辕北辙的东西怎么往一起揉？连中和的可能性都没有。

可以预见，未来关于婆媳矛盾的无数个矛盾和槽点，都将在这里面产生。

这不是阶级歧视，更不是势利眼，而是真实的现实。

所有的人都活在自己的局限中。小楠男友的妈妈已经暴露出极品的倾向，插手儿子和女朋友之间的矛盾，还偏向自己的儿子，但那就是她的素质、她的境界，她一个不识字的卖菜小老板，就懂得这样保护自己的孩子，她没有办法更体贴、更周全和有智慧。

感情的选择永远都逃不出这样的逻辑——没有谁对谁错，只有合适与不合适。

像小楠男友那样的家庭中，适合配一个同样现实的、精明的、十分有战斗力的姑娘。他们的世界中有相同的生活方式，相处起来才会合拍，万一搞不平衡，斗了起来，谁也吃不了大亏。而小楠，满怀天真的幻想，要求太高，让她算计她觉得累，让她战斗她会觉得亏，不合适。

很多婚姻悲剧的发生，都不完全是因为钱的纠葛，而是选错了一个阶层，走到了不适合自己的阶层之中。

恋爱对于女人，常常以"谁对我好我就爱谁"为标准，这没错，但只看好，不看家庭、出身，忽略现实，即使有爱，也早晚会被消磨。

结婚，说白了就是认领和自己是同类的家庭，你从一个家庭中走出来，终究还是建立一个和过去类似的，你更习惯的家庭，才能过得好。

相爱的人，不要同时任性

某天，在惯常的夜晚，我看书他看电视，猫咪在地板上追逐着自己的尾巴，我突然想起一件事："喂，你有没有发现，我们这几年很少吵架了？"

他露出一个十分高风亮节的笑容："那是因为我不和你一般见识。"

我回报一个嗤之以鼻的表情，但心里默默地给这个答案点了个赞。

是的，当他足够了解我，知道我这个人虽然经常张牙舞爪，做悍妇状，其实完全是个纸老虎，毫无杀伤力之后，他就开始选择息事宁人的做法来对付我："哈哈，你觉得我错了，那我就错了，爱慕扫瑞。"

然后还要露出一个可怜巴巴的表情，挺大个男人，在你面前装傻卖萌，简直叫人无法不谅解。

刚结婚的时候不是这样，他的性格比较温和，但十分执拗，他总是无法理解我某些生气的点，如果碰到我发火，而他又觉得自己没错的时候，他一定要和我争辩到底，较真到底。

我们都拿出彼此最恶劣的那种态度来相互对待，我吼他，他说不过我，就会用十分蔑视的眼光看着我，我最恨这种眼神，然后继续吵，非得某一个受伤太深，宣布退让，才能偃旗息鼓。

和好后我就很委屈："你为什么不让着我点，人家是个弱女子。"他很无辜地说："你和我吵架的时候那么凶，完全想不起来你是个弱女子。"

多年的婚姻生活之后，我们不吵了，与其说大家都变得疲倦了，还不如说都变得聪明了。

其实不仅是他，我也学会了宽容，有小矛盾退让一下，不像从前那么矫情："你凭什么给我摆脸色看啊，我偏要迎难而上，好好和你掰扯掰扯。"

有一次，朋友来我家玩，正好遇上他工作上有烦心事，皱着眉头不开心，和我说话的语气也不太好，我马上开启相声功能，几句话逗得他眉开眼笑。

转天朋友找我聊天："你好像很怕你先生的样子？他脸色不好，你就要赔笑。"

"怕他？"我笑得喷饭。

像我这样连持刀歹徒都敢追出几百米的女汉子，我有什么可怕的？我谁都不怕。

　　我让着他，是因为人人都有脆弱时，当他小魔鬼附身，我若是还步步紧逼，他必将释放出大魔鬼和我作战。到时候两败俱伤，而原因可能只是因为某件与我们全无关系的事情挑起了情绪——我才不要这么蠢，为他人的过失买单。

　　我不想看到丑陋的他，也不愿意看到丑陋的自己。在不良情绪的临界点上，我知趣地止步，结果是一场皆大欢喜。

　　前几天有读者问我一件事，说自己再婚的老公哪里都好，就是一吵架生气了就喜欢说离婚，然后过后再道歉，承认自己嘴上没把门的。这当然是个坏毛病，她很难过，他答应改，但偶尔还是会控制不住："我就是嘴贱，下次我再说你别拿我当回事好了。"

　　她还是很痛苦，觉得他对婚姻态度过于儿戏，甚至想要离婚。

　　我说这点小事何至于呢，既然知道他这样的弱点，第一次可以哭得梨花带雨，第二次就要想点办法避其锋芒："离婚？可以呀，不过先把这顿饭吃了……不吃饱了，怎么有力气离婚呢？"

　　这不是打了左脸给右脸的圣母性包容，而是你一旦知道他的缺点来自哪里，躲着点走，杀伤力就会降低。

　　夫妻之间，除了个别原则问题，有什么事情是非得计较个明明白白的呢？真没有多少。

　　吵架能解决什么问题？什么问题都解决不了，不过是负面情绪的大爆发，往往吵到最后，开始引发吵架的事件已经忘记了，大家只想用最有效的方式伤害对方、制服对方。

当然，年轻的时候都不这么想，觉得事事都关乎原则，每件事情不说清楚了都觉得以后要乱套，自己退一步都害怕从此变得被动，所以这架啊，总是吵个没完。遇到别人家的恩爱夫妻，看到人家不吵架，日子过得有商有量，一辈子都没红过几次脸，就觉得人家运气好，遇到了合适的人，"看人家的老公多有修养""看人家的老婆多温柔"。

岂不知，没有天生就合适的人，关键是后天如何经营。

台湾摄像师阮义忠和太太袁瑶瑶是初恋，在一起相守40年之后，他总结出了这样一个结论："天底下没有人可以是天作之合，绝对没有。"

他们之前有很多吵架的点，尤其是在创作上，太太帮助他收集资料、打字，经常会因为文稿的修改意见而吵架，他让她这么打，她觉得不合适，一定要改，不肯老老实实按照他的意思来。

后来怎么才不吵了？是因为阮义忠逐渐体会到："不只是夫妻，任何两个人都有沟通的盲点，你永远都不要去碰那一块。沟不通了，那你就放下，不要碰就好。"他说这些智慧都是后天学来的，懂得了放下，懂得不试图去改造对方，才得到了越磨合越牢固的关系。

这是阮义忠的结论，而著名学者林语堂总结的则是："怎样做个好丈夫？就是太太在喜欢的时候，你跟着她喜欢，可是太太生气的时候，你不要跟她生气。"

高兴需要分享，分享了就变成两份喜悦，而怒气则不能共担，迎怒而上就容易演变成双倍的伤害。

著名的摇滚歌手帕蒂·史密斯在自传《只是孩子》一书中，记录了自己与罗伯特·梅普尔索普之间那段二十世纪纽约最传奇、最美好的爱情。关于他们之间的相处，帕蒂说："我们从不同时任性，这很重要。"

　　是的，相爱的人不要同时任性，这是很重要的关系法则。

　　再好的爱情都经不起旷日持久的吵闹，经不起互不相让的消磨，如果有爱，不如多一点慈悲，在爱人生气的时候，守住自己的任性，不与对方争长争短。

　　每个人的情绪都需要错峰，要保护最脆弱时的那颗心，你生气了，我就停嘴。我不开心了，你不要来烦我。

　　有些话，等大家心平气和的时候慢慢讲，才能容易听得进。

THE STEPSTONE FOR

PART

THREE

/

幸福的基石

是不折腾

爱情就是一件经得起热烈又耐得住平淡的事情，如果始终追求热乎，到头来一定是腻歪，彼此两相厌。因为你没有给爱情缓慢滋生、凝聚为血肉的机会，就像没有给一锅汤慢火熬煮的机会，它就不会成为一锅好汤。

幸福，只是一种平衡的智慧

小区对面有个小小的菜市场，其中有一家菜摊的老板是小两口，态度好，种类全，所以即使多走几步，我也喜欢去他家买。

每次到他家，总是小老板默默地干活，小老板娘麻利地应酬着顾客，称重、收钱，两个人分工很有默契。

小本买卖，挣不了多少钱，但两个人脸上总是带着笑容。即使遇到了糟心的事情——下雨棚子里面漏了水，小老板娘也不忘对着来买菜的客人调侃：不好意思，进了水晶宫了。

我喜欢乐天派的劳动者，我最害怕遇见怨气冲天的交谈对象。有一次坐出租车，聊到收入问题，就因为我问了一句"你们现在收入也不低吧"，那个悲愤的司机训了我一顿，中心思想是我不懂民间疾苦，站着说话不腰疼。"看你这样一定是上班的，有人给你交三险五金吧，过年你们也分点大米豆油吧，我们什么都得自己买，这点钱也就是看着多，不禁用！"

训得我恨不能登报给他赔礼道歉，挽回声誉。

在力所能及的情况下，人人都应该活得更体面、更有尊严一些。难事家家有，天天说，时时挂到嘴上就没劲了。

小两口大概背地里遇到菜价上涨、管理费多收的事情也骂两句娘，可白天的时候他们依然转得像一对快乐的小陀螺。

这是一种生活态度。

有一天，我一进他们卖菜的小屋，发现挤了一屋子人，只有小老板娘在忙，小老板不在。

"怎么你一个人在啊，老板呢？"我问她。

她擦着额头的汗，忙里偷闲回答我："我让他回家看球赛去了，今天好像是什么美国篮球联赛。"

我也不懂这个。一边选菜一边问她："这么忙你还让他回去啊？"

她笑嘻嘻地说："不让他回去怎么办？在这干活也是神不守舍的，我看着都生气，干脆把他撵走了。"

我也笑："看把你累成这样，等回家你再找他算账。"

客人少了一点，她伸伸腰："回家更不能说了，反正我活都干了，犯不着再找别扭，就让他高兴一天吧。"

"你真想得开。"我是由衷的。

她居然羞涩了，用手轻轻推了我一下："哪有，我这也是会算账，他知道他欠我的，明天保证抢着干活，我也不吃亏。"

拎着菜出门，等在门外的老公有点不耐烦了，说我："你怎么和卖菜的都能聊这么长时间。"

卖菜的怎么了? 卖菜的也有大智慧, 就凭她刚才这番话里面蕴藏的胸怀, 又有多少女人能做到?

同样是遇到这样的情况, 换成别的老婆可能会说 : "你回去我一个人怎么办, 不行! " 或者 : "你一个卖菜的, 看不看球能怎么的, 你要是每个月挣个十万八万的, 我让你可劲看! " 唠唠叨叨上一大堆, 严厉谴责外加人身攻击的暴击。

如果老公不顾阻拦, 强行回去了, 那可不得了。脾气暴点的当场就得关上菜摊, 回家找他说理去 : "这家是我一个人的吗? 凭什么让我一个人干活, 你却在家里看电视? "

不要觉得家庭世界大战都是有关原则的大事, 绝大部分都是这等小事。小事点燃导火索, 嘶嘶冒着青烟, 炸毁所有的理性和耐性。吵到最后, 永远都要回到一个话题 : 这日子没法过了!

这不是我危言耸听。我听过很多女性朋友讲述她们婚姻中那些鸡毛蒜皮的小事, 套路不过都是如此 : 他想要干什么什么, 我不想让他干, 他非要干, 所以我就那什么什么……

现代生活压力大, 有的女人生活得很紧张, 转而又把这种压力传递给老公, 加倍的。她们没什么情趣, 也没什么幽默感, 永远都能看到生活中的不足。没钱的时候, 惦记着要买房子, 有了点钱, 又觉得出国移民还不够呢。

她们永远挥舞着鞭子, 男人如果不前进, 就会挨打。

她们和小老板娘是两类人。如果和小老板娘易地而处, 她们肯定会觉得, 一个卖菜的, 都已经处在生活的最底层了, 居然还想脱岗去看球，简直是太没有责任感了。

可小老板娘却不这么想。看球，那是他阳春面般的生活下面的一个荷包蛋，再剥夺它，人生还真是没什么乐趣了。她明白偶尔纵容疼爱他一下，他会反过来给她回报。凡事不用总是那么计较，生活微妙的平衡就在这尺度的把握之间。

有些女人的通病就是只看到自己到达目的地的直线距离，却不知道迂回一点然后同样能够到达目的地。

在小老板娘身上，有一种怡然认命的精神，她觉得一个卖菜的嫁给另外一个卖菜的，这简直是天作之合，她活得坦然和宽容，彼此疼爱。而很多女人的烦恼在于，对生活的要求超过了自己的能力，只好把这种失落转嫁到自己的男人身上，找了个白领，却按照大亨的标准去改造。

总是不满意，总是委屈。

所以她们虽然都比小老板娘有知识有文化，也更有社会地位和更多资源，但是她们过得反而没有小老板娘幸福。或者体会不到应有的幸福。

人的幸福应该从哪里来？从小老板娘这里可以得到一个提示：幸福自平衡中来。

无论钱多钱少，无论日子是否艰难，只要得到的和自己的能力相匹配，失去的和自己的预想差不多，那么生活的每个阶段、每一刻都可以有一种平衡。

幸福感也就由此而生。

/ PART THREE /　幸福的基石是不折腾

能用撒娇解决的问题，坚决不撒泼

她很讨厌自己的婆婆，讨厌得不要不要的，婆婆做的任何事情都值得拿来吐槽。

比如："孙子都有了，还整天穿得花枝招展的，好不好意思啊？"

再比如："某天我居然看见她和公公撒娇，啧啧，五十几岁的人了，好恶心。"

她是我的邻居，上下班经常能遇到，等电梯的时候会聊上几句，后来还一起逛过街，偶尔互相到家里坐坐。但就在她一次次说出这些话的时候，我决定疏远她。

清官难断家务事，如果她吐槽婆婆有些事情做得不对，背地里发发牢骚，我都能理解，可这种大搞人身攻击，凡事只要是婆婆干的，都是不对的心态，恕我难以接受。

更为要命的是，我发现自己就是她吐槽的那种人，一把年纪，还喜欢涂脂抹粉，穿得花里胡哨，还愿意对自己家的男人撒娇，为了别恶心到她，我还是默默消失在她的生活中吧。

女人的嫉妒心有时候很可怕，她对婆婆的怨气，很大一部分是来自于对婆婆的嫉妒。因为她家公公对婆婆特别好，抢着干家务活，吃饭会主动给老婆夹菜，而婆婆说话总是柔柔的，一双笑眼弯弯的，虽然年纪大了，还是有一种女人的风情。

她自己是那种有点强势的女人，可能是因为在单位做了小领导，说话中不由自主带出一点命令的口气。她家先生也不是对她不好，只是有点淡淡的，经常是她语气一旦不太好，他就不说话了。她感觉自己不被疼爱，不甘心自己有才有貌，却输给了自己那一辈子只是个工人的婆婆。

追英剧《马普尔小姐》，剧中马普尔小姐的扮演者很符合作者阿加莎·克里斯蒂在书中描述的形象：青瓷色的眼珠，白里透红的皮肤，慈祥的皱纹。

形似还不算什么，关键是演员演出了马普尔小姐身上那种略显顽皮和狡黠的少女气质。虽然是一辈子都没有恋爱过、结婚过的老处女，但马普尔小姐没有变得孤僻和冷漠，依旧带着一股女孩的天真。

有一集，马普尔小姐被邀请赴邻居的约会，邻居小伙子来陪她一起去，小伙子把胳膊弯起伸向马普尔小姐，老太太心领神会地挽住小伙子的臂膀，两个人缓步并肩而行。

我特别喜欢这种绅士对待一个淑女的方式，无论她年龄多大，

/ PART THREE 幸福的基石是不折腾

容貌如何,都被他当作美丽的少女一般精心呵护。

而一个真正的淑女,即使到了垂垂老矣,依旧保存着自己的女性特质,温柔、亲和、浪漫、深情。

这正是我们的生活中所缺乏的色彩,正当年的少女和妇人都容易有异性追随,她们也很享受这种追求,然而男人看中的是她们身上作为雌性生物的原始资本,一旦上了年纪,韶华不再,就会失去这个待遇。

男人觉得这是正常的,女人也觉得是正常的。女人到了中年之后,就要失去女性特征,失去在男人面前做女人的权利,不打扮,不温柔,不撒娇,否则,会被人家笑话"老不正经"。

遇到一个居然不肯服老,还愿意把自己当作女人的老女人,不待男人来说三道四,女人自己就来绞杀这样的同类。

比如我那位邻居,自己做不了温柔的女子,却痛恨婆婆居然能够做到。

马普尔小姐的破案神技之一就是喜欢示弱,装成一个无知而脆弱的老太太去探究人性深处的幽暗。人人都吃她这一套,好人坏人都对她这个老太婆不设防,告诉她一切她想要知道的东西。

在通常的认识中,女权主义者都强硬激进,美国著名的妇女解放领袖格洛丽亚·斯坦能却是个例外。她将当权的男权主义者们拉入自己阵营,她有出众的外表、优雅的谈吐、出色的口才,以争取同情、而非敌对的姿态与当权者交流,讲述自己的主张,得到了更多的同情和支持。

你对自己想要的东西，以什么样的方式去拿，这很重要。

我爱撒娇，是因为撒娇娱人娱己，利国利民，常常兵不血刃就能解决问题。

先生哪句话说得不好听了，硬邦邦地直接怼回去是一种处理方式，但从鼻子里哼一声："咦，你干吗这么说人家啊？好伤心。"其实更有助于让他知道，我已经不高兴了因为这件事。

青春期与父母冲突很多，只因那时候双方的态度都过于紧张，好多事情都被拔高，上纲上线，现在年纪大了，学会了柔软面对，再听到父母抱怨自己不听话不懂事，也不会急着反驳，反而可以撒娇："谁在爹妈面前需要懂事啊，我傻才能衬托出你们的伟大啊。"

现在流行女汉子，很多女人不屑于撒娇，觉得太"绿茶"，不是良家妇女的本领。她们变得硬邦邦的，不擅长温柔，更擅长"怼""撕""作"，结果是什么？总是强硬，等于是拉开战争的序幕，对方容易拿你当敌人一样去对待。

有人不爱撒娇是因为觉得被冒犯了，就一定要表达出来自己的愤怒和反感，否则对方一定不会知道自己的错误，不知道错误，就不会改变，下次依旧是犯错。

他们往往是那些相信教训和惩罚会管用，而不相信温柔其实更有力量的人。

对外人，或许这种逻辑还可能适用，但在亲密的关系中，我们身处在一种弹性空间之内，没有绝对的对与错，只看相互之间能包容和忍耐多少。婉转地表达自己的感受，让对方明白自己的态度，等于是把橄榄枝伸给对方，给对方一个下台和改变的机会。

没有不喜欢温柔的人，男人女人都是一样。温柔是一种温润人心的品质，在温柔面前，人们更习惯卸下防备，而不是举起武器。

亦舒《我的前半生》的女主人公是一个不会和男人撒娇的女人，因为，"好的女人都不屑这些"。最后，连15岁的女儿都对妈妈的这点说法嗤之以鼻，她看到妈妈的好朋友唐阿姨也是好女人，但她就会，"我听过唐晶阿姨打电话求男人替她办事，她那声音像蜜糖一样……那男人立刻什么都答应了"。

一个女人如果以女性特有的柔软姿态表达自己的意见，要争取得到自己想要得到的一切，会更容易一些。

当然，温柔不会永远都奏效，有时候女人也需要适当撒泼，才能和不如意的生活谈判，争取到自己应得的份额。

但在撒泼之前，还是应该先试试撒娇，等撒娇也不管用的时候，再尝试着去撒泼。

因为，成为泼妇永远不应当是一个女人的最终归宿，偶尔当一次泼妇，也是为了解决问题，而不能上了瘾，时时处处撒泼。如果是这样，只能说这个女人是不被爱的。

撒泼是极具杀伤力的武器，一定要慎用。一辈子能用上的机会并不多，不要随随便便把自己的权威都浪费在了无谓的河东狮吼中。

因为，男人怕你的时候往往是因为还爱你，不爱你的时候，你再泼，他也不会怕你，只会厌恶你。

最好的优雅中应有粗鲁

就叫她包子吧，因为真的很包子。

包子有一个好老公，能干，性格又温柔，从不发脾气，她感觉自己很幸福。

但这个好老公也不是白白得到的，还搭配了一对叫人不省心的父母。包子的公公是个超级没有家庭责任感的男人，一辈子在外面胡混，应酬一帮狐朋狗友，每次只要别人说他几句好话他就感觉轻飘飘的，立马请客，把家里的钱都花光了。

后来，包子的公公发现从老婆那里再也骗不出钱来，就开始掉转枪口，向儿子要。今天几千，明天一万，最近他一次开口要十万。而包子的老公性格懦弱，有点害怕他爸爸，要就给，要就给，全然不顾自己的小家庭还背着上百万的房贷。

包子生气啊，恨公公不懂得心疼自己的儿子，不体谅小两口辛苦上班赚到的这点血汗钱。在她眼里,全家只有公公这么一个坏人,婆婆和老公都是好人,要是公公能不折腾,好好过日子,生活该多美好。

事实上,包子错了。事情远没有这么简单。

一个家庭是一个精密而微妙的系统,每个人各司其职,默契地扮演各种角色。

心理学家奥古斯都·纳皮尔和卡尔·惠特克在1978年写下了这本心理咨询实录——《热锅上的家庭——家庭问题背后的心理真相》,书中认为,"家庭是一个小型社会,有其社会秩序及规则、结构、领导、语言、生活风格和精神内涵。家庭中所有隐秘的规则、微妙的仪式和舞步等自成一个独特的小型文化体系,外人不容易一眼看穿,但是它们确实存在。"

在包子家则是这样分工的:

公公没责任感,好面子,只想着自己吃香喝辣,每天呼朋唤友,享受这份膨胀的快感。

婆婆没原则,缺少话语权,在关系中落于下风,要钱就给,直到被榨干。

儿子性格懦弱,不够成熟,始终处在父权的阴影下,明知不对也不敢违逆父亲,有求必应。

儿媳作为一个外来者,能看到问题的存在,却扭转不了局面,只好抱怨公公:"你太过分了,怎么不知道体谅一下我们。"

这样的布局形成了互相牵制的局面,每个人都在自己的角色中挣扎不出来，结果就变成了好像只有包子一个明白人，老公和婆婆是无力者，对抗不了"坏人"公公。

公公看起来是"坏人"，但这个坏人也需要所谓的好人来成全。像这种热衷于吃吃喝喝，外人给几句好话就能请人吃顿饭的男人，都不是什么精明人，往往也没多坏，就是幼稚、不成熟，如果没有人惯着，估计他也不可能这么多年始终如一地浪荡。

老婆不强硬，儿子没底线，一天天由着他的性子来，他怎么能不越来越自私，越来越贪心。这都是可以想象的，如果老婆够狠，他怎么也会收敛一些。现在是老婆惯完，儿子惯，他又胡混了半辈子，让他轻易改变，怎么可能。

包子的家庭要改变这种模式，大家都一直想扮演好人是不成的，总要有人跳出来扮演坏人。

抱怨没有用，包子一定要学会拒绝公公的无理需求，豁出去大闹一次，闹到老公再也不敢随便给钱，闹到公公见她就害怕，才能永绝后患。

而像包子老公这种软弱男人的好处是，不关心对错、公道，只是谁强就服谁，谁都可以控制他。他这辈子总得被谁管着，从更符合自我利益的角度，他肯定更希望这场斗争中最后的胜利者是包子。一个强悍的老婆，能有助于他摆脱强势父母的控制。

生活中常有这样的现象，男人看起来老实，什么都听老婆的，父母有意见，男人一摊手："我管不了我老婆啊。"其实不是管不了，而是不想管，因为老婆所做的一切都符合他的利益需求。老婆做恶人，他假装好人，夫妻同心，角色扮演。

包子一方面要强硬起来，另外一方面还要把老公拉入自己的阵营，标明两个人才是利益共同体，不仅不要迁怒于他，还要对他更好。

总把仇恨的目光盯在公公身上，会转移矛盾的焦点，相反，要视线向内，管好自己的男人。在自己的世界中，拥有自主权，不要重蹈婆婆的覆辙。

要想让公公走出他的角色，需要包子他们都要先走出自己的角色，这个家庭系统中旧有的平衡才能被打破。

做泼妇不是女人的目的，而是实现幸福过程中的一种手段。人际关系中的底线，就是靠某些战斗来划定的，你不亮剑，不标出红线，就有人喜欢不断试探你的耐心。

很多鸡汤文都告诉女性应该如何优雅，但在生活的残酷和粗糙面前，在那些根本不懂得欣赏美德的人群当中，粗鲁就是比斯文管用。

王朔曾告诉女儿，"心理强大到浑蛋比什么都重要"，这个世界专门欺负软蛋，对浑蛋却毫无办法。

是的，当作淑女已经解决不了眼下的麻烦，还是调到粗鲁挡试试，基本上会有奇效。幸福没有一定之规，只看你能消灭多少障碍。

想让他爱你？一点热 再加一点冷

除了一见钟情，大多数感情都要经历一个捅破窗户纸之前，叫人忐忑不安等待结果的阶段。

有位大二的女孩，在图书馆认识了一位男生，两个人互留联系方式，经常在一起聊聊天，跑跑步，感觉很好。

她承认自己对他非常有好感，而他呢，从聊天中能够感受出来，他也不讨厌她，算得上比较喜欢。周围朋友都说他对她说话像男朋友一样，怂恿她表白。

当她暗示他，两个人的关系能否更进一步的时候，他坦白说自己还放不下才分手两个多月的前女友。

他知道她喜欢自己，可是没法现在给她理想中的回答，无法勉强自己，但承诺会好好珍惜她的好，希望有一天能够以一个完整的自己来接受她的感情。

这种答案让她十分困惑，她不知道他是在搪塞自己，还是真的放不下前女友。她也不知道自己到底该怎么做，是继续对他好，让他慢慢忘掉前女友，还是该和他保持距离，干脆放弃这段关系。

像这样的困惑，在感情中特别常见。差那么一点火候的关系，总是叫人产生鸡肋之感，拿与放，都同样艰难。

试着分析一下这样的感情关系吧。

有人说，忘掉一段恋情的最好办法，就是开始一段新恋情。

某种程度上来说，这是对的。分手损害了一个人的感情和自信，新人的出现能够弥补这些损失，叫人更有信心走出伤痛。

但这句话的立场是站在失恋的人一边来讲，就像太上老君的丹药吃了能长生不老，可丹药炼到最后，就成了药渣。

当一个人病急乱投医，感情是不稳定的，他渴望抓住出现的任何温情来疗伤。待伤痛沉淀，一切恢复正常，真正的感受就会浮现上来，会发现对方并不一定合适。那个后来者成了帮助他把爱人的影子赶出心扉的工具。

在爱情中，有的人就是这样的命运，出现在不合适的时候，治好了别人的病，消耗了自己的情。

追求一个还心有所属的人，最大的风险就是你对他太好，在他还犹豫未决的时候对他太好。

可能很多人都觉得，要对一个人好才会被对方接受，才会爱上自己。其实未必如此，爱是最主观的东西，产生爱的过程，和态度无关。你对一个人很坏，也不影响对方爱上你。

依靠对一个人好来打动对方，这好不见得就会被对方珍惜，反而有可能会成为一种诱惑。你城门大开，诱敌深入，他为了赢得这份福利会忽略自己的真正感受，把你当作一个便宜，先捡了再说。

我一般不赞成在爱情中用手段，但追求爱情的过程中要学会控制力度，这不是手段，而是一种爱的智慧。

她喜欢他，这没错，但她需要让他看到，她只提供了一种可能，但他仍需要努力、付出、拿出诚意，才能得到她。

她给他的只是一个机会，不是结果。

在这过程中，千万不要比他自己更主动，不要让他用一种捡便宜的心理捡到她。

知道打铁是怎么打的吗？把铁烧热了，还要放到水里淬一下，然后再千锤百炼，才能变得坚不可摧。如果想要追求一个心里还有别人的人，想让他彻底放下过去，也要一点热，一点冷。给他温暖，给他好感，然后再收回，恢复冷静。

一定要让他自己去思考，她值不值得。当他发现自己已经离不开你的时候，曾经的感情才会一点点淡化。

能不暧昧就不暧昧，暧昧并不会通向爱情，反而会让一个女孩的身份和地位都变得尴尬。爱情没有中间地带，不是进就是退，不是饥就是饱。

愿意保持暧昧关系的人都是已经占据感情主动权的人，他们习惯了暧昧,也习惯了含糊,习惯了可进可退。

　　打动一个人的标志不是他和你暧昧,而是看到他乱了。心乱、情乱、意乱,再也不能管理住自己的心和感情。乱就是爱情的起源,如果他还是收发自如,好整以暇,在你面前没有羞涩和腼腆,就证明爱情并没有真正产生。

爱情如炖一锅好汤

有位姑娘哭哭啼啼地来找我，和男朋友恋爱一年，一直是朝着结婚的方向发展。但热恋期过后，她明显觉得男朋友发生了一些变化，原来是二十四小时待在一起都不腻，现在却时常"请示"她要求和小伙伴一起玩耍。以前每天要发几百条微信，打无数电话，现在只能保证早晚电话联系，上班的时候不让她总打电话，说影响工作，工作时间总接私人电话，领导都不高兴了。

她觉得男朋友都是借口，是不爱她了的前奏。正所谓，"原来都叫人家小甜甜，现在却要叫人家牛夫人"。

详细问了下他们之间的相处模式，才知道她要求男友早请示汇报，成天剖析思想，稍有怠慢，就是又哭又闹，痛不欲生。

她说自己很爱自己的男友，不想离开他。这我丝毫都不怀疑，她把爱情当作是一块玉，谨慎珍藏。但问题也在这，这块玉她习惯了贴身揣着,只有贴身的时候才会觉得有体温,才会觉得暖。掏出来,她就觉得冷掉了。两个人必须亲密无间,以她习惯的方式在一起,她才有安全感,才会觉得爱情一直存在。

她的问题也是很多姑娘在恋爱中所遇到的问题,男人在热恋期一过都会有一点改变,他们会将高度热情转为正常温度,把不理性的行为渐渐趋为正常,曾经的百依百顺随叫随到变成自己拿主意。如果女人曾被他们当作女王来看待,那么他们早晚会要求这女王走下神坛。

所以在女人中有这么一种论调,说男人就是在追求的时候用心,追到手就变脸,于是在被追求的过程中就加倍地作,因为觉得能享受一会儿是一会儿,反正早晚都会失去。但这种极大的反差,更容易造成心理上的不平衡。而且是从开始的时候就抱着对男人的怨气和抵触,把本来应该是快乐轻松的恋爱变成了跟受难一样的苦差事。

有没有男人是因为变心了,才要求女人闪开点距离,有,不是没有。但对绝大多数人来说,这和变不变心无关,男人只是想恢复常态,让生活轻松一点。适当的距离对谁都有好处,只是女人常常习惯在爱情中失掉自我,她们一恋爱就觉得世界变小,最好只搁下两个人,别的什么干扰都没有才好,所以怎么腻歪都不觉得烦,也无法理解男人的需求和想法。

王朔小说《过把瘾就死》里的主人公方言就曾陷入这种尴尬境地,婚假过后,能重新上班简直让他松了一口气,因为杜梅实在是太黏糊了,"那些天她几乎是没日没夜地猴在我身上,即使在睡梦中也紧紧地抓牢我"。

他不爱她,就不会和她结婚。只是一个人的生活习惯并不那么容易改变,当杜梅像侵入他领地的八爪鱼,把他所有的空间都占领的时候,他还是会不适应。

但他所有企图让两个人之间能有点弹性空间的想法,都遭到了杜梅的断然拒绝和抵死反抗。杜梅坚持认为方言想保留自己的世界就是不爱自己了,沉默不爱说话是指不定憋着什么坏呢,两个人之间就应该知无不言言无不尽什么都不藏着掖着。杜梅觉得我每天买菜做饭给你吃,关怀备至,你就应该感到幸福,就不应该有别的想法。

直到闹到要离婚了,方言真的想掏心掏肺对杜梅说点心里话:"我觉得你在思想上太关心我了!都快把我关心疯了!一天到晚就怕我不爱你,盯贼似的盯着我思想上的一举一动。稍有情绪变化,就疑虑重重,捕风捉影,旁敲侧击,公然发难,穷原竟委,醍醐灌顶,寸草不生,一网打尽。"这样的爱给方言带来了精神上的压抑,但杜梅怎么说,她只说了一句话:"我明白了,你是怨我没有给你胡搞的自由。"——简直就像四两拨千斤的手法,让方言像泄了气的皮球一般,立马丧失了所有沟通的兴趣。

《过把瘾就死》改编成的电视剧《过把瘾》曾经红遍全中国,是因为杜梅和方言的婚姻是典型中国婚姻的缩影。女人一味渴望靠近,男人百般抵抗"收编",爱情没有成为润滑剂,反而成了两

/ PART THREE / 幸福的基石是不折腾

个人相互争执不下的理由。到最后，两个人都用了痛彻心扉的代价，才终于明白一点爱情生存和延续的基本规律：

那就是爱情也需要生长的空间，就像植物不仅需要阳光和水，还需要合理的间距。适当的亲密，偶尔的疏离，是让自我可以在两个人的世界中健康发育的必由之路。不要害怕接近是爱情的第一课，紧接着，第二课，就要学会如何保持一个双方都能接受的距离。

大家都煲过汤吧，几乎所有的菜谱中关于煲汤都有一条定律，那就是大火烧开后一定要小火慢熬。如果一味大火去熬，有多少水都不够熬的，一定会熬干，就算不干，这汤也不会好喝。

很多美味都很耗时间，因为只有时间才会酿造出我们舌尖最渴盼的滋味，是时间让平淡的东西改变。

爱情就是一件经得起热烈又耐得住平淡的事情，如果始终追求热乎，到头来一定是腻歪，彼此两相厌。因为你没有给爱情缓慢滋生、凝聚为血肉的机会，就像没有给一锅汤慢火熬煮的机会，它就不会成为一锅好汤。

钝感力，这幸福的基石

很久之前就看过渡边淳一的《钝感力》，不过最近有一天才电光石火一般，突然想明白一件事情：我身边这位先生不就是具有钝感力的典型吗？

渡边淳一说钝感力是相对于敏感所言的那种"迟钝"，而迟钝，"是不受世人常识束缚的自由"。按照这个结论，我家先生简直自由到飞起。

他从不瞎操心，心理状态极其稳定。比如有一次我出去吃饭，他给我打电话，我没听到，他就不打了，只发了个短信，告诉我要是让他接就给他打电话。

我很不爽，没接电话有很多种可能，要是我就会很担心，是不是出车祸了呀，会不会遇到坏人了呀？一定会继续打，他居然不担心，就是不爱我！

回到家，我脑洞大开，对他好一顿教育："万一·我没接电话是遇到危险了呢？"

他很奇怪地反问："有什么危险，你这不是好好的吗？"

"那我要是有危险呢，你会不会后悔没给我打电话救我？"

"可是你就是没事啊！假设这个有什么意思？"

人家完全不接招。

不光思想上钝感，他在感情上也钝感。我发现他基本上是没什么嫉妒心的男人。

最近几年我经常出差，有时候是去和人家谈剧本，有时候是出书的事情，对象有男有女，都是他不熟悉的人。他每次都是开车送到机场，知道我晕机，飞机落地报个平安就行，其余的，你和谁吃饭，晚上是不是一个人睡，万一谈嗨了互相看对眼怎么办这种问题，人家全都不担心。每次都是我巴巴地跟他汇报，半夜十二点吃完饭给他打电话，他打着哈欠听我说，不断催："早点睡吧。"

如果有应酬有饭局，从来不问几点回，和谁吃，只说一句少喝点，自己一个人乖乖接孩子去。即使是同学会这种高危社交场合，他也无动于衷，有一次他去接我，几个男同学喝多了，一帮醉鬼抱住车门亲切地喊他"妹夫"，我怕他瞎想，连忙解释说他们喝多了，他镇静自若地下车握手。

还有一次我正在书房上网打字，看见他过来，面带慌张，手忙脚乱地关掉网页——这事看起来多么可疑，多么像有奸情，标准的出轨前兆——可人家却施施然地走开,连问一句的兴趣都没有。换成是我,肯定不能饶过,一定会刨根问底问个明白。

可实际上,我是在查看淘宝购买记录,怕他看见我这个月花钱多,心虚毁灭证据。后来我跟他提起,告诉他实情,以消除他的心理阴影,他自己居然都忘记了。沉甸甸压在我心头的事情,到他那样就成了清风拂面,了无痕迹。

心胸宽广自然是好事,可是有时候我也郁闷。我问他:"我有那么像良家妇女吗?我看起来不是作风特别正派吧?"

他笑喷:"你特想不正派是吧?"

"不,不,"我简直语无伦次,"我是想正派,不过想让你按照不正派的标准来担心我。"

"看你说的是人话吗?"——他还不高兴了,你看他都把我逼成什么样了啊。

渡边淳一说:"在众多的钝感力中,核心代表是睡得好。"他叫这种钝感力为"睡眠能力","这是一切活动和健康的基础"。我家先生居然连这种能力都有。

他睡眠质量非常好,入睡快,起得也快,有时候晚上关灯后我们正聊着天呢,他突然不说话了——睡着了。没事的时候他能睡足十个小时,有事了,睡三两个小时也照样毫无压力。更可怕的是,他居然还能像骆驼那样"储存"睡眠,一次睡足之后,可以好多天熬夜。

像我这种很容易失眠的人,对他真是羡慕嫉妒恨。他很慷慨,说你要是睡不着就叫醒我,我陪你聊天,可是我这边刚说了没几句,他又脑袋一歪会周公去了。

我知道我写到这里,肯定有人会说,他呀,这是不爱你,所以才会这么麻木不仁,无动于衷。

说实在的,我自己都曾经怀疑过,这家伙是不是不爱我啊。可这么多年我终于看明白了,爱是肯定爱了,太多细节上的关怀、体贴都不可忽视,他真的就是这么一个性格,"钝感",并不是在压抑着让自己忍耐和接受一些事,而是真的没感觉。

他不是相信我,他是相信他自己,相信自己的选择。他活在一个笃定的世界中,除非有非常确切的坏消息来敲门,否则他才不会用无中生有的猜测来惊扰自己的生活。

他不爱说八卦,不喜欢讲别人的是非。他也没有控制欲。其实我俩特别不同,他喜欢把自己的东西收拾得利利索索的,打开衣柜,衣服挂得整整齐齐,五斗橱的抽屉里袜子内裤都分门别类放在小格子中,我就特别随便,乱塞一通,每次都是家政阿姨帮我收拾,然后我再弄乱。

我俩购物观也截然相反,我喜欢靠量取胜,一个夏天胡买乱卖的钱,加起来足够买几件名牌了,可就是喜欢这种不停买买买的感觉,他则是少而精,崇尚名牌,买一件是一件,能穿很久。一般这两种人从来都是后者看不上前者,他也唠叨过,试图教育我向他学习,怎奈我特别顽固,难以改造。

女人都喜欢问男人"你还爱不爱我"的问题,我也不例外,每次他都说:"爱。"然后再补充一句:"你要是不和我吵架的话我就会更爱你了。"

有钝感力的人不喜欢吵架，也不太会吵架，他们喜欢安静平稳的环境，你要让他能过得去的话，他也会回报你他能够做到的最好状态。这是我用了好几年才品味出来的道理。不折腾，就是保全感情的最好途径。

没办法，和一个有钝感力的人在一起，你只好变得也钝感一点，否则自己折腾来折腾去，发现就像一拳打空一样，对方一头雾水，毫无感觉。正如渡边淳一所说；"婚姻生活一长，夫妻双方都得注意在某些方面不能太较真，必须看开一点。但免不了有时会火冒三丈，吵起架来。这时候要是双方都不太在乎，拥有钝感力，就不会有太大问题。"

我与他，互相影响，他在钝感之余，学会了适当表达自己的感情，我在敏感之上，增添了一点安稳。

究竟是什么养成了他这种钝感力的性格，我仔细想过。首先还是家庭环境，公婆都是知识分子、大学老师，本分又实在，夫妻关系也不错，让他先天就不缺失安全感。加上从小学习比较好，父母对他的教育一直以正面鼓励为主，他的自信心和自我意识都培养得很完整。而且作为生于 20 世纪 70 年代的孩子，他竟然从小到大都没有挨过打，仅有一次他爸试图打他，他愤而出走一个下午，从此之后就一直风平浪静过到现在，所以除了情商比较低，有点幼稚之外，基本算是身心健康。

"钝感是让人身上的才能发扬光大、开花结果的最大力量。"

这是渡边淳一的定义,而我家先生的确用自己的经历证明了,人稍微迟钝些并不是坏事,相反,是人格的完整,也是幸福生活的基石。

我家晚上的生活基本是这样的,孩子去学习,我看书打游戏,他看电视。有时候,我看他吃完饭,心满意足地坐在沙发上,挺着中年人稍微凸起的小肚子,一脸平和滋润的样子,我就特别妒火攻心。我觉得即使生活在一个家庭中,拥有同样的资源,他也比我幸福,因为他钝感啊。

我会偷偷路过的时候踢他一脚,他一脸茫然地问我:"你为什么要踢我?"

像我这么狡猾的人怎么会承认我有如此阴暗的心理呢,我理直气壮地说:"人家不小心嘛!"

我才不会说:"我是在嫉妒你呀,你这个天生有钝感力的家伙!"哼,他太钝感了,居然感觉不到我在嫉妒他。

若你也缺乏安全感，可以试试像她那样去生活

刚入行的时候，吴君如走的也是青春玉女路线，还担任过很多红歌星的MV（音乐短片）主角，包括张国荣、谭咏麟都有。很多年后，记者采访她，翻出当年的录像，她吃吃地笑，说自己那时真的也是玉女啊，然后又连忙补充了一句："是不那么漂亮的玉女。"

"不漂亮"，是吴君如一直以来的心结，她心理上总是跨越不过这个坎，所以经常不待别人提到，自己先说起。

她对自己容貌的不自信来源于童年，同为艺人的父亲，从小就笑话她丑，说多了，她深信不疑。上学的时候，"男同学都去追跳芭蕾舞、长头发的女同学，没人追她"。

现在网上流传有一张吴君如小时候的照片，大眼睛、小嘴，露出一种略带惊异的表情，用现在的话来说，很"呆萌"，很喜感，

非常"吴君如"。

其实论长相吴君如一点都不丑，只是不够漂亮而已，谁让同期出道的都是曾华倩、刘嘉玲、蓝洁瑛、邓萃雯这样货真价实的玉女呢，她作为一没后台二没美貌三无演技的新人，在美女如林的演艺圈，要站稳脚跟实在太难了。

演了一大堆女配角之后，吴君如又因为卷入汤镇业和翁美玲的感情纠葛，遭到电视台雪藏。后来有监制看中她的眼神和姿势怪怪的，请她在香港无线电视节目《欢乐今宵》中饰演"大白鲨"，她几乎每天哭着上班。

这次经历，让她找到了自己杀出一条血路的办法，那就是既然不美，索性破罐破摔"扮丑"。她在电影《最佳损友》中当众挖鼻屎，瞪眼又咬腰，彻底自毁形象。

这并非出于自愿，拍这些表情的时候，她"分分钟比三级片还难受"，委屈到眼都红了。导演王晶在一旁说服她，说这是她的机会，王晶真是一个既可恨又叫你不得不佩服的人，他能很好地抓住观众的心理，"观众喜欢看体面的女孩做恶心的事情，很荒唐"。

她果然红了，香港观众还没有见过这样能彻底忘掉自己容貌的女艺人，她是如此放得开，耍宝使怪，装疯卖傻。

从20世纪80年代末到90年代初，她一鼓作气接拍了一系列良莠不齐的喜剧片，最多的时候她一次接了6部戏，穿梭在不同的剧组中间，累到洗着澡就睡着了。

人家别的女演员演戏要扮美，考虑的是哪个角度最能呈现自己的美丽，她想的是怎样才能丑出新意，怎么糟践自己观众才能开心，故意把自己捯饬得怪模怪样。哪个女孩能心甘情愿地做这种事情，她说，"我只是不认命，总要找条出路吧。"观众的哈哈一笑背后，是她的眼泪。

到了 90 年代初期，香港随便拍个烂片就有市场的黄金时代已经结束，吴君如也陷入了自己事业的瓶颈期，她对自己在荧幕上嘻嘻哈哈逗人笑的生涯已经十分厌倦。当初她做艺人就是因为家境非常一般，想赚很多钱改变自己的生活，现在钱有了，才发现十分空虚和不快乐。

她想嫁人，结果男朋友杜德伟又提出分手，理由是嫌弃吴君如常演一些丑角，形象不佳。她不死心，1992 年圣诞节，飞去台湾挽回这段恋情，敲门却发现里面有另外一个女人，虽然没有捉奸在床那样火爆，不过还是令她伤透心。哭了又哭之后，她决定不哭了，发奋减肥，3 个月时间从 138 磅（1 磅约 0.45 千克）减到 103 磅，变得精干了很多。

后来她自己投钱拍了文艺片《四面夏娃》，输得一塌糊涂，但唯一的好处是认识了导演陈可辛，当时陈可辛执导了电影《甜蜜蜜》，两个人经常出席同个影展并最终相恋。

陈可辛对她的转型起到了重要作用，在接拍那部让她获得了第 18 届香港金像奖最佳女主角的《洪兴十三妹》的时候，她担心走不出以往的丑女形象，是陈可辛帮助她设计造型，寻找定位，做了她的编外导演。

以正角的形象受到肯定后，吴君如的演技有了新的进步，她在陈可辛监制的《金鸡》里，扮演了乐观热情的妓女"阿金"，并凭借此片获得了第40届香港电影金马奖最佳女主角。

现在的吴君如有家庭，有了爱人，还有一个很可爱的女儿。她自己也成功摆脱了丑女形象，事业从演戏转行为做电视清谈节目。已经年近百半的她反而显现出了年轻时候没有的优雅淡定气质，她比同时代的很多女星盛开得更久。人生是一场马拉松，她一直没有掉队，现在开始领跑。

只是她依然觉得自己不够美，依然要努力节食，"一星期至多吃一次米饭。早餐是奇异果和蓝莓，午餐一碗小米粥加两颗鸡蛋，下午一份面包或咖啡，晚上是清水煮菜、一条清蒸鱼和一碗汤"。

每天她都跑步，进行力量训练。她始终记得，"胖子是没有出路的"。不安全感如影随形，记者问她："你有安全感吗？"她说："没有，这是女人天生的毛病。"

女人普遍都没安全感，总是担心男人会不会变心，自己会不会变丑，时代会不会变坏，生老病死，走散逃亡，样样都叫人挂怀。

一个女艺人，比一个普通女人更少安全感，名利场就是一个大江湖，各有各的江湖位置，也不断有新人辈出，虎视眈眈，她们时刻都要防止自己从现有的位置跌下来，一定要够美够瘦，时刻保持光鲜，当年的性感女神邱淑贞说："打开衣橱，全都是贴身的靓衫，就是为了提醒自己不能胖起来。"

吴君如与陈可辛相恋17年，虽然有了个8岁的女儿，但两个人始终都没有注册登记。陈可辛曾经在大庭广众之下表示不会和吴君如结婚，说自己不相信现在的婚姻制度，觉得两个人只要相爱，相互信任就好。

2005年吴君如怀孕，当时两个人恋情还没有曝光，但在香港娱乐圈内尽人皆知，趁着陈可辛来内地宣传《如果·爱》的机会，记者向陈可辛征询第一次当爸爸有什么感受，陈可辛打了个哈哈，反问记者："谁说吴君如怀孕了？我都不知道呢，再说怀了孕就一定是我的吗？"

很快，"吴君如究竟怀上了谁的孩子""陈可辛与吴君如恋情大揭秘"等新闻纷纷出笼，这让吴君如非常受伤。直到2007年12月15日，在吴君如已经生下女儿一年八个月之后，《投名状》首映典礼在北京奥林匹克体育馆举行，陈可辛挽着吴君如快步进入会场，向世人表明这段长达10年的爱情长跑。

这样的感情，即使稳定，大概也很难令女人有安全感。虽然吴君如自己也常常公开说他们两个人之所以不急着结婚，是因为非常相信感情，但男友是个著名大导演，整天在美女堆里打转，真的不担心吗？

更何况，还有人物跳出来，宣称自己和陈可辛有十年的交情，三次与陈可辛绝交，都是陈可辛屁颠屁颠地主动挽回，还说自己和陈可辛的父母关系特别好，总见面，"有次我点了只大龙虾说在减肥，他妈妈说，君如在减肥的时候只点一杯白水"。是女人都能读明白这种春秋笔法以及所要表达的含义。

/ PART THREE /　幸福的基石是不折腾

虽然事后陈可辛澄清，但仍叫人不得不对他们之间的关系生疑。对此，吴君如豁达回应："不用理会什么闺密或龟密，反正我知道他的心（和财产）归 me！哈哈。"

她心里所想的未必有这么豁达，私底下的她也并不经常面露笑容，镜头前的大笑和滑稽只是一种习惯性的反应模式，就像她意外获得金像奖最佳女主角，手足无措地上台，又激动又感慨，不知道说什么，只能继续自己擅长的搞笑路线，大声喊："我好想死啊！"她只是已经学会了担心是无用的，要不你就认命，要不你就做自己能做到的事情，尽量冲抵一点悲观和不安。

一切惶恐，都能找到较为积极的方式去宣泄，吴君如选择的就是这样一种方式。

"我的样子或者身材都一般，但如果表现得很努力，最后就会成为一个标杆。"事业是这样，感情也是一样，她努力，她不放弃，生存是现实的，现实不相信眼泪，"她照着这个设想，一直很好地控制着人生"。

安全感可以始终没有，但她从不停止与它对抗，这场战争绵长又有趣。

人生来就有设定好的宿命——奔向死亡。所以活着本身就是一件没有安全感的事情。女人怕的是爱情、家庭不能完整，害怕独立；男人怕的是事业、地位的改变，害怕衰老、贫穷、脱发。人人都有自己心中所畏惧的东西，人人都需要与自己交战。

那么，没有安全感的人们，可以试试像吴君如那样去生活。坦然接受自己内心的不安，以谦卑的态度来经营自己，从不屈服，也不倔强，"走到一个地方走不下去我就转"。

不安全感如秃鹫在你头上盘旋，但你执着地活下去，让它等不到降临的机会。

以必死的决心去生活

拍婚纱照这件事,既是结婚的序曲,又是对爱情的阶段性总结,着实是一件值得投资和重视的事情,为广大新郎新娘们所喜闻乐见。谁都想把关于青春和爱情最美的一面留下来,固定在光影中,留待未来回忆。

不过也有比较另类的,直接想穿越时间隧道,一步跨到老年。这不,深圳的一位准新娘就让摄影师把自己画成 70 岁老太的样子,然后要求赶来的准新郎配合自己,也画个同样的妆容,拍一套基本等同于金婚的婚纱照。本来兴致勃勃的准新郎看到一个比自己丈母娘还老的"老女人",差点没背过气去,直接拒绝,并要求准新娘洗脸重新画个正常妆。准新娘不肯,还问新郎:"到我 70 岁的时候你会不会爱我?"两个人当街对吵,无果,准新郎气急败坏,落荒而逃,留下准新娘独自站在街头泪水横流,眼泪把脸上的"皱纹"都冲垮了。

这真是一场现代都市的悲喜剧,叫人哭笑不得。

有人说准新娘太"作",有人怪准新郎没风度,说就结一回婚,就由着准新娘一次怎么了。我却觉得,如果这真的属于90后年轻一代的另类创意,是一种行为艺术还好办,问题是,她要的是考验。要以自己白发苍苍、一脸皱纹的暮年形象,来博得准新郎的一份爱情誓言:即使到70岁我也同样爱你。

考验即意味着不信任,这是一切考验的本质。这种不信任是能够传递给对方的,会让对方产生本能的反感。矛盾就从这里产生,女的想的是,我不过就要你一句话,你哪怕骗骗我也好啊;男的想的是,你既然不信任我,我保证了还有什么用?

缺少自信的女人,总是对生活和爱情都充满了过度的焦虑。这边还没有开启结婚的旅程呢,她就开始忧虑着:等我年老色衰的时候,这个男人会不会爱我。她要考验他,提前将生活的课题放在他面前。可对他来说,人家就是不可能娶个70岁老太太啊,也许共同生活的岁月可以将爱情凝结在生活的血肉之中,再也分不开,一个70岁的老头会爱着70岁的老太太,这没问题。但若是让20多岁的小伙子直接对着70岁的老太太说爱,那就是煎熬和难堪。

女人总是热衷对男人进行各种幼稚的考验。前几天还看到个故事,第一次相亲,小伙子活活在约会地点等了一个多小时,姑娘才出现,解释说自己就是在考验他,看他有没有耐心。小伙子很生气，相亲之事泡汤了。

这还是小事，还有人注册小号勾引自己男友，雇闺密测试老公忠诚度的，反正疑心生暗鬼，当信任出现裂痕，选择以考验的方式来获取最终答案的时候，答案就往往会不那么讨人喜欢。

考验吧，考验吧，不是在考验中爆发，就是在考验中枯萎。

在情感咨询中，很多女性问来问去，其实都是在问一个问题，那就是这个男人是不是可靠，能不能一辈子都一颗红心不褪色。是的，也许我们可以就男人的某些征兆来讨论一个概率问题，但就我们的一生来说，从来都没有万全的保证。我曾经问过一个极度忧虑"现在男人出轨这么多，我选的这个会不会变心"问题的姑娘：你想没想过，没准未来先变心的就是你呢，你凭什么给自己打包票？

如果你觉得自己保证不了别人，其实你也同样保证不了自己。自己和别人都一样，都会在深不可测的岁月中行走出一段不可知的曲折的未来。他人即地狱，他人的薄弱也是我们的薄弱，我们同为人类，有着同样的脆弱和迷茫。

爱情和生活，要想保持住一种品质，都是需要信仰的。信仰不可轻易动摇，让生活变得艰难的不是只有变故，还有不能信任不敢信任的惶恐。

千百年来，中国女人的焦虑一直都很难消除，她们怕男人变心，怕生活改变，怕孩子长大。是因为这种焦虑来自于内心，并不来自于外在。她们过多地向外界讨答案，不仅惯坏了男人，还迷失了自己。

　　女人觉得自己要的只是男人的一句话，一个保证，用来弥补她们在爱情和生活中的不安全感。但这种非理性的行为，很难得到男人的配合，因为男人都是具有征服感的猛兽，当他们嗅到她们血液中的胆怯和畏缩时，反而会令他们变得更加骄傲和血腥。

　　不要人为地考验，不要刻意地考验，如果有足够智慧，生活自会提供让我们去了解的机会。

　　日子总要一天天过，没有人能够直接跨越时间就看到结果，有这个本领的人会疯掉。卫斯理的小说就曾经写过这样一个人，他知道自己会死于何年何月，以何种方式，他看自己的每一天就像一张旧报纸，了无生趣。

　　生活叫人迷惑之处就在于我们明知正逐渐接近死亡但仍兴致勃勃，创造各种快乐与惊喜。爱情也是一样，即使有一天会不可避免地离散，但谁也不能阻挡我们分享今天的幸福。

　　如果不死，就一定能够活到 70 岁。

　　如果不分手，就一定能够白头偕老。

　　全都是废话，毫无意义。然而活着本身就是一种黑色幽默，要坚强，要自嘲，才能在湍急的时间洪流中保持住自信和平静。

　　我们生命中的挫折有必然的，也有偶然的。必然的挫折寄生在自己的缺陷身上，偶然的挫折由命运随机分配，那么，修炼好自己解决掉必然的，耐着性子等待偶然的，以必死的决心去认真生活，就不会再有那么多不安。

是结婚,不是收编俘虏

结婚之前需要吵架的事情很多,装修算一个,男人的工资卡算一个。

装修要吵架是因为男女品味不同,审美观有差异,又都把这事当作是一辈子的大事,个个精神高度紧张,再加上人在劳累的时候都容易烦躁,一点小摩擦冒出的火星都会点燃干燥的柴火呀。

因为装修的矛盾吵到离婚的也不少见。一切分歧僵持到最后,都已经脱离了事情本身,而变成了"你就是不够爱我,如果爱我就会让步"这种性质。

收缴男人的工资卡也是这样一场战斗,表面看是和钱有关,内里还是一场关于你够不够爱我的辩论。前几天在天涯论坛上看一个帖子,因为女孩在结婚前要求男孩上交工资卡,由她管钱,每个月男孩拿点零花钱就行了,男孩就觉得女孩人品有问题,不是爱自己，而是更爱钱。于是，强烈要求分手，并且绝情地付诸行动，任凭女孩如何哭哭啼啼道歉都不为所动。

这样的结果，对两个人来说都输了。女的过分看重了自己在男人心目中的位置，以为结婚就是一劳永逸地拿下男人财政大权的好机会，而男的呢，则比自己想象中的更为绝情，一个本来能用技术手段来解决的问题，却简单粗暴地处理成了分手，真叫人怀疑之前的感情到底有多真。

中国女人对于管理男人收入的执着，大概是西方女性很难理解的。20世纪90年代我刚上班的时候没有工资卡这个概念，是工资条，发现金，很多男人前脚领走，后脚就被老婆没收了，他们苦笑说老婆下手比小偷都快。当时我的办公室和财务室相邻，看到每个月都有男同事来求财务，给自己做一个假的工资条，好回家对假账，糊弄老婆。女财务一边骂他们缺德，还一边帮他们造假，因为一个大男人兜里连吃顿饭的钱都没有，看着着实可怜啊。

我还有一个男同事，属于离异后再婚的，老婆唯恐他把钱给前妻和孩子，看得特别紧，经常洗劫他的钱包。有时候，他因工作需要会握有公款，老婆也老实不客气地扫走，还得领导打电话亲自证明，他老婆才会不情不愿地还回来。他向我们描述过他老婆是如何下手的："早晨我刚起床到卫生间，就听到卧室里传出一阵急促的脚步，那就是她扑向了我的钱包。等我回来，钱包已经空了。"而他老婆呢，一副无辜脸，死不承认是自己拿的。那是谁拿的呀，家里就两个人，是见了鬼吗？他每次都要经历一下崩溃。

后来不发现金，改发到工资卡里。男人们更可怜了，每个月连现金都摸不到，钱从账户上直接就飞走了，然后可怜巴巴地，像小时候那样，去老婆那里领零花钱。每次领的时候，还要被拷问一番："前几天不是给过了吗？怎么花的，都干什么了？"冯巩演过一个小品，因为十块钱的亏空和老婆对不上账，老婆怀疑他拿这十块钱交小情人了，男人欲哭无泪："十块钱交什么小情人啊？"

像我妈那代人是非常赞成这种做法的："攒钱不也都是为了家里吗？要是依着男人，还不全都花了。"直到现在，她和我爸吵架，到严重的时候还是会将他的工资卡摔给你，表示决裂和"老娘不和你过了"的决心。非得我爸求着把卡给她，她才会"高傲"地接过来，证明日子照常，"涛声依旧"。

她们都不觉得男人这样活很可怜，比如我有个朋友，每个月只给男人500块钱，这钱包括了交通费、手机费、午餐费、人情来往费，还有偶尔的零食费，夏天的汽水、冬天的糖葫芦等等，你说在这物价飞涨的今天，500块钱够干什么的？但人家还觉得不少了，"有的男人才花200块就够"。兜里没钱，男人的腰杆都不硬，别人请客吃饭从来都不敢去，因为你没钱回请，吃了也不踏实。久而久之，他游离在群体之外，没有社交生活，也没有朋友圈。后来男人奋起反抗，她还觉得委屈，"我也都是花在家里了呀"。可他没有自由和尊重，你就是给他一座宫殿，他也不会幸福。

为什么很多男人都反感工资卡上交的方式，并不是完全是钱的问题，更不是心存异心，而是他们对失去自由充满了恐惧。年轻一代的男人，没有了他们上一代的不尊重女人的陋习，但同时也没有了那一代男人对于女人的担当，他们更强调男女平等，强调自由，讨厌被女人当作俘虏一样收编——知道胜利者是如何对待俘虏的吗，你的番号、编制、职位都消失了，你整个人被纳入新的队伍，而且永远留着历史的污点，地位总是低人一等。

如果这就是结婚的意义，他们当然不会愿意结婚，结婚了也会厌倦婚姻生活。相反，女人对于结婚的热切，对于收缴工资卡的重视，则更像是因为她们能从中受益，所以才会拥护。

中国人的婚姻常常会失衡，变成男人的困局，女人自以为是的天堂，就是因为女人对男人的态度是管制型的，而非散养型。女人内心一直对男人的忠诚有不安全感，害怕男人手里有了钱，就有了体面和资本，而有了资本就容易被别的女人盯上。所以要牢牢掌控住男人的命脉——工资卡只是一种象征，女人把它作为衡量一个男人诚意和操控男人的途径。

以往男人养家，女人持家的方式，是男人对女人不能参与社会的一点补偿和奖赏。当女人在很多方面都没有话语权的时候，家庭是她唯一能够抓住的稻草，也是她的唯一管辖范围。但现在，已经不再是传统农耕社会的封闭格局，女人的世界很大，女人生存的方式很多，女人自己也能赚钱，再用过去的方式来打造一个婚姻，并不科学。

结婚，是两个独立的人决定组成一个家，一起开始新的生活。

这个家要很大，容得下两个自由的灵魂。

谁来管理工资卡并不重要——我们家就是谁也不拿谁的工资卡，因为财务收入支出透明，共同投资，共同受益。凡事商量着来，谁都不是谁的俘虏。

一切都是技术问题，都可解决，唯有爱，有永恒的核心内容：尊重、平等、爱护。

记得爱情好看过

某明星见面会的门票难求，只能通过他代言的某品牌橙汁的方式中奖获得。小洁姑娘是这位明星的铁杆粉丝，很想要一张票去见自己的偶像，于是她的男友小迪干脆去超市买了 12 箱橙汁，还真的喝出来一张。小洁很感动，拿着门票在朋友圈报喜，大家纷纷拍照发微博，称赞小迪为"中国好男友"。

可惜好景不长，就在见面会前一周，小洁向小迪提出了分手，理由是："感觉两人还是不合适，感情的事情是不能勉强的。"于是"中国好男友"小迪失恋了，小洁自己拿着门票去见偶像。

有媒体以"男生喝 12 箱橙汁为女友赢得偶像门票被甩"为标题报道了这事。仅从标题上，不需要看内容，就能明白记者隐含的立场。无非意在谴责女孩多么无情和势利，利用痴情男友达到自己的目的之后立马翻脸不认人。

感情的内幕大多是复杂的，很难简化成一个辜负了另外一个的程式。换个角度想，感动不能代替爱情，小洁了解自己的感觉，敢于抉择，是个清醒理智的姑娘。

当然，比较理想的做法是，既然不喜欢别人，就不要接受别人那么厚重的心意，这是一种应有的"情感道德"。收了票，又分手，实惠、便宜都想要，难免会被人诟病。

但换一种做法又会有什么区别呢？她把票还给他，说："我们还是不适合在一起，你的心意我不能收下。"如果他爱她——看他为她做的事情，他应当是爱她的——估计还是会说："你去吧，留给我也是没用。"

开始的时候就是为她而做的，何不让它最后发挥点作用呢？

"可是这样岂不是很窝囊，很吃亏？"一定有人会这么想。对，真爱的那个人，就是容易丢不下，舍不了，会"吃亏"。这是感情世界永恒不变的残酷逻辑。

电视剧《武林外传》中，杨蕙兰搞非法传销，李大嘴为了买她的菜刀给掌柜的签了卖身契，掌柜的让他把钱要回来，他只说了一句，"可那是蕙兰啊"。一句话，就够了，再不用说别的。

那是蕙兰，特别的一个人，也是他全部的爱所在的地方。对她，他理性不起来。

爱情并不都是柳绿桃红，有时候我们也要面对这么残忍的事实：你爱的人并不爱你，你所有付出的精力和心血都付诸东流。

但你还要去爱吗？你能为了安全，为了让自己不"吃亏"就把所有的情感都关闭,只有选择的付出吗?

胡适的老师、美国哲学家约翰·杜威曾经说过:"一件事情若过于注重实用,就反为不切实用。"爱情也是一样,结果很重要,但不能只关注结果,否则就容易沦为过于功利的经营,失掉了爱的本意。

爱是情感,是情怀,是经历,结果只是它的副产品。

在年轻的时候,我们都曾经为自己所爱的人做过一些疯狂的,日后想起来都有点不敢相信的笨事和傻事。别说你没有,扫扫记忆的角落,一定有。

这是年轻人的专利,也是年轻的标签。

上学时,宿舍的女生日夜赶工为自己的男朋友织毛衣,熄灯后的室内一片漆黑,只有上铺她的帐子中有一团手电光的昏黄。我在下铺看着那点亮,心里想:"这就是爱情的光亮吧。"

他们最终没有走到一起。若干年后,我们聊天的时候提起这件事,她说那时候织得手指出老茧,我问她,那么辛苦值得吗?她说值得,"那其实不是为了他,是为了我自己"。

有些年轻的爱,只为了给自己一个交代,和对象无关,和结果也无关。就像大嘴,他永远也得不到蕙兰,可蕙兰来过,让他的生命更加丰盛,想着她的时候他会有甜蜜的辛酸,有蕙兰的地方就是他心里最柔软的地方。

这就是蕙兰的价值。

青春如此短暂,又如此漫长。我们只有在那一段时间会如此蠢笨地用力去喜欢，或者去讨厌，以后，我们中的绝大多数都会长成一些市侩的中年人，这段时光，过去就不再回来了。

到了我这个年龄，很少会像年轻人那样嗟叹爱情的破碎。因为我所经历的看到的让我相信，爱是不能勉强的，所有不够心甘情愿的恋人都应该分手，这对彼此都是好事。勉强的爱一定撑不过平淡庸常的岁月，撑不过坎坷变换的流年。

不要去恨。如果爱情真的来过，送走它的时候，不要有恨。

它和成长中别的痛一样，是必须经历的，像我们站在阳光下，身后会有长长的阴影。

时间会记录它们，并淡化恩怨是非，只记得所有好的事情。还是《武林外传》，小郭"毁容"，秀才挺身而出，说："我娶你。"小郭说我太难看了，秀才说："没关系，我记得你好看的样子。"人有最美时，爱情也有最好看的时候，记得爱情好看过，能软化所有送走爱情的痛。

喝了12箱橙汁为恋人寻找一张门票，旁观者都觉得感动，只是留不住一个不爱的人。她走得那么干脆，丝毫不会留恋。不过在某年某月某天，那女孩一定会想起年轻时候有个人曾那么温柔地待过自己，那时大概她会后悔自己对他那么残忍。

如果有那一刻，他曾经付出的爱就春暖花开，曾经的一切委屈都随风飘散。

太勤快是一种病，男人不会领情

好多女人都会得一种病，"贤妻病"。

大概是从童年玩过家家的时候就埋下了伏笔，女人对做一个勤劳的小主妇有天然的向往。很多人从自己母亲身上得到提示，刚结婚就揽下了所有家务，认为结婚做主妇就是要做好家务，窗明几净，买菜做饭，把家里整理得井井有条，把男人当成智障一般伺候。

甚至没结婚的女人，也会得这种病。我上大学时，有女生一恋爱就跑到男生宿舍给人家洗衣服、铺床叠被、织毛衣，后来还收缴饭票，掌管起对方的生活费，水灵灵的一个小姑娘后来为了生活算计得跟个黄脸婆似的，对方还不领情，一直抱怨："为什么不给我钱，我想跟哥们喝酒都没钱了。"

得了"贤妻病"的女人并不了解男人真正的需求，她们只是觉得,只有将自己的人生定位在贤妻良母上,才有自信。

比如某位太太,致力于做一个贤惠妻子,结婚头一年,本来十分讨厌做家务的她,却偏要一手承担大小家务,全心支持老公事业,以此换得夫妻恩爱。结果很快就发现,老公养成了习惯,即使工作不忙也不爱分担家务,总得一遍一遍催促才能做,做了还不高兴,认为自己不觉得家里脏点乱点有什么不好,她纯粹是瞎忙活。

她现在才觉得自己吃亏了,并没有从"贤妻"这个光荣称号中获得应有的待遇,人生观都崩塌了,不知道如何继续生活下去。

女人往往做了自己理想中的妻子,比如很多女人纠缠于房间是不是干净,进屋换不换家居服,客厅不能吃零食,沙发巾有没有皱掉,给男人制定了一大堆的清规戒律,不能动这不能动那,结果自己累了个半死,还把家里搞得像集中营一样气氛肃杀,干净是干净了,但不温馨,不随性,男人活得不轻松不自在,照样埋怨一大堆。

曾经有一个朋友,两口子长途旅行回来,本来累得不行,晚上到家看到地板上有灰尘,她洁癖发作,把房间全部都收拾一遍,还要洗衣服,老公说今天别干了,明天我和你一起干,她非要干。洗了衣服招呼老公去晾,结果老公累得没好气:"是你自己要干的,我不管!"两个人为此大吵一顿。

她向我诉苦,嫌弃老公懒,不知道体贴自己,我说你这就是太勤快作的病,男人可不会领情。回来那么累了,先闷头睡上几个小时不好吗,为何非要干这种累了自己,折腾了别人,受苦受累还不讨好的事情？

像我这种比较随性的人，在外面忙了一天，下班回家只想搂着我家猫咪在沙发上来个"葛优瘫"，谁要是在一边喋喋不休地干涉我，"哎呀，猫咪不能上沙发，会掉毛的""你还没换衣服，不能躺啊"，我非和谁拼命不可。

到家里还不能自由地想干什么就干什么，那岂不是得累死了？家庭就应该是温馨的、宽容的、舒服的，一切都得给这些标准让路，不能本末倒置，把家里搞得和宾馆似的——宾馆再好都没有人愿意久留。

我特别理解很多男人的痛苦，老婆做了一切，累死累活，可就是没有给精神上的自由，刚开始觉得是享受，后来就不那么想了，感觉是种折磨。

在我们家里，先生从来不在乎是不是每天回家都有热乎饭菜吃，也不在乎我是不是给他收拾衣服，料理内务，这些事情他全都可以自己做，他最讨厌的，就是唠叨！所以我可以奸懒馋滑，占尽各种便宜，却从来不敢喋喋不休地抱怨，那他会疯掉的。

当然每个男人的需求都不同，有的就喜欢家里干净点，有的脏乱差容忍度高，却不能让他在人前没面子。每个人都有自己不同的在意点，一定要找到这些关键点，然后对症下药，千万别傻乎乎一味贤惠，变成了自己理想中的贤妻，却不是男人真正需要的老婆。

洪晃说中国女人倒霉全都是贤惠闹的，其实贤惠不是错，能干也不是错，但得量体裁衣，首先得明白对方最看重的是什么，而自己需要的是什么。

结婚之初是立规矩培养习惯的时候，女人就不应该勉强自己表现贤惠，一手承担全部家务，而是应该趁着双方感情正新鲜的时候，做好分工，一切都是习惯问题。男人会习惯分担家务，也会习惯不做家务。

就算真的是家庭分工需要，女人承担全部家务，也没必要做得太好，房间乱就乱点呗，干净就行，地上有点灰就有点灰，今天累了，明天再干。如果自己都不知道心疼自己，别人也就使唤习惯了。

得了"贤妻病"的女人要改变这种被动的局面，就要破除一厢情愿，在两个人的共同意愿中间找到一个平衡点。比如男人对脏乱的容忍度高，女人又何必做得那么好，做好了他也不感谢，估计连差别都看不出来，所以差不多保留在自己的容忍最低限就行。

另外学会家务活共担，也得动点脑子，别一味蛮干。比如洗碗归他，他拖着你也别催，爱干不干，不干就给你留着，留到他自己实在看不下去的时候再干，千万别做催了又催，然后自己忍不住又去干的女人。

婚姻需要经营，男人需要调教，以为结婚了就一点心眼都不玩是不行的。

做一个有心的女人，比做一个傻乎乎的贤妻更受欢迎。为何有的女人看起来不那么贤惠，男人也不挑剔，这背后的秘诀往往是人家做得少，但抱怨也少，哄得大家都高兴。

自信的姑娘享受爱情，不自信的姑娘折腾爱情

年轻的女孩子，恋爱的时候都容易变成作女。

作是为了什么？无非是想要招来更多的爱，或者证明更多的爱。"我胡搅蛮缠不讲理，他照样让着我，捧我在手心。"这样特别能满足女人在爱情上的想象。

开始的时候大概会得手，爱情在初始的时候，总会给男人多一点耐心。一切都正新鲜着呢，他也当这是种情趣，看女人动辄翻脸，自己小心伺候，诚惶诚恐地解释，直到她重新展开笑颜。小小的磨难正是爱情自身魅力的一部分。

一次次，从男人的反应和表现中女人会探出爱情的深度，然后为这段爱情打分。

若是男人表现好，忍耐力强，受得了女人的任何无理取闹，她在心里是得意的，一颗渴望被爱的心也得到了满足。

但可怕的是,这种试探很难在一个适当的时机中止,她会上瘾,会永无止境一遍遍一遍遍遍地呈加速度作下去,誓有不探到男人的底线坚决不放手的意思。

男人会发现女人越来越蛮横、不讲理,原来哄五分钟就行,现在要哄十分钟;过去只是在私底下闹腾,现在公开场合不给男人面子。动不动就不开心,一点矛盾就分手。男人稍加反抗,就又哭又闹:"你不爱我了。"

就算是一块铁,你反复去弯曲它,最后也会折断的。男人也是血肉之躯,恋爱如此麻烦,如此叫人不快乐,他们会从内心深处充满厌倦,逐渐想要逃离。也许不一定会分开,但这爱情一定不再有质量,连他看她的眼神,都不再有光彩。女人为了想要得到更多的爱,证明更多的爱,作来作去,反而会真的把自己的爱情作没了。

这如此矛盾又似乎是顺理成章。作是任性,不讲理,丝毫不体谅对方的感受,就像一块石头,堵住了爱的通道,爱的信念传递不出去,对方只能视为你不爱。

无数爱情悲剧都证明了这一点:女人不能太作。爱情不是一劳永逸,你不善待它,它就会抛弃你。可惜还是有更多女孩前仆后继作将过来,踩着前人的累累白骨。

女人为何要作?

女人的作出自女人的不安全感,"如果你不是爱上我的优点,而是爱着我所有的缺点,这才是真爱,我无须有任何改变"。总体上来说，她们不自信，很怀疑自己是否有被爱的资本，因为不相信，所以内心不安定，表现在恋爱中就是情绪经常大起大落，极容易否定感情，经常要用"你不爱我"来刺激对方，惹得对方痛苦、困惑、激动，这样她们反而会安心了：哦，这代表他爱我。

当自信的姑娘在享受爱情的甜美的时候，不自信的姑娘正在使劲折腾爱情，把爱情变得兵荒马乱。

作也是因为觉得吃亏，所以一定要占点便宜。恋爱吃亏论在一部分姑娘中很有市场，既然是吃亏了，自然没好气，"凭什么陪你睡觉，将来还要结婚生孩子身体变形年华老去"，越想越生气，在恋爱这个女人最矜持、最有资格拿乔的阶段，她们一定要尽情地作一作，尽可能地让男人付出"代价"。

谁说怨妇全都是黄脸婆，水灵灵的小姑娘也可能会深陷在怨妇思维中不能自拔。

女人的弱势群体心理和受害者心态让有些姑娘根本不能平等和男人相处，必须高出一头才能显示出新女性的淫威。有位姑娘对我说，"我的心态是，无论对错，男生就要让着女生"，所以，她对的时候，他要听她的，她错的时候呢？不怕不怕，"男人就要让着女生"，他也要听她的。就像那个著名的意大利笑话："墨索里尼永远是正确的，尤其是在他错误的事情上。"

于是她永远站在他们关系的上风，掌握所有的主动权。外人冷眼看去，哇，这个姑娘真强势。

可惜这不是真强势，只是一层脆弱的伪装。故作强势的人内心更软弱，她依仗的不过是一个前提：他爱她，如果对方抽走了这份爱，她就会一败涂地。我前面提到的那个姑娘，经常和男友因为小事吵架，要求男友让着自己，男友忍受不住，提出分手，她又去求他回来。男友回来了，她心里又不舒坦，"我心里还是不安稳，不知道如果我不找他，他会不会找我"。不安的种子再次种下，继续埋怨、指责，继续不欢而散。

真正的强势，不是一定要争上风，恰恰相反，是吃得了亏，忍得了委屈。因为足够强大的人并不在乎一时一事的胜利，而只关心自己想要的是什么样的生活。

谁也不是谁的将军，谁也不是谁的奴隶。男人和女人的关系是大范围中的平等，小范围中的互相谦让。女人在感情上希望获得男人完全的包容，但即使有人幸运地得到了这样的关系，也未必是好事。这意味着不是男人自尊心过低，就是在骨子里轻视女人，给她一点甜头，真正做主的，还是他。高等生物不会和低等生物较劲，很多女人得到了小便宜，却失掉了本可以被更公平对待的机会。

小作怡情，大作伤身。靠作来维系的爱情不是真实的爱情，真实的爱情萌生在情感之上，滋养在人格魅力之中。作，是不懂爱，也不会爱，在这条路上执着地走到最后，将收获一片荒凉。

恋爱时成年人渴望被像孩子一样对待。即便是孩子，也是聪明懂事的招人爱，熊孩子人人喊打。恋爱也是一件极有趣的事情，不应该被作了又作来荼毒。就算不是为了让爱情开花结果，权当是留一段美好的回忆，也要善待一个爱你的人。

作是性格中的疤，爱作的姑娘，请盘点内心，试着去清理内心的毒与伤。爱情总会走些弯路，但真正的爱情总会将人引向一条走向更成熟自己的路。

AVOID 99%
ROMANTIC

PART

FOUR

/

避免 99% 的

恋爱误区

缺爱的人，更需要被爱来治愈，只是若是选择了在一个错误的人身上索爱，结局一定是失败。

Mistakes

我能理解，不等于我不会受伤

曾经有个很热门的一个事件，"我和你妈掉进河里你会救谁"出现了现实版。

邢台大贤村的洪灾中，村民高丰收在洪水已经涌进家里的一瞬间，舍弃了近在咫尺的父亲、妻子和两个幼小的孩子，选择了奔向独居在外的母亲家里。母亲得救了，但洪水也阻隔了他再次回到家里的道路，他在屋顶上熬到天亮，等回到家，发现妻子一个人将腿脚不便的父亲和 4 岁的女儿、2 岁的儿子救到了屋顶。

结局貌似是完美的，一家人全部得救，在这场夺走了几十个人生命的洪灾中，他们还是幸运的。但妻子却再不肯对他说话，趁着他不在家，拿着家里仅有的 2000 块钱，带着儿女离开了。

离开的原因很简单，所有女人都懂，在经历了水漫进房间丈夫却转身离去的震惊之后，在体验了那一夜的绝望之后，她怎么可能还像过去那样安心做一个温柔的妻子。

高丰收说和老婆的关系很好，几乎从不吵架，"她贤惠，对我爸妈都好，性格也好"，言外之意，不是因为嫌弃妻子或者感情不好才没有先救她的。

采访中，记者问他："有没有可能，你先把妻儿送上房顶，再去救母亲，毕竟他们就在你身边？"我们所有人也都和记者一样，无比好奇这个问题，就像"我和你妈都掉水里你先救谁"也有一个最优化方案——"先救最近"的一样，家里那是四条人命，难道不值得他停顿几分钟来拯救一下吗？高丰收也回答不了这个问题，只说洪水来得太突然，没时间做任何思考，只是凭借本能办事。

有很多网友替高丰收辩护："失去爱人可以再找回，尽管心里很痛，失去妈就再也找不回来了，因为每个人的妈妈都是唯一的。"

"要我也选母亲，毕竟只有一个，没她哪来我？"

"父母只有一个，媳妇可以再娶，孩子可以再生，孝，没有错。"

老实说，这些话都对，都没错，高丰收也有自己的无辜之处。

《老友记》中有一集，乔伊和罗斯一起坐菲比警察男友的巡逻车去猎奇，车外传来一声枪响，乔伊一下子扑到罗斯身上，以身护友，罗斯十分感动，认为乔伊简直太勇敢、太无私了。其实真相只是乔伊在听到疑似枪声响起后，下意识地去抢救自己最爱的三明治，而不是抢救罗斯。

罗斯知道真相后，当然很失望，不过罗斯也能想明白，在清醒正常的情况下，乔伊必然不会觉得好友的一条命没有三明治重要。正如高丰收也不会认为家里的四条人命换母亲的一条人命是合理的。他也不知道自己为何那么选，他只是一个倒霉的，命运和他开了一个黑色玩笑的男人。

我能理解，真的能理解，但如果是我，我很难原谅这样的男人。先生看完这个新闻，问我假如是他这么做了，我会怎样，我说："我不知道我最终能不能原谅你，但我会伤心很久。"

我们只是平凡的一对夫妻，在风平浪静的时候，你对我好，我对你好，都是相得益彰，谁也没有亏待谁，而现在，我知道了，生死关头你会丢下我，让我今后如何在你身边安睡？

有网友说像我这样的思想就是矫情，一个成年女人，应该有能力自己去处理突发事件，作为另外一个成年人，他选择去救自己的母亲，没有错。

是的，没错，人命都一样贵重，没有谁比谁的命更值钱一说，但你有权利不救我，我也有权利伤心。

这些替高丰收辩护的人都走错了方向，讨论这件事情的合理性有多大完全不在高丰收妻子的考虑范围内，也不是通常女人所考虑的问题。他们不知道，最伤害一个女人的就是，他在紧急关头的反应证明了，原来在你心里，你妈妈比我更重要。

在大部分的情感矛盾和婆媳矛盾中，女人和男人较劲的，都是这一点。"我和你在一起可以吃苦受累，但是不能忍受有人比我对你更重要。"

男人总是试图给女人讲道理，追求一种生活上的政治正确，女人却是用感情、感受来解释一切的生物。

从道理上来讲，成年人都能自己独立生活，可是下雨了我喜欢你来接我，这让我感觉到很幸福。

从道理上来讲，婆婆是你妈，你一定不好意思说她的不是，但如果她不讲道理的时候你能替我说句话，我会很温暖。

从道理上来讲，朋友当然很重要，但如果你在我心情不好的时候推掉一次聚会，我会更加真切地感觉到你的爱。

如果在这所有的选项中，你都没有选我，而选择了你的道理，就足够叫人心灰意冷，意兴阑珊了。

人与人之间，哪有完全的错误与正确呢？每个人都有自己的动机，也都有自己的理由，站在自己的角度，全都能找到道理。但我不要道理，我只要你爱我。我希望在你面临的所有选择中，你第一个选择的都是我，哪怕是假的，做做样子。

这就是女人的软肋吧，男人通常不懂，只知道坚持"我没错"便万事大吉，女人要是再想不开，那就是你自己的事情，与我无关。

女人的爱是如何一点点磨掉的，都是在这样一件件说不出来对错的事情中。男人不知道，当女人说我能理解你的时候，不等于她真的能接受，更不等于不会感到受伤。

到最后，最怕的就是走到高丰收妻子的这个境界，我很理解你，不想怪你，但我心已灰，那就真的来不及挽回了。

我以前常劝女人们不要太玻璃心，心理要再强大点，但作为一个女人，我自己也深知，女人的那颗玻璃心，是女人的负累，也是女人的美。玻璃易碎，也玲珑剔透，折射出这个世界的细腻与柔情。

我愿男人们啊，多用感性去体谅女人的感受，少用一些道理，多用一点真诚。

世间道理那么多，可是道理不会温暖你，如果赢了道理，失掉了人心，又有什么意思？

你以为我物质，其实我只是看不到希望

人生总有些事情，是你当初未曾想过，却在某一天突然跳到眼前，令你仿佛从梦中惊醒一般意识到，过去竟然如此天真。

这就是小丽现在的感受。

她和男友小文在一起三年，从开始的时候她就知道他家穷，他赚的钱都要邮回家去，帮助父母养家，可她不在乎，觉得两个人只要感情好，其余什么都不重要。她很喜欢他对待家庭的那种责任感，她想，这样顾家的人，一定也会严肃地对待感情吧。

他们两个都是远离家庭到外地打工，个人条件和资质都属于扔到人堆里绝不显眼的那种，只能干着很一般的工作，赚的都是辛苦钱。他的钱多半都给了父母，不过并不会占她的便宜，房租、生活费都会分担，也会尽己所能给她买礼物，但也仅此而已，几年下来，手里还是毫无积蓄。

他的家就像一个无底洞，先是要给家里盖房子，然后房子盖起来了要装修，装修完了弟弟又要结婚，结完婚又要存钱供妹妹上学。他总是对她说，"再苦几年，家里的事情忙完了，我就风风光光地娶你"，给她描绘一个美好未来前景的大饼。开始她还是相信的，后来就有点麻木，不知道到底应不应该相信。

有一天，离发工资还有几天时间，家里又催着要钱，他自己没有，向她借："借我五百块钱，过几天还你。"恋人之间，什么借不借的，她掏钱，随口问一句："家里要钱做什么？""给妹妹买手机。"

手机？前几天不是刚刚买过了吗？"噢，丢了。"他轻描淡写地说。

不知道怎么回事，这句话像火柴扔到汽油桶里，她突然爆发了："你说得这么轻巧，他们知不知道我们赚钱多辛苦，我自己的手机都用了好几年舍不得换，你妹妹一年换好几个……"

两个人吵起来，她把几年来的委屈全都发泄了出来："你有没有为我们的未来考虑过，你总说要风风光光地娶我，可钱呢，钱都让你拿来给你家人了，你拿什么兑现你的承诺？"

吵到最后，他丢下一句："没想到你是这么爱钱的女人！"拂袖而去。留下她一个人，在出租房内痛哭。

没想到自己陪着他吃了这三年的苦，在他心目中居然就是一个物质女人的形象，这牺牲还有何意义？她突然发现自己真是太愚蠢了，她要的是一个温馨朴素的小家庭，要的是一个肯为自己着想的丈夫，他却是属于他们家的，他的好，都给了他的家人，她并不在这个范围内。

小丽搬出了和小文共同生活了几年的家庭，她清醒过来，小文给不了她理想的生活，她不能再继续骗自己。

小文没有去找小丽，因为他觉得自己没错，都是小丽太物质了。他在朋友圈留言，"天下的乌鸦一般黑，天下的女人都现实"。

在这个社会中，有多少小丽和小文这样的情侣，一起挨过穷，然后又因为经济问题走到陌路？太多了，他们曾经一起携手走过最艰难的岁月，却总会有一件事情，可能是妹妹的手机，也可能是吃不起的一件零食，又或者是高涨的房价，成为压倒骆驼的最后一根稻草。男人在这个时候，往往喜欢责怪女人爱钱，太物质，把自己在这个社会中所承受的压力转嫁给她。

我有一个朋友，文艺女青年，年轻时候爱上一个穷小子，那位可是真穷，家里一贫如洗，可是她就是爱他，这也难怪，文艺女青年都视金钱如粪土，吃风喝烟都能活。

穷小子很有才华，但正如很多有才华的人都难免清高和孤傲一样，穷小子自视太高，不愿为五斗米折腰，一年能换好几个工作，每次都觉得自己是千里马，只是没遇到称职的伯乐。他自己不赚钱，又不能忍受女朋友和自己谈钱，吃她的喝她的，还理直气壮，挑三拣四。朋友连花自己的钱消费都要被他批评："物质会腐蚀你的心灵。"

这一段，大概很像琼瑶的《在水一方》，杜小双爱上才华横溢、特立独行的卢友文，她始终坚信他能够写出一部伟大的作品来，执意嫁给了一贫如洗的他。婚后，友文依然埋头写作，家庭开支和所有家务全由小双维持，积蓄渐渐用光，两个人的生活陷入了困窘。友文自己写不出东西来，把气都撒在小双身上，怪小双拖累了自己，把自己拉入庸俗的婚姻生活中，扼杀了自己的灵感和艺术气质。

朋友到底是比小双缺乏那么一点母性，最终没有和穷小子结婚，而是选择了分手。

穷小子大怒："你这个贪慕虚荣的女人，等将来我有钱你一定会后悔的！"

"不，不后悔，永远也不后悔，"朋友后来跟我说，"他就算成了百万富翁，也与我无关。"她离开他，不是因为他没有能力给她好的生活，而是因为他夺走了她的希望。他让一个女人没完没了地跟着他受苦，而觉得心安理得，毫无任何珍惜，这种理直气壮耗尽了她的最后一点耐心。

后来穷小子还找我哭诉，说没想到她骨子里还是爱钱不爱他。我冷冷地说："如果她是一个爱钱的女人，从开始就不会跟你在一起。"

不要轻易地说一个女人物质，真正的物质女孩根本就不会找穷男人，她们从来都目标明确，绝不会轻易浪费自己的时间和感情。只有把爱情看作比什么都重要的女孩，才会忽略物质，唯独看重两个人之间的感情。

穷从来都不是爱情的最大杀手，问题是，很多男人穷得没有尽头，穷得理直气壮，穷得自甘堕落。

电影《夏洛特烦恼》中有一句台词："为什么所有的漂亮女孩，最后都嫁给了一只猪？"这就是当下一种典型的屌丝思维，以自己站在低处的阴暗心理来猜测他人的生活。在屌丝的思维中，所有的美女都是爱钱的，沾染上物质的感情都不是真爱，唯有自己的感情不能用钱来衡量，却孤芳自赏，无人了解。

有些人一边穷着，一边毫无上进心，整天打游戏混日子，三饱一倒，过完一天算一天。

有些人经济上穷，思想上也穷，整天仇官仇富，别人的钱都是为富不仁来的，自己赚不来钱就都是社会的错。

有些人能力差又自命清高，女人必须同他一起过苦日子才算是贤良淑德，稍有要求，便被打入虚荣、爱钱的深渊。

这才是最要命的，有爱，没有钱也能过日子，怕的是掐断了希望，不肯共同努力对抗命运，让女人一个人落单，未来一眼看到了边，那是始终无力改变的枯燥和贫瘠。

写到这里，想起曾经有一个男读者给我留言，对我某篇文章的说法有意见："按照你的说法，是不是穷人就不能娶老婆了，穷人就该死，你们女人是不是太现实了？"

不，穷人当然也可以娶老婆，穷有穷的过法，穷有穷的情趣。我家小区门口菜市场的小两口，一个月赚不了多少钱，可两个人都肯干，肯吃苦，照样过得和和睦睦的。有时候，她会抱怨他，"你看你真慢，我卖两份，你才卖一份"，他憨憨地笑，不辩白，只是明显手脚麻利了一些。

都是普通人、平凡人，有多少女人谈恋爱的时候，想着一定要嫁大款？她们只想要属于自己的那一份感情，在这俗世中能被一个人独一无二地对待。穷不要紧，真的不要紧，但不要为自己的穷找理由找借口，要努力，要上进，要脚踏实地。如果有幸遇到一个不物质的女人，要对她好一点，温柔一点，珍惜一点。别让穷，黯淡了感情，腐蚀了希望。

并非愚蠢，你只是被困在自己的情感里

我高中的时候有个关系极好的同学。好到什么程度，有一段时间我在她家里住，她父母兄姐待我和她没有什么区别，一样宠爱。后来我回校住校，学校伙食差，基本上没有绿色蔬菜，害得我满嘴的口腔溃疡，她就隔三岔五带饭给我吃，那时候正长身体，我能吃满满一大饭盒的饭加菜。我一边吃，她在一边笑眯眯地看着我吃。

毕业后，我们分开，我上大学，她留在学校复读。我时常做梦回到她家门前的小路上，总是在夏天，小院的篱笆墙上爬满青藤，正是东北一年当中最惬意的时光，我轻轻推开油漆斑驳的铁门，院子里特别静，看不到我想要见的人。

梦常常在这时候醒过来，心情空落落的。我知道，那是想念一个人的滋味。

开始我们还有联系，也见过几次，后来她去了南方，我还是留在北方，两个人接连都结婚、生子，生活的激流渐渐冲开了我们。我再也没见过她，只是偶尔去看看她父母，给这对慈祥的老人拿些吃的用的。但我始终惦记着她，我相信她也一定不会忘记我。因为我们曾有过最纯真浓重的友谊，即使这段回忆被扔进心的角落中落满灰尘，我们终有一天会沿着蛛丝马迹来寻宝，拂去尘埃，它们依然会闪闪发亮。

几年前，在一个偶然的机会，我去她家那个地方办事，听说她带着孩子正在父母家避暑，我顿时抑制不住冲动去找她。兜兜转转，我居然还真就找到了那条梦里的小路，见到了她。多年不见，我们的生活中都发生了很多互相不了解的故事，一时半会都不知道从何说起。为了见她，我特意在那里多留了几天，准备和她好好聚聚。她却表现得比较平淡，和我在一起话也不多，连她姐姐都怪她冷淡，我还为她辩护：她一直就是这样的。

回家后，我几次邀请她来我家，她都拒绝了。后来她要回南方，需要从我所在的城市转车，我特意请假去接她，请她吃饭，她答应了。到了约定的时间，我给她打电话，她却抱歉地说自己来不了，要直接走，不让我送。

在那一瞬间，突然我就明白了，我们之间的感情已经消失了。不，这么说也不对，它没有消失，只是留在了过去。现在，是两个十几年没有见，已经找不到共同语言，亦没有现实交集的熟悉又陌生的中年妇女。

我的热情已经给对方造成了困扰，我却浑然不知情。

这么多年我写书，给别人做情感咨询，很多人都夸我聪明、有智慧，可从这件事来看，我又比谁聪明多少呢？如果真的是聪明人，可能不会等到别人一再拒绝才醒悟，让彼此都尴尬。

事后先生对我说他早就看出来了，我问他为什么不说，他反问我：我说了你会信吗？是，我不会信，我只会觉得他不了解我们之间的感情，也不了解她，所以才会这么说。我肯定会喋喋不休地给他上课：你不知道我俩当年有多好⋯⋯

今天我又想起这件事，是因为看到了一个相似的故事。有位网友给我发邮件，说自己和男友在相亲网站认识，社交网络上聊得不错，过年后真实相处两个月，感觉很好，也见了彼此的父母、同学，中间还提到了买房子、结婚等事，她觉得基本可以算是确定关系了。不过，"从3月18日开始，他就明显不怎么搭理我，每天晚上也不接电话、发短信了，这种状态一直持续到目前，我也问过他，他说工作压力很大等等"。

其间她约过他两次，"在约定时间点他没有来，以下雨、累了要回家休息等理由没有出现"。发短信，也只是"象征性地回几个字"。诸如此类的事情还发生了几次，反正就是见面了没精神，答应好赴约又不来，打电话也不回。她忍不住问他为何，还能不能走下去，"他的答复是我的能力比他强，他想给另一半好的归宿等等"。因为已经34岁，她觉得自己过了任性的年龄，加上对他还有感觉，所以不知道如何去处理这段关系了。

是不是和我与朋友的重逢很相像？因为记得过去的那些好，所以一厢情愿地觉得应该继续好下去，无视对方的平淡、疏远和不耐心，无视基本的逻辑，不断去接近、求好，替对方的表现寻找解释。换作以前，大概我会直接告诉她：他的逃避意味着他不是对她不满意，就是另外心有所属，因此犹豫不决。这样的一种宣判，可能是正确的，但体验过的我知道，如果绕过感情，直接走到结果面前，那将是非常痛苦的一件事。

她应该自己去体会，就像我突然一下子想明白。在此之前，我们都是有点笨和后知后觉。

感情对人所产生的牵制，如同火车头对车厢的巨大引力。很多人回忆往事，会因自己在不爱自己的人身上浪费时间而痛恨自己的愚蠢，很多人都有过被困在原地的经历，外人看似执迷不悟，其实只是未到一个合适的时间，未曾找到让感情冷却、熄灭下来的办法。

在感情中，永远没有最聪明，智商突然降为零的人有那么多。但这并非愚蠢，只是因为我们被困在自己的情感里。这情感就像一层罩子，将我们和真正的事实隔开，我们不愿意去审视，也不愿意去怀疑。因为我们所求的，不过是一点梦想成真。

说说我是如何处理的。我在心里对我的朋友说：从那次见面之后，我再也没有找过你。是因为等你，只在那么一段时间里。在那段时间，我愿意愚笨，愿意做日后看起来不太聪明的事情，那是你值得得到的，也是我应该给你的。但过了这一段时间，我要走我的路了,再也不回头。

我还是喜欢你的,只是我们不能再做朋友。

所以我对大家的建议也是如此,不要强求自己挥剑斩情丝,重要的不是外人的建议和答案,重要的是相信自己在足够的时间后一定能甄别和接受事实。

即使身为34岁的"剩女",对爱情和婚姻有最深刻的渴望,也不要看低自己。不是只有得到最能满足我们的饥渴,还有一种最大的满足是"无愧我心"。你在合适的时间等过谁,那个人没有来,并不是你的损失。你做了你应该做的事情,离开的脚步也会走得轻快。

对你好，不等于爱你

你见过上钩的鱼怀念鱼饵的吗？这么不可思议的事情怎么可能发生呢？

但是在感情中，人就是容易变得糊涂。

蓝姑娘在某征婚网站上注册，想要解决自己的婚姻大事，认识一个男人相处一年多，最近却发现对方居然有妻有子，小日子过得红火着呢。她得知真相的那一刻，知道自己应该立刻断绝关系的，可是过了几天，又矛盾起来了，想起他对自己的好，有点想念和舍不得。

她来找我咨询，说真不知道该怎么办了。

我说你这不就是鱼儿对鱼饵的思念，猎物对猎人的感情吗？

是，他对你好，他当然要对你好，他不对你好，你怎么可能上钩呢？正常想谈恋爱的男人，喜欢一个人，对一个人好，反倒是有一个渐进的过程，因为要慎重，思考的是长远问题，而这种有了家庭还出来猎艳的男人，唯一想要达到的目标就是尽快把一个姑娘搞到手，他们可以装得特别痴情温柔体贴，就像钻进你心里的小精灵，努力把握你的一切需求。

想要在一个人身上得到某样东西或者利益，就一定要建立信任，这种信任是如何建立的呢，就是通过示好、表达善意来搭建的。幼儿园的小男孩喜欢一个小女孩，还知道把自己的零食送给对方，"请你和我一起玩好吗"，这是太简单不过的道理，那些已婚男人更是将一切了解得滚瓜烂熟。

还有一位女孩问过我一个更傻的问题，"为什么他不会离婚，还要继续和我来往，我不是那种死缠烂打的人"，我说："谁家的重要资料不留个备份啊，你就是那个备份。"

更粗俗一点说，男人会嫌弃多一个炮友吗？当女孩纯洁的小脑袋瓜想的全是"不打算娶她就不要脱下她的衣服"这种情感鸡汤理论时，男人们的思维可都是朝着下三路去了。

在这样的关系中，未婚女孩们会输个精光彻底，因为完全不在一个段数上。她们顶不住已婚男人的追求，也看不透男人包藏在那些"好"之下的私心杂念，常常被骗着骗着产生了感情。

而男人呢，又常常会把隐藏自己已婚身份的行为说成是对情人的保护，用"我是太喜欢你怕你不给我机会啦""我和老婆早就没有感情啦""我很快就会离婚啦"等等借口开脱，证明自己不是感情骗子。

但男人隐瞒自己的身份，本质上都是自私的，说怕伤害对方，不过是害怕对方根本就不给自己机会，属于典型的想要生米煮成熟饭，是在利用感情要挟对方违背自己的原则，进入别人的婚姻之中。等到时候跑不掉了他再公布一切，让对方失去退路。

"我会永远爱你"大概是出轨的男人经常都会说的一句话，这句话是男人谎言之中的王牌，也是最不值钱最廉价的一句话。说的时候，上嘴唇一挨下嘴唇，轻松地就出来了，没有成本无需责任。耳鬓厮磨的时候，脸红心跳的激情时刻，让这句话听起来特别惊心动魄。但真的到了需要选择的时候，真的到了男人退缩的时候，拿着这句话索债的女人就好像拿着过期支票的客户，找不到一个可以支取这笔钱的银行。

在那些明白了自己有多么愚蠢的悔恨的日日夜夜中，这句话变成了一个华丽的假壁炉，只有炉火的颜色，没有真正炉火的温暖和跃动，把寒冷都凝结在了血液中。

不要相信这些话。那都是为了应景的一种点缀，如同我们为了让自己看起来更好看一些要化妆一样，美丽的誓言掩盖了婚外情的背叛本质，隐藏了那些勃发的情欲。

这所有的好，这所谓的爱情，都是带有目的性的。他的欺骗，已经说明了一切。

这个社会很复杂，骗子不会在额头上刺上"骗子"两个字，已婚男人也不会天天在胸前挂着结婚证四处招摇。有人对你好，并不等于爱你，也可能是钓鱼的手段，打猎的技巧。如何分辨其中的差异，很重要的一条就是看对方到底更关心谁的利益，如果一切都是为了把女人骗上床，而丝毫没有对于未来的考量，那么再多的好，都会成为日后的伤痛。

　　被一个人施加"好"的时候，会给人一种优越感，但"好"是最容易变质，也是最容易收回的东西，全都掌握在对方手里。不要为了一个人对自己好就去爱这个人，若只贪图好，天下的情感骗子都是佳偶。

　　当一条鱼被钓上岸，在阳光下苟延残喘，怎么可能会对自己当初被鱼饵吸引的过程抱有美感呢，只能是后悔，无尽的后悔。那么，作为一条侥幸逃脱的鱼，更不应该回味鱼饵的肥美了，应该赶快逃脱才是。

　　真正的爱情需要更多条件，需要发自内心的认同、欣赏和尊重。如果爱情真是一场豪赌，那么输，也要输在自己真爱的人手里，最起码，结束的时候会只有痛苦，而没有屈辱。

她在说感情，他却在计算成本

很多男人出轨的故事中都有着惊人的相似之处，那就是男人和情人在所思所求上的不同步。

情人想的基本都很简单，"你们不相爱＝应该离婚"，或者"我们相爱＝应该结婚"。

而男人呢，那些迟迟不能离婚的男人，会有更加复杂的说辞，不是说，"我早就不爱她了，只是离婚这种事一定要稳妥，不能太草率"；就是说，"我爱的是你，感情也都给了你，何必在乎那一张纸呢"；又或者，"这个婚姻已经名存实亡，是因为有一个没想通的人，和一个没有机会离开的人。只要有机会，我马上离开。等等我好吗？我只需要一个机会"。

最后这个理由来自一个真实的故事。"童"正陷于和一个有家男人的感情纠缠，他承诺离婚，又迟迟没有结果，面对她的质问，他这样为自己辩护："我只需要一个机会。"

这个机会是什么呢？其实无非是最小的成本。

他们三个都是国企的员工，是同事。他出身于某地的农村，独生子，从小家庭贫困，他很懂得父母的苦心，很孝顺。所以尽管他一直声称不爱老婆，和她结婚只是因为她倒追的自己，但实际上，感情也许是真不足，不过她"家庭比较富裕"这个条件是他选择她的重要诱因。感情不够，物质来凑，这是很多现实婚姻的存在理由。

而当他"爱上"她之后，向老婆提出离婚，老婆态度强硬地表示不同意，他农村的父母也觉得丢人，坚决不允许。他只要提离婚，老婆就给农村的公婆打电话，他父母就要来劝他，为此甚至母亲都得了重病。他只好答应不离婚。

他为何愿意委曲求全，只是因为老婆一家子都在这个国企工作，根深叶茂，一旦闹僵，他在本地就很难混下去了。他想离开这个城市，移民，或者找到新的工作，这样就可以逃开老婆家族的控制。可移民很难实现，现在的工作待遇很好，国企又稳定，优越性不少，要找个新的又不能低于现在标准的工作非常困难。

事情就这么拖拉下来。他老老实实地搬回家里去住，不想让单位知道自己在闹离婚。他把和"童"的关系隐藏起来，装作是若无其事的同事。面对老婆的怀疑，死活不承认已经出了轨。害怕老婆会报复他，会毁他的名誉，如果这样他就会失掉学习和升职的机会，对前途更加不利。

离婚并不难，难的是当事人肯为离婚付出的代价与离婚真正需要的代价不相符。这和买东西差不多，要价一万块的东西，给八百是拿不下来的，八千块或许还有得商量。

"童"很天真，觉得他这么谨慎是因为他是个有上进心、很有想法的男人，是成熟的表现。可仔细看看，他想的全都是对自己有利的办法，只不过打着对彼此都更好的旗号而已。事实上，以世俗的说法来计算，每个人在别人的心中都有价位，他不想为她冒太多的风险，也就是她不值那么多。

他最希望得到的结果是老婆、父母都能同意他离婚，而且老婆还无怨无悔，不败坏他的形象，不背地"下绊"阴他，让他能顺利拿回当初在婚姻中投入的买房子买车的钱，这样他就开心了，高高兴兴开始一段新感情。

但这样的事情存在吗？父母不会突然就变得开明，一个女人，刚结婚就被老公提出离婚，不同居不关心，像条鱼被扔进冰箱，她怎么肯圣母到那样的程度，成全他的奢望呢？

分歧太大，注定坐不到谈判桌上。她要拖死他，无论是出于感情还是愤怒，这是她做出的选择。他不愿意也不敢撕破脸，就只能拖。拖到什么时候，不知道。有的人拖着拖着拖离了，有的人拖着拖着又回归了，万般可能都有。

向我求助的"童"，她不愿再这样冒着良心的谴责去等待一个未知的结果，又担心错过自己真心喜欢的人。她对我历数了他对她的很多好，这我并不怀疑，但问题是，她想的是感情，他计算的却是成本。

这也是大多数女人的通病。女人习惯用感情衡量一切，选择或者放弃，都以感情的深或浅为标准，而男人，往往有着更深更强大的现实性，他们将感情也纳入人生的成本中去计算，失去与得到，需要一个基本的平衡，不愿意做亏本买卖。而为了一个人牺牲一切，通常都被他们看作是亏本的买卖。

他出身贫困，从一无所有开始，对一无所有的恐惧比正常家庭的孩子更深，一个把物质、名利、父母的感受看得那么重的人，所谓的"爱情"是被挤压在一个次等的位置上的。即使他也有冲动渴望放弃一切，但随着激情的消散，这个动力会越来越小。

我看过很多这样的婚外情。女人太相信感情的力量，男人呢，小算盘又打得太精，以感情去搏击成本，等于以"虚"对"实"，这种较量不仅很难赢，连输都输得莫名其妙。以为是感情不够深，其实是能带来的实惠不够多。

比如陈世美为了当他的驸马，舍得把秦香莲和孩子都杀掉，不是公主真那么好，是驸马的身份太诱人，换成是员外家的姑娘，陈世美也许就不肯犯下杀妻灭子的大罪了。

谁的感情都可能是真的。电影《非诚勿扰》中方中信扮演的已婚男人对于笑笑的宠爱就不是真的感情吗，但是这个"真"并不等于她所认为和期望的结果，他会爱她，但是不能娶她，因为爱可以让他获得激情和付出的快乐，可离婚却是伤筋动骨的事情，现实的男人最懂得什么是能做的什么是不能做的。

肯为情人离婚的男人很多，不顾一切的也不是没有，只是做到这一点，需要一些勇敢，即使是无耻的勇敢。很多人都不具备这样的勇敢，只想在背后偷得一点欢愉，反正即使再次失掉，也不亏了。

尽管"童"对他们的感情做了太多美化，也有尽可能理性的分析，但我仍不看好他们的关系。当他没钱的时候，他牺牲感情去找有钱有势的老婆，当他站稳脚跟，他又觉得感情对自己比较重要。他只是借着别人来达到人生的更高层次，满足更高境界的需求，而需求，常常是无止境的。

即使最主观的感情，往往也有着最俗套最统一的发展过程。婚外情尤甚。我几乎能够预言他们这段感情的结果：在等待的过程中，两个人会有争吵、矛盾、质疑、批判、诋毁，彼此都消耗着对方的耐心，最后把曾经觉得是完美无缺的感情也搞得和婚姻一样，硝烟满地。到那时候，无论在一起还是不在一起，都无趣得很。

剖析别人的感情，是一种很残忍的过程，因为要当事人承认自己感情中的"小"，去面对那些先天不足的缺陷，真的是特别困难。感情会蒙蔽人的理性，感情也会带来被认可的优越感，要摧毁感情的纯度，也等于是摧毁理性，摧毁自信。但要从一段畸形的关系中解救自己，还真就要从承认这感情并非自己所想象的觉悟中开始。

这个世界，不是所有的人都能为了感情而勇敢，还有一种人，会将感情也作为成本中的一个计算因素，精明的他们，是不愿意做赔本买卖的。

为什么男人出轨了，却不肯离婚

男人出轨，带给女人的第一感觉就是："他不爱我了。"既然不爱，那还怎么生活在一起呢，离吧。

可男人不是这么想的，很多男人婚外情暴露后，都愿意中断和情人的关系，表示自己不想离婚："我错了，原谅我吧。"

为什么会这样呢? 他们到底在想什么?

1. 理智型男人：出轨只是婚姻的补充，我可不想丢了西瓜捡芝麻。

恋爱可以放肆，而婚姻则需要慎重。这个道理，很多男人都十分清楚。

现实中离婚并不是一件容易的事情，它牵扯的范围太广，牵扯的人员太多，父母亲人、子女、事业，尤其是两个人的婚姻没有原则性问题的时候，更是需要闯过重重关卡才能达到目的，不脱一层皮你是无法办到的。

男人可以和自己的情人享受着恋爱所能带来的激情，但是要提到抛家弃子地和她在一起过一辈子，成本太高，会让男人的热血马上冷下来。

很多男人都会这么想："我出轨本来就是为了逃避婚姻的平淡和无聊，尝到爱情的新鲜感，我可不想折腾来折腾去，变成了换个人继续过日子。"

偷情偷情，乐趣就在于个偷字上。当男人偷得成的话，他们会觉得乐在其中，一旦被发现，偷不成了，就没意思了。

他们会一溜烟跑回婚姻，这不代表他真的不爱情人，或者真的爱老婆，一般这种男人都是理智型的，他的感情向往轻松和浪漫，但是他的理性在声声呼唤他回归。现实中太多无奈，人永远不可能完全按照自己的心意去选择，他局限在现实中，只能选择一个对他最有利、代价最小的生存之道。

当然，这种男人很可能有机会还会出轨，因为他们的回归不是因为认识到错误，而是不愿付出太大代价，是一种现实的考量。

2. 愧疚型男人：我真的知道错了，我想回家。

当婚外情就像画皮中撕去假面的妖精，完全丧失了美感，让男人看清楚自以为的完美爱情只是一场幻想时，男人的道德感会复苏，产生真正的悔意。

女人总说男人出轨是"一次不忠、百次不容"，但真的有一种男人，知道错了，就是真的知道错了。有一些人懂得怎么吸取生命中沉痛的教训，如果说婚外情是一个劫难，那么他们用自己心灵的感悟来证明自己有能力跨越它。

他看明白了潜伏在自己内心深处的贪婪和自私，懂得了自己个性中的缺陷，在摆脱婚外情的瞬间，他也完成了自己灵魂的一次洗礼，实现了人生中的一次成长。

回过头来，他们终于发现了婚姻的平淡和温馨，终于看到了曾经被自己忽视的妻子隐藏在琐碎小事中的温暖和踏实。只有在这样的时候，他重新走回婚姻的脚步才会带着沉重的愧疚但是又无比迫切。

这种男人的回归是最彻底的。

在我们所不曾了解的婚姻中，有很多这样的情况，感情像一条河流一样拐了个弯，然后又重新走回旧日的河床上，静静地流淌，好像什么都没有发生过。能让我们看到的，可能是一生的完美和默契。

3. 现实型男人：婚外情太累人了，生活还是轻松点的好。

婚外情是很伤筋动骨的事情，既要瞒着老婆，还要向情人献殷勤，两边都要敷衍，两手抓，两手都要硬，对谁懈怠点都不行，一不留神就要穿帮，成天提心吊胆，害怕睡觉说梦话泄露秘密，给情人发信息都不敢署名，直接统称宝贝，这样就算发错给老婆也能辩解说是给她的。

这样的男人多累啊，不仅别人看着累，就是自己想起来也觉得累，不禁会问自己：这图的是什么啊。开始的时候是为了轻松，后来才发现一点都不轻松，简直比过日子还累呢。

男人一旦幡然醒悟就和男人鬼迷心窍要出轨一样，谁都拉不住。

很多事情也是一旦想开了就像雨过天晴一样豁然开朗，自己的日子没什么不好啊，上班挣钱，下班回家看着老婆孩子在眼前叽叽喳喳地围着自己，多温馨呢，多有成就感。没事的时候出去旅旅游，看场电影，逛逛商店，累了安稳地在一个女人身边睡去，不用担心喊错名字，踏实的感觉比什么都好。

婚外情虽然有激情，叫人心跳过速，可付出的代价太大了，对人生的颠覆性太强，这人的一辈子就那么回事，非折腾着换一个人过几年也一样腻，还能到时候再折腾吗？

算了，就这么着吧。辜负了情人一个，换来一大家子的安宁，这笔买卖也划得来。于是，有些男人就叹息着回到了自己的婚姻中，该干什么干什么，在往事中惆怅地怀念一下自己曾经的勇敢和放纵也就是了。

4. 成长型男人：不面临失去，我真不知道自己最爱的人是谁。

人们最容易犯的错误就是不珍惜自己手中已经拥有的东西，而总是要去渴望自己所不能得到的。

很多东西一旦变成自己的，好像就失去了一切光彩。这就如同"书非借不能读也"一样，知道你手中的东西是需要还回去的，产生了威胁感，它就变得身价百倍，相反它就是天天在你身边待着，你也不觉得它有多么值得珍惜。

所以说男人对待女人就像看报纸一样，就算人人手中都有一份，但总是忍不住要朝别人的报纸瞄上几眼，总觉得别人的报纸更加好看。等把报纸抢过来才发现根本没什么不同，没准还比自己手里的那份更陈旧。

有的男人没出轨的时候成天觉得自己的婚姻没前途，妻不贤子不孝，简直就是一根绳索束缚着自己。

等真的有一天让老婆知道了自己的猫腻，面临失去这个婚姻的威胁的时候，他才有时间好好地正视自己的婚姻，才发现在自己的生命中已经深深地刻下了这个人的痕迹，在每一个细节上，在生活的每个瞬间，都安排下了自己老婆的爱和体贴，他根本不能失去这个人，她就是他的一切。

于是他回头，紧紧拥抱这个自己失而复得的婚姻。

婚外情不管怎样发展早晚都要有一个结果。这结果不是婚外情对婚姻妥协，就是婚姻对婚外情妥协。尘埃落定，折腾得七痨五伤之后回归了家庭，重新开始过上自己熟悉的小日子，这种情况在出轨的男人中最为常见。

在外面兜兜转转，经历了争吵、巨变、痛苦、绝望等等的过程，终于消灭了心头的火焰，对于有些男人来说就像转世为人一般，隔着那曾经混沌和茫然的时间，会发现自己原来竟然做了一个梦。

男人重新回归到婚姻和终于认清了婚外情有关，也可能是道德和良知的复苏，但不管是什么原因，其实都代表着男人对现实

的低头和对自身的反省，他终于明白成年人是不能任性的，为情、为爱、为道义、为责任，都是他一辈子无法逃脱的负担。

女人愿不愿意重新接纳这样的男人是因人而异的事情，但看清楚男人的心态，知己知彼，更方便做出选择。

这恐怕是男女间，最大的误解了

她真是一个痴情的姑娘，了解她感情生活的人都会这样唏嘘。

和男朋友相恋一直是两地分居，她拒绝了身边很多诱惑，一心一意等待着和他的相聚。只因为她始终记得，他说：你一定要等我，等我为你戴上结婚戒指的那一天。说这句话的时候他脸上幸福的表情，她都记得那么清晰。

在这个分开三天就移情别恋的快餐爱情时代，她的坚持是那么难能可贵。

可这三年的恋爱并不是那么叫人愉快，常年的分开让两个人之间的交流很成问题，他们动不动就会吵架，每次好不了几天一定会吵一场架，以往的默契和感情一点点被消磨掉了。她心里很害怕，知道两个人已经无法回到过去，但是她也抱着幻想，只要解决了两地分居的问题，他们就不会吵架了，就会好好沟通了。

她对他说：我们还是早点到一起吧，今年我毕业，我们争取到一个城市里去。

这时候的他已经根本不想结婚了。他开始说分手，每吵一次就说一次，说到最后大事小事都说分手。她不肯，他对她的态度越来越差，说的话越来越毒。"你太蠢了！""就你那傻样""大学毕业混成你这样，去死了算了！""我们是不可能的，你别妄想了！""他妈的，疯子一个，这几年怎么会跟你这种人在一起！"

她被他打击得失去了仅存的一点自尊。有一次，他们当面吵架，他继续说着那些话，她终于受不了，拿起水果刀割向了自己，却不觉得疼。止了血两个人继续吵，他说：你想死是吧？走！上面是顶楼，你到上面去跳楼啊！我不跑我就站在下面看着你！

一瞬间，她也失去了理智，想要用死亡来彻底结束这一切。在最后那一刹那，她想到了自己的父母，退缩了。

她知道，自己已经被他折磨得不正常了，她对他说：我该看看心理医生。他说：你有那条件去享受吗？她绝望了，"他不懂，他不懂什么是心理问题，他只觉得我是个疯子，一个自己说自己有病的疯子"。

这个故事是她亲自讲给我的。我不知道什么样的人才能被这样的爱情故事感动，在我眼里，她远比这个恶毒的男人对自己更狠毒。她摆出那种"得不到自己想要的人，就毁了自己给别人看"的样子，实在是叫人不寒而栗。

很多人都以为这样可以证明对爱的忠诚，其实恰巧相反。互相辱骂、争吵到感情消失殆尽还分不开，不是因为忠诚的力量，而是她想要和他在一起的这种心态已经变成了一种疯狂的执念，变成了证明自己并不够失败的证据。

她不甘心自己多年的希望落空，不甘心自己这样被羞辱后还一无所获，所以也不知道自己怎么才能惩罚他，因为已经在他面前体无完肤颜面无存了，所以既然最难看的都暴露了，也没什么可忌讳的了，大家一起死吧，谁也别好过。

那些羞辱和打击让她变成了一个怨毒的人，一个已经看不到希望没有未来的人。她完全不理解爱情是什么，所谓的爱情和忠诚寄居在她的性格弱点上诡异地存在。

这样的执着要来做什么，不过是别人脚下碾的一点灰罢了。如此痴情实在是太可怕的一种执念，它完全无视感情是自由的这个基本原则，而要一个人拼死了辱骂、责备、诋毁都达不到分手的程度，是她的抵抗力太强，还是他为人太低劣？

我几乎要同情那个男人了。不管是感情淡漠了还是另有所爱了，他想要做的，无非就是一对恋爱中的情侣，想要分个手而已，他没有签下卖身契卖给她，也没有登记结婚，却被她绑架了。

即使绝情和自私，他也完全知道自己要的是什么，而她不知道。也不是不知道，而是她以为自己要的就是他，死活都要，全然忘了一切选择，如果不能通往幸福的方向，都是枉然。痴情成为她占据道德上风的一件武器，她在道义上是胜利了，但在生活上，无疑是一败涂地。

有一天，我和儿子说到感情，我很认真地告诉他：永远都不要为了一个得不到的人而寻死觅活,因为这等于在否定你以往的所有生活,如果过去没有她你也活得挺好,为什么在之后没有她就不能忍受了呢?

我不知道他能否听明白,能记住多少,也许有一天他也会因为失恋而痛苦难熬,这是谁也逃不过的劫难。但我希望他在不能够给对方幸福的时候,勇敢做一个绝情的人。拿不敢面对失去的怯弱来伪装自己的痴情,这会比绝望更容易伤害到自己和对方。

谁都想能有不疼痛的分手,最好是两个人恰巧一起走到了厌倦的节点,一拍两散,互不相欠。但相比这种可遇而不可求的境界,李碧华说过:"情变次等的幸运是,二人情变,有力难挽,他早早让你知道,几乎是一发生便告诉你,不浪费彼此的精神力气,死心后觅一条生路,若你最后一个被通知,才是双重侮辱。"

任何事情只要换个角度都会获得新的安慰,对已经濒临死亡的感情不要用痴情来推迟它死亡的日期,对一个绝情的人表演痴情,那是对自己最大的伤害。

为何离婚了，他也没娶你

"为什么他离婚了，却不肯和我结婚？"

这是一个爱上已婚男人的女孩的疑问。

他们在一起的时候，男人一直承诺自己会离婚，结果一拖就是好几年。拖到她都快心灰意冷了，他终于离婚了，她以为自己守得云开见月明，再无任何障碍可以阻止两个人在一起。但叫人想不到的是，他却绝口不再提结婚两个字。

她没办法了。原来他不离婚还可以怪在他老婆头上，说是老婆硬拽着男人不离，现在人家连老婆都没有了，仅存的借口都找不到了。

她想不明白这事，来问我。

我叹口气："姑娘，这就是你的天真了，你真以为他离婚是为了你吗？对于很多拎得清的男人来说，离婚只代表他和她过不下去了，出轨、找情人都是内因作用在外因而已，不等于他就要和你结婚啊。"

离了婚,却没有娶情人的故事我见过很多,这就是一场前人栽树后人乘凉的黑色幽默。

究其原因,无非是以下几个方面:

1. 离了婚,咱们就两不相欠了。

没有一定的强大心态,真不适合做情人。情人见不得光,人家一家人热热闹闹的时候你就只能在一边雪藏,这种感觉不好受,时间长了会导致严重的心理不平衡。

所以有的情人不甘心自己落得如此境地,又没有办法摆脱,就会变得特别闹腾,今天说分手,明天给男人的老婆打电话,后天逼问:你什么时候离婚?

反正就是我过不好,你也别想过好,不管你想不想离,我得把你搞离婚了。

闹到最后,男人不离也不行了,老婆受不了,社会舆论压力大,名声扫地,一片狼藉。

这种离婚是一种无奈的选择,暗里埋藏着男人对情人的怨恨和不满:你不是想让我离婚吗,我离给你看,我们互不相欠了。

他见到了情人最糟糕的一面,曾经的激情已经在离婚大战中破坏殆尽,他怎么可能还会选择再次和她结婚。

2. 偷到手,就没意思了。

偷情的乐趣就在于一个"偷",而并不在于"情"。所以中国的老话说"妻不如妾,妾不如偷,偷不如偷不着",这个意境就在于得到和得不到之间,调动人的胃口和欲望,像若隐若现的挠人的痒痒肉,让你有点痒,又不能痛快地挠,成天惦记着。

离婚了,关系公开化,撤去了外力,再没人反对了,也不必偷偷摸摸地偶尔见一面,感情的魔力会逐渐褪去。

大家进入正常男女的交往之中,不再伪装和修饰自己,彼此耐心减少了,矛盾反而大幅增加,互相都丧失了原有想象中的魅力。

没有了阻力也没有了热情。就像年轻时因为父母反对而闹叛逆一样,压力越大,劲头越大,纯粹是为了反对而反对,当没有老婆从中扮演王母娘娘,寻求刺激的男人会发现,其实这段感情不过如此。

3. 谁都不选,是因为谁都不爱。

男人出轨,不等于爱情人,也可能只是选择情人来帮助自己度过婚姻的苦闷。

婚姻不幸福不是出轨的理由,但的确是造成大部分出轨的主要原因。

没有外力的介入,这种婚姻也未必能维持多久,内里的腐败是最致命的杀手。

出轨之后,快要窒息的人呼吸到了新鲜空气,见识到了温情的力量,会加速婚姻的破败。

卸下了重担,他才感到轻松。情人的使命就在这里结束,无非是渡河的一叶扁舟,向上的一把扶梯,帮助他走出旧日生活而已。

新生活的路上，不再需要她了。

4. 人走了，心却留在婚姻里。

出轨不完全是感情问题，更多时候是性格问题、情商问题。

意志力薄弱、无法自控、缺乏自信、爱慕虚荣、渴望征服感的人，特别容易出轨。他们就像孔雀，看到花衣服就忍不住开屏。

他们不是坏人，对于自己伤害了老婆的行为，也会感到十分愧疚。离婚，并不是感情的终结，相反，人走了，他们的心却留在了婚姻里。

为了释放自己的心灵负担，总需要找到一个可以责怪的人，于是潜意识中他们就会责怪情人，不会心甘情愿和情人一起，而是不由自主地疏远，他们把这当作对自己的惩罚和自我放逐。

即使情人能为他带来更多的幸福和安慰，他们还是无法对过去彻底放手，这些不好不坏的人就是这样，不是无情，而恰恰是有情，有情到不能长情，有情到瞻前顾后，患得患失，到最后，所有的人都会受到伤害。

写过很多关于婚外情的文章，也为很多人剖析过婚外情的真相，但依然有这样的咨询滚雪球一般涌来。

有人曾问我：你为什么要写一本《帮你看清已婚男人》，你怎么不写看清已婚女人呢，难道现在女人出轨的还少吗？不，出轨就是出轨，出轨有男有女，我从未特别偏袒女性，我侧重分析男性是因为我深知，在感情上，天真的女人总是比天真的男人更多；

在婚外情中，受伤的女人也比受伤的男人更多。

女人最容易犯的错误就是一切都用感情去衡量，感情只是表象，感情背后埋伏着的人性才是本质。人性是什么，是美好，也是丑陋，是无私，也是贪婪，是善良，也是狠毒。

在一起的，不等于一定是爱，也可能是利用。

对你好，不一定是爱，也可能只是想要吃掉你。

不懂人性，不懂世间险恶，只知道向往真爱、渴望得到真爱的人，常常会在感情中重重跌倒。

唯有剥开感情，看到本质，才能最大限度地保护自己，理性选择，至少，不会再问出"他为何不娶我"这样的傻问题。

自私就是自私，不是什么钝感力

自从我写过一篇《钝感力，这幸福的基石》，里面写到了我那个比较钝感的先生以后，我一直陆陆续续接到很多女读者的留言，"哎呀，我男友也很钝感""我老公特别钝感怎么办"。

不过看过她们的讲述，我很有一种仰天长啸的冲动："这根本不是钝感，这就是自私冷漠好吗？"我像一个祥林嫂一样挨个回复过去，"他动不动就不理你是性格缺陷""他根本不关心是不爱你""他对家里不闻不问是没责任心"。

有位女读者，结婚十年，赚钱超过男人三倍，却始终得不到应有的重视和关心。比如半夜两点下夜班，想让老公来接，他从来不来，而且说得十分绝情："我不想去，你随便。"男人整天玩电脑，睡在书房，从不主动过性生活，也不会关心孩子，还认为老婆不贤惠，为什么不能工作回来做更多家务。

她很焦虑，她需要爱，更缺乏安全感，男人的冷漠和钝感让她十分痛苦，不知道如何才能让他可以更关心自己。

这些人，全都错误理解了钝感的含义。是女人不敢面对"他不爱我"的事实，才会拼命抓住一点证据来证明，"他就是顿感，所以不懂得关心人"来麻痹自己。

一个男人，可以让半夜两点下班的老婆自己回家，这已经脱离了夫妻关系好坏的范围，直接是个畜生了好吧。我们同事之间平时加班、吃饭，晚了，男同事还要送女同事回家呢，这是一个男人基本的风度。

什么是钝感，渡边淳一先生说得很清楚："是不受世人常识束缚的自由。"

我在文章中也写得很清楚，我家先生的钝感是不爱瞎操心，不嫉妒，不控制，心理状态极其稳定，活在一个自我很强大的世界中，不是迟钝，不是冷漠。

在他身上，我体会到了一种港湾的安全感，无论我走到哪里，都知道有一个地方，是我可以回去的。

我们只是普通的夫妻，有我们自己的相处方式，不过基本上总能做到这些：

他每个月的工资除了自己留下几千元，余下全部上交，大额支出全部透明。

我不开车，上班下班都是他送我。

所有节日都要互送礼物，不知道买啥就送现金。

我说一句不舒服，半夜他都会马上爬起来给我找药吃。我心脏不太好，他的床头柜上常年放着速效救心丸，神经兮兮地随时准备抢救我。

我不开心，他一定陪着我，笨嘴拙舌不会劝，但会用手轻轻梳我的头发，我最受用这招了。

我喜欢的东西，他会记在心里，偷偷买回来给我。

就算是吵架了，该他做的事情也一定会做，不会不管我。

我父母亲戚家的事都当成自己的事去做，重大年节、父母生日都会主动买好礼物。

当然，这个人的缺点也是一大堆，比如不太擅长哄人，比如犯起倔来特别气人，不太爱做家务，总体来说就是大节不亏，小事上马马虎虎。他不是什么善男信女，就是心里有杆秤，你让我好过，我一定会对你好的那种人。

在我身边，像这样的男人一抓一大把，从来不是什么稀罕物，比他做得更好的还有。真正有感情的婚姻当中，一定是温暖和体贴的，哪里会有一边倒，毫无回应的"钝感"？

对家人的麻木不是钝感。

犯错了死猪不怕开水烫不是钝感。

对生活毫无情趣不是钝感。

自私就是自私，冷漠就是冷漠，到底是不是被爱女人自己心里比什么都清楚，千万不要再自我麻痹，往什么钝感力上扯了。

每个人都应该自己创建安全感，安全感的确是由内而外的产生,但如果对方不在乎你,对你冷漠,你还特别有安全感,那你就是个傻子,他不能给你需要的,你心理再强大也解不了爱的饥渴。

  缺爱的人,更需要被爱来治愈,只是若是选择了在一个错误的人身上索爱,结局一定是失败。

分手后的示好，听听就算

在餐厅吃饭，听到邻桌的女孩和朋友哭诉："分手的时候他说以后我有什么事情还是可以找他的，他永远都会帮助我，可是我找了几次之后，他却说自己有了女友，不方便和我联系，难道男人就是这样绝情吗？"

抬头望去，那是一张年轻姣好的脸，皱着眉头，带着泪。

对，一定是年轻，如果不是年轻，怎么会相信这样的话呢，"以后我们还会做朋友，你需要我的时候我一定在"，男人信誓旦旦，一脸诚恳，她便信了，分手的痛苦便降低了那么一点。原来，我们只是不相爱了，却并没有离开彼此的生命。

她当了真，凭着恋爱时遗留的惯性，依赖着他，遇到什么困难就去找他，依然以为他还是那个曾经属于她的他。

终于，有一天，那个男人不耐烦了："我已经有女朋友了，你不要再找我了。"她错愕，她惊诧，有一种无地自容的羞愧。

她再次变成了一个人，体会到了第二次分手的痛苦。

但怪谁? 怪不到男人的绝情，只是怪她太天真，相信了一个即将分手的人做出的承诺。

分手是一件很不愉快的事情，所以很多人喜欢将它进行粉饰、遮盖、美化，尤其当自己是那个主动提出分手的人时，为了降低心里的不安和愧疚，也为了兵不血刃达到分手的目的，会把"我们继续做朋友"这种话当作分手的礼物送给对方，就像打一巴掌附送一个甜枣。

说的时候大抵都是有诚意的，怎奈心愿抵不过现实，生活继续向前，改变了心境，也改变了很多旧日的习惯，这时候，首当其冲被丢弃的，就是那个已经成了负担的旧恋人。

不是男人绝情，反过来，换成女人亦是如此。所有许诺在当下在分手后，都变得软弱而虚无，无法得到执行，恰如林夕的歌词，"你是千堆雪，我是长街，怕日出一到，彼此瓦解"。

没有什么能阻挡住一个人向前走的脚步，没有责任就没有义务，感情还有余温的时候，那些诺言多半都是天真的，而失去了感情持续这个前提，谁又是谁的什么人呢。注定要逐渐冷却和淡忘。

分手比恋爱还需要专心致志，不能心存旁骛，更不要虚伪承诺，否则就是对对方的残忍。

不是所有的人都能够经受得起一个自己还在爱的,却不能再爱的人的一缕温情,那会像穿心的利剑,时时刻刻提醒自己再无法回归到这个温暖的怀抱了。

本来好容易聚拢起来的接受分手的勇气,脆弱得就像跌落在地,勉强没有破碎但是裂纹重生的玻璃杯,只要轻轻加上一点力量,都可能会不复原貌,粉身碎骨。这时候,对方这一点犹豫的表现,或者含糊的敷衍和温情的安慰,都会成为这爱情还没有过去的心理暗示,重新燃起希望的火焰。

很多人都是被这样的暧昧纠缠着,无法迅速脱离过去恋人的控制范围,一个女孩子绝望地说:分手了,他还是那么关心我,我觉得是不是我们还有可能呢,但是问他,他又说我们之间根本不可能,让我不要瞎想,他是想陪我度过这个时期再消失,问题是他这样对我,我永远都不能走出去。

这是比当初分手的时候还要折磨人的痛苦。一次绝望不够,还要透出那么一些光亮,保存那么一点点希望,然后再次被现实碾碎,狠狠地,像一个人对待扔在地上的烟蒂,踩上去再碾转几次。于是,周而复始地希望和绝望,把痛苦延绵那么长,没有止境地长。

尤其是那些相信了自己在过去恋人心中会有永远的特殊位置的人,还停留在"仿恋人"身份之中,享受着暧昧的待遇,一旦突然被对方新的恋情所取代,会再接受一次类似失恋的茫然。

分手总有一个时间差,曾经在一起无限亲密,互相交缠进彼此生命的两个人，永远不会是随着一句口号，1、2、3，然后全部结束。

总要有人先走出来，有人后走出来，或者有人能够接受这个结果，有的人则不那么容易接受。

残存的感情要释放，需要一个惯性，需要有一个延续和伸展的过程，像汽车要滑行一段才能停下来。余情尚在的时候，分手看起来不会那么坚决，但是随着时间的过去，这个决心会越来越强烈，两个人渐渐疏离，感情越来越稀薄，最后一定会走到陌路。

决定要分手了，还对对方好的人，不过是一种自私罢了。那是拿对方当作一个释放惯性的平台，借着这种关系帮助自己慢慢地走出来，最终，什么时候习惯了分手后的生活，就会慢慢走出对方的视野，消失在人海。

他们关心的，并不是对方的真正感受，只是想证实自己是不是还在对方心中有一种特殊的位置，这是一种残忍的做法，像嗜血的动物，看到对方的伤痛和留恋，悲哀和寂寞，用对方伤口上涌出的鲜血沾满嘴角，虚荣心得到了极大的满足。

在分手之际，依然余情尚在，并不值得带来某种希望。的确有很多人分手了还可以做朋友，但那只有在彼此心潮平息、伤痛平复的时候才可以做得心安理得，在此之前，小气回避，寻找一个疗伤的安静期，反而是对自己最大的保护。

分手不出恶言已是最高境界，"让我们继续做好朋友"这种示好，听听就算了，别当真，更不可强求。这大概是对方最后送给你的一份礼物了，但最好永远都不要去兑现它，因为它是有期限的，极容易过期。

这就像我们和那些一面之交的人告别，会敷衍地说："以后联系。"其实永远都不可能再联系，他们永远都会躺在我们的通信簿里，成为熟悉的陌生人。

请离开让你太懂事的男人

说起被自己的亲人拖累，谁还能比梅艳芳更凄凉。

梅艳芳四岁登台唱歌，被妈妈带着走江湖卖艺，每唱一首歌，想的就是晚上家人可以多加一盘菜。

17岁参加新秀比赛，获得冠军。评委黎小田惊讶于她老辣成熟的台风，问她有几年的登台经验，她凄然一笑："14年。"

她成名之后，始终养着母亲和哥哥一大家人，他们花起她的血汗钱，一点都不手软。去世前她已经料到自己的身后事不会太平，担心母亲拿到太多钱被人骗，留下遗嘱安排好一切，将自己的财产托管，让母亲每个月都可以拿到7万块的生活费，170万元给4名外甥侄女做读书基金。

母亲毫不领情，嫌弃女儿小气，不信任自己，连年打官司，耗资巨大，最后基金会不得不出卖梅姐留下的物品，连内衣都拿来拍卖，圈内好友看不下去，联名拍下。佳人已去，体面无存。

这些被父母出卖的孩子，他们都是如此渴望爱，而每次给了钱，都能换回一点父母的笑脸和疼爱。他们的父母，像爱着摇钱树一样爱着自己的儿女，给了钱，就有爱，没有钱，就没有爱。

所以只能一次次地续上这救命的钱，这赎爱的钱。渴望爱的孩子，时间长了，也深陷于悲情圣母的感觉中不能自拔，"没有我，他们就活不了了"。

中国式的家庭中，有太多这样懂事的孩子。

雅芳的男友生在一个不完整的家庭，虽然表面上父母没有离婚，实际上父亲却早已缺席，全靠母亲撑着整个家，他比弟弟大几岁，从小就被灌输要照顾弟弟，分担母亲的负担的思想。他工作后一直承担弟弟的生活费，从自己不高的收入中节衣缩食，供养弟弟。

而弟弟呢，一直在哥哥的庇护下，毫无节约意识，花钱大手大脚。即使毕业工作了，还要找哥哥借钱，给女朋友买很贵的礼物，全然不顾这些钱都是哥哥的血汗钱，是哥哥辛辛苦苦攒下来的。

雅芳对此很不满，她看重的是男友的人品，不在乎他穷。但他们也要结婚，要在大城市买房买车，收入就这么点，他对弟弟的付出已经影响到了自己的生活。

男友知道弟弟不对，不过总是不忍心拒绝。每次雅芳不高兴，他都委屈地说："我都说我弟弟了，可是他缺钱我总不能不管吧？

你不能那么自私。"雅芳真不明白,为什么一个家庭出来的,他这么懂事,弟弟却这么不懂事呢?

其实这很正常,在很多父母不作为、夫妻不和睦的家庭中,都逼得某些或者某个孩子飞速成长。他们早早就失去了自己的童年,超越年龄地理解父母的苦衷,反过来用自己的自立来安抚父母。

当你无法随心所欲地获取关爱的时候,你要成为自己的父母,你甚至比父母还要成熟,你怎么可能会不懂事呢?

中国的很多家庭还会有这样的现象,一个孩子懂事,另外一个就不懂事。

懂事的特别懂事,不懂事的特别不懂事。

这所谓的懂事,是人为训练出来的,父母从小耳提面命"你要听话,父母不容易",让他们承担了太多本不应该孩子承担的责任。不懂事的呢,也是训练出来的,父母把一个孩子变成了小大人,另外一个孩子才会有机会成为真正的孩子,他们不需要懂事,就可以生存。

都说穷人的孩子早当家,家庭不完整的孩子更是早当家,这些孩子要帮助不称职的父母履行责任,他们的情感处于这种被剥削的状态中,造成日后的情感匮乏,以及总是渴望取悦父母的习惯。他的懂事不是性格的周全,而是一种创伤,一种沧桑。

有一种人,做了懂事的孩子,就做不了合格的伴侣。

他们习惯了压抑自己的需求，在承担责任中获取了存在感，他赖以需要的就是"我能行""我可以"，这成为他自信的来源，所以，即使他知道亲人的行为是错误的，他也控制不住要付出，一边抱怨着，一边享受着。

不付出，他就不存在了。

这样的人当然看起来人品很好，因为他习惯了做好人，习惯了被压榨。而这些所谓好人的坏处就在于，他们只伤害对他们好的人，越对他们坏的人，他们越不懂拒绝。

这种不懂拒绝不是因为不懂道理，而是拒绝意味着有较为清晰的自我意识，知道如何维护自己的利益，他不是这样的人，道理并不能让他保持理性，掐掉他的付出感，就等于掐掉了他虚假的自我。

这样的人，他们永远都盯着自己曾经得不到的东西，总是希望取悦并不真的在乎自己的人，无暇分心来爱自己。他们是人人称道的好人，站在道德的神坛上，可他们的伴侣，未必能享受到他们的好，往往只得到他们无助和软弱的另一面。

有一种感动，不是爱情，是套路

女人上至 80 下至 18，都有一个共同的爱好，做媒。

某天，平时关系不错的公司女同事来找她："亲爱的，给你介绍个男朋友怎么样？"

"靠谱不靠谱？"

"绝对靠谱！就是咱们隔壁那个公司的，是我同学的同学，来，你先看看长相。"

同事拿出手机，点开对方的微信："怎么样，长得不错吧。"

照片上小伙子倒是挺阳光，可是，她摇头："不是我的菜，没什么感觉。"

"感觉是可以培养的，不要见一面就否定人家嘛，都是同龄人，喝喝茶，聊聊天，谈不成恋爱，多个朋友也好啊。"

想想也是，她加了对方微信，小伙子很热情，约她见面，她出于礼貌出来喝了一次茶。

没想到，两个人居然聊得很投机，就像多年的老友一样。小伙子情商很高，非常会讲话，态度真诚，事事都征求她的意见，喝什么茶，配什么点心，都以她为先。让她感觉到他的热情、周到，又不觉得生硬和肉麻。他看着她的目光中，都仿佛自带光芒，深情又专注。

两个人聊得都忘记了时间。原来快乐的时光真的是走得特别快。

深夜，她躺在床上，嘴角不由自主地浮现出笑容，心中充满了甜蜜和柔情，莫非爱情的春天真的到来了？

从第二天开始，他对她展开了热烈的追求。两个人工作单位离得近，创造了很多方便条件，他每天接送她上下班，还带早餐给她。遇到自己的同事朋友和家人，都会很大方地介绍，"这是我女朋友"。把她的照片放到自己的朋友圈中，宣告自己"名草有主，生人勿近"，坦荡的态度让她有一种安全感。

一切都向着很美好的方向发展，五一放假，两个人一起去旅游。都说旅游最容易鉴定出一个人的人品，可他也经受住了考验，对她非常体贴，诸多关照，不吝惜付出，"你是我老婆，对你好是应该的呀。"听了这话，她整个人都像掉进了蜜糖罐一样，从心里往外都是甜滋滋的。

正当她全身心投入这段感情的时候，意想不到的事情发生了。某天，他父母找他谈话，中心内容就是："我们不想你留在这个城市,你是独生子,还是回家来在当地找个门当户对的女孩子结婚吧……"他思考了几天,对她转述了父母的意见,然后非常干脆地做出决定,"我们分手吧",丝毫没有挽回的可能。

这种断崖式的落差,她实在没有办法接受,那么多的甜蜜,那么多的感动,难道都是假的吗?

女人总以为只有女人才容易能掉进感情的陷阱,其实在感情的世界中,男人和女人一样,都有自己的软肋。

多年前,我亲眼看见过这样的一幕情感闹剧。

女人家境一般,外貌平平,但很善于经营人际关系。她一直都希望通过婚姻来改变自己的后半生,谈恋爱专门挑家境殷实的。

为人现实也没什么不对,但太现实了,欲望写在脸上,对待感情急功近利,有钱人也不傻,几个回合就看出来了。所以往往谈了一段时间,对方就没了下文。

后来一次朋友聚会,她认识了一个新晋富二代,家里搞房地产发了家,还没有习惯富二代的生活方式,性格依旧淳朴。

她马上把他设定为新的目标,使出浑身解数,主动表示关心,十分善解人意,尽展女性的柔情和体贴,这让从小就缺少父母关心的富二代立刻就沦陷了。

富二代在她身上花了很多钱,除了房子没买,车、手表、各种奢侈品,她喜欢什么就买什么,而她从来就没有主动要过,每次都说:"让你为我花钱真是不好意思,我可不是那种贪钱的女人。"他一听这话,更加觉得她是个好女人了。

身边的朋友委婉提醒他："她可能只是相中了你的条件,你得小心点。"

他不爱听,差点没和朋友翻脸:"你怎么能这么说,她是个好女人。"

朋友不好意思说出口:"她对圈里的好几个男人都是这么个套路,可上钩的只有你而已!"

本来就算她爱钱,他又正好有钱,也算是一种平衡。怎奈她并不知足,这个老实巴交的男人把心掏给了她,她却反而看不起他,除了他的钱,别的她都不想要。

她以他为跳板,忽悠他为自己办理了出国留学手续,帮助她交了学费:"我这样也是为了我们的将来,你乖乖等我回来哦。"

结果是可以想象的,她没有回来,一去不复返,他掏心掏肺,却被她重创。

他几乎变成了祥林嫂,逢人就唠叨:"你说我怎么就没看透她是这种人呢?"

以前我们都觉得他很笨,可是将心比心,在感情中谁又比谁聪明多少。

若是易地而处,我们可能也看不透。她的热情和温柔扑面而来,一切都带着精心的计算,要什么给什么,给得刚刚好,就像一个正要打瞌睡的人遇到了一个大枕头,谁能不感动?

PUA,全称Pick-upArtist,译成汉语就是"把妹达人"的意思。"把妹达人,起初指的是一群受过系统化学习、实践和不断自我完善泡学（把妹）技巧的男人。后来泛指很会吸引异性，让异性着迷的男女。字面上的解释，PUA指的是'搭讪艺术家'，但因为泡学文化的变迁和进步，PUA的定义已经从简单的搭讪扩展到整个吸引流程，主要包括：搭讪（认识）、吸引、建立舒适和联系、到发生亲密关系。"——以上是百度百科的解释。

据说PUA起源于美国，得益于互联网的发展，自2008年起，一系列围绕着PUA文化的论坛也得以在中国获得了推广。"目前整个中国PUA圈子约有50万活跃成员，分布在各大城市。"

这些将感情视为一种可以设计的流程的人，成为很多人躲不过去的劫难。因为他们学会了一切"搭讪（认识）、吸引、建立舒适和联系、到发生亲密关系"的技巧，经过反复的实践、演练，想拿下很多爱情菜鸟，简直是易如反掌。

他们对待爱情的态度是完全的狩猎和掠夺，即使在获取对方欢心的过程中有过那些温情——体贴、关心、耐心——也不过是狩猎的手段，他们心中的某一部分一直是冰冷而僵硬的。

这是个一切皆可成为套路的年代。

网上流传甚久的小三攻略详细收录了如何抢到别人男朋友的种种手段，细致入微，堪称手把手地教："热情地要到他的手机和QQ、微信，经常发信息问他点问题制造接触机会……问得越白痴越好，越白痴他越觉得自己厉害，男人就喜欢这个。顺便请他吃饭，增进感情……"

据说有人逐条实践过，成功了。

套路很容易奏效，因为目的性极强，直奔着结果而去，没有太多感性，全部都是计算。设下套路的人已经将人性的弱点考虑进去，掌控了对方的欲望和需求，缺什么给什么，想什么来什么，就像一个人成心给另外一个人挖下陷阱，还是量身定做的陷阱，并且知道如何一步步将对方引到陷阱边上，那这个人要怎么逃得过？

可是套路也都经不起考验，常常会落败于现实的压力或者利益，当更好的条件、更好的人出现，已经学会套路的人会不由自主地把这份本事使在另外一些人身上。

亦舒说过："如果有一件事情，好得和假的一样，那它多半就是假的。"当有一种爱情，无须自己付出吹灰之力，就能得到一个完美恋人的时候，那这样的感动，往往不是爱情，只是套路。

真正的爱情永远不会是独角戏，而是有来有往，有甜蜜有痛苦；真正的爱情不会叫人特别淡定，而是有起有伏，有喜有悲。深陷在爱情中的人啊，就像身在旋涡之中，有一种身不由己，有一种无法设计的激情。

这些，全都是那些套路所无法拥有的。套路那么完美，可惜只是少了一份真，一份痴。

套路有很深的隐蔽性，但也并不难分辨。如果有人将爱情使用得太过熟练，滴水不漏，那就说明这个人技巧有余，真情不足。

最好的爱情是两个人手牵手摸索着前行，太懂人心的伴侣，多半都有点危险。那些懂，哪里是与生俱来的，不过都是在另外一些人身上试刀而来的。

为爱而死的人，都不是死于爱

最近不知道怎么了，因为恋爱纠葛跳河的特别多。上个月是前女友和现女友见面，谈判没有达成一致，前女友一怒之下跳河，男人急得连衣服都没脱，也跳下河去抢救，现女友看见自己男友为前女友跳河，气不过，也选择了纵身一跃。事情的结果很悲剧，男人只救起了前女友，现任女友却沉入了江中，再也没有出来。据说现女友和前女友还是曾经的闺密，一方撬了另外一方的墙脚，却谁都不愿意放手，男人又暧昧不清，所以只能指望谈判解决，却不料酿出了悲剧。

这个月呢，又是小情侣闹分手，闺密现场助阵，女孩坚决不同意分手，说如果分手，自己就跳河，闺密附和，说你跳我也跳。后来谈判破裂，女孩带着闺密去了河边，威胁男友到场，几句话之后，女孩突然跳河，闺密实践了自己的诺言，也跟着跳下去。

男友和随行的朋友一起跳河救人，可惜的是只有随行的朋友被救起，一对好闺密和男友都付出了宝贵的生命。

这种新闻看了就心塞，都那么年轻，第二起事件中的当事人才十七八岁，生活尚未真正开始，却因为一个人，一段在日后可能根本就会被淡忘的感情而牺牲生命，多么不值得。尤其是"陪跳"的闺密，好友想要轻生，作为朋友理应劝阻，而不是也跟着冲动，一个完全无关的人，死于别人的感情纠纷，冤死了。

年轻人谈恋爱，总是容易有两面性。有时候分分合合，闹来闹去，轻率的和开玩笑似的，但是吵架、打斗的时候，可是拼尽了全力，怎么惨烈怎么来，动不动就以命相酬。

以前看过一篇小说，原谅我忘记了名字，讲的是一个男孩爱上了另外一个女孩，想和女友分手，女友性格极端、偏执，死也不分。男孩没有办法，只能寄希望于时间能让女友淡忘。他的拖拉和优柔寡断终于酿出了悲剧，有一天，他和现女友出去旅行，回到家里看到的是女孩死在了他的房间，割腕，流了满床的血，她就那样坐在床上用死亡惊悚的气氛迎接着他们俩。

现女友惊叫，昏厥。醒过来后有了很严重的心理问题，需要看很久很久的心理医生。两个人的感情，不用说，自然就中止了。

是她的死亡，戏剧性的死亡，血腥无比的死亡，永远横亘在那两个人的生命中。他们无法再在一起，因为看着对方，就像看着凶手。

虽然男孩并没有做错什么，现女友更没有什么责任，恋爱分手本是寻常事。但她死了，他们却活着，他们只能为间接制造了别人的死亡而赎罪，用自己的幸福。人无法和死亡讲道理，因为死，是最大的，大过任何人的感受和幸福。

你能说女孩在策划着自己这样的死亡方式的时候，心里没有一丝怨毒的得意和快感吗？她绝对能够预见到自己死亡的杀伤力，她倾尽了自己的生命所要达到的目标，就是生生世世、永永远远地拆散他们俩。

这目标比她的生命更有价值。如果活着做不到，那么就去死，死总是最有震慑力的。

把爱作为人生的唯一支点的人，失掉了爱，就是倾覆了整个人生，爱没有了，生的希望就没有了。他们死得那么干脆利落，毫无挂念。

比如第一起事件中的现女友小雪，是家里四个女孩中的老大，小时候因家里一直想要个男孩，两个妹妹出生后，小雪就被送给了单身伯父抚养。直至10多年前伯父过世，她才被接了回来。她只读到了初中毕业，看到常年多病的母亲、辛苦劳作的父亲、需要抚养的两个妹妹和一个弟弟，16岁的小雪放弃继续求学的机会，随亲戚去广东打工补贴家用，在那里小雪每月有1000多元工资。这些钱，除极少部分留给自己，她基本上都寄回了老家。

这样的姑娘是个好孩子，她走了，父母伤心欲绝。但这么多年，父母对她了解多少，又给了她多少温暖和关爱？她孤身一个人闯世界，渴望一个怀抱和一个肩膀来依靠，她找到了，又怎么会轻易放手。得到过又失去的痛苦，远远比没有得到过还要剧烈。一个一直跌倒的人怕的不是自己摔倒，而是怕有人将自己扶起来，然后又推倒。前者是失望，后者才是绝望。

很多为爱而死的人都有一个基本的共性，那就是家庭没温暖或者缺少父母的理解，他们早早地就把自己生命的价值寄托在所谓的爱情之上，爱情是他们获取温暖和存在感的方式，爱情如果改变了，那么全世界的光亮也就熄灭了。他们为爱而死，却不是死于爱，而是死于不能接受失败，死于绝望、不甘、嫉妒、怨恨……

杜十娘怒沉百宝箱是千古绝唱，但杜十娘是死于爱吗？不，她死于绝望，一个花魁渴望遇到良人来解救自己的风尘生涯，这是她精心策划了很久很久的伟大工程，她以为李甲就是对的那个人，谁知道他不是，还卖了她，给了她一个响亮的耳光。

原来她以为所有的男人都靠不住，后来她以为至少还有一个男人靠得住，最后她发现果然是全部的男人都靠不住，这种过山车一般的起落，彻底摧毁了一个女人想要走回良家之路的希望。她不死又如何，回去成为别人的笑柄吗？或是找到另外一个风尘之地，重操旧业？都不成，她见过最美的希望，几乎能够触及自己的梦，她再也回不去了。

她因李甲而死，却不是为了李甲而死。这里面有微妙但泾渭分明的区别。

人如果不懂得如何化解自己内心的伤痛和缺陷，如果一个人对自己的生命本来就缺乏信念，那么总有一件事、一个人，会引

发生命锁链的崩塌。

爱，真正的爱，是不会死人的。因为爱会带来柔软的心境，会丰富和改变一个人的生命，这是即便分手也不能否决的美好。爱的极致甚至是放手，对方的幸福是压倒自己得失的大事。

我也曾经失恋过，那纯洁的，只拉拉小手的少男少女的恋爱。文青们的恋爱多半都是如此，死命地玩精神找感觉，唯恐沾染半点凡俗之气，所以恋爱的时候脱俗，分手的时候更脱俗，他给我来了封信，信上写了什么我都忘记了，只记得一句："我再也不能陪你看夕阳了。"多么文艺的分手理由，不是文青看不懂这里面的杀伤力。

我很没出息地痛哭了一场，学黛玉葬花矫情地把几年的信笺和日记找个火盆烧了，难过了很久，觉得天都灰暗了许多。

但我总算窝窝囊囊地活下去了，是因为生活中还有别的盼望。虽然在精神上极度痛苦，但饿了，还是知道去吃饭，正是这肉体的痛感和灵敏，提醒我日子还有希望。就在这一粥一饭之间，我的身心逐渐康复。

请失一个高质量的恋

看过一个日本的小小说。一个男人，失恋了，非常痛苦，想要跳河自杀。

在河边徘徊的时候，他遇到了一个慈祥的老者。老者问他：为何如此轻视生命？

他说："我失恋了，我忍受不了这种痛苦。"

老者劝说他，一切都会过去的，时间一定会治愈你，云云。然后还举出自己的例子，说自己19岁失恋的时候也特别痛苦，想死来着，最后还是想开了，所以自己能做到的，他也能做到。

男人一听，觉得宽慰很多，问老者："我能问一下，你是什么时候彻底走出来的吗？"

老者思索着回答："……嗯，我今年90岁了，大概是去年吧……"

话音刚落，身后传来扑通一声。

这个小小说很有点黑色幽默的意思，所以记得很牢。

失恋真的是很可怕的事情，亦舒在新作《四部曲》中将失恋和患癌症定义在一起，认为两者的当事人在发现真相之后，统统会有四个步骤的反应。"首先，是痛哭，其次，是愤怒，否认事实，再次，绝望消沉，最后，可怜不幸的当事人，不是死亡，就会康复。"

最痛苦的时候，每一个呼吸都带着刺痛，每一分钟都是巨大的煎熬。那真是生不如死的感觉：肉体尚在，精神却被撕扯得七零八落，拼凑不起来。就像《四部曲》中的女主人公英宽，"一天二十四小时都在流泪，眼泪不受控制，汩汩而下，无论在吃饭，工作，看戏，她忍不住就哭起来"。

演员郝蕾与邓超分手后，"我整天都是恍惚的，我很抑郁很抑郁，想过自杀"。那时候她正在接拍《颐和园》，拍着拍着戏就会忍不住流泪，会跑到车里哭一阵再出来。失恋的痛苦是人的肉身所无力承受的那种，即使你的一切理智都告诉你应该坚强，走了的人就让他走吧，可是你的精神依旧软弱，你会渴望用所有的代价换回一切回到过去。

失恋时，多少人做出了这一生都不会做的蠢事，比如跑到对方的家里去哭去闹，比如发很恶毒的短信骂对方，比如随便找个人上床来麻木自己。

爱上一个人，只需要几秒钟，忘记一个人，却需要漫长得看不到头的时间。

失恋的痛苦为什么这么难挨，它的杀伤力主要来自这四个方面：

1. 失恋的第一大伤害是让一个人的感情流离失所。

失恋很少是双方共同的意愿，总是有一个人更主动，一个人更被动，一个人觉得感情走到了尽头，一个人觉得余温尚在。

就像两个人一起看电影，故事还没有演完，对方居然想要提前退场，接下来的故事呢，下面发生了什么，对方居然不想知道了。你突然惊恐地发现，你被扔到了原地，你的感受不再有人关心，接下来的故事你得自己来把它演完。

可感情不是收发自如的东西，更无法控制力度和深度，感情就像汹涌的河流，突然被落闸断流，那从源头而来的力量无法宣泄，只能四处奔流，酿成无法抑制的洪灾。

被分手的人，常常都有无法解决的答案，"为什么你要这么对我"，"我哪里做错了"？你想要答案，可是看到了答案依旧不会死心，没有任何答案能够解释爱情的离去。因为，那不是你主动的意愿。

2. 失恋的第二大伤害是带来了自尊心的损失。

当一个人为失恋而痛苦的时候，其实他是很难分清自己痛苦的是一个人的离开，还是因为这个人的离开损害了他的自尊心。

如果一个人的失恋中隐含着愤怒，多半愤怒的都是自己居然被抛弃了，他首先想到这是不公正的待遇，是自己不应该承受的伤害，这个时候，他所竭力想要维护的就是自己的自尊心了。

因为失恋而一蹶不振的人，都是被失恋夺走了自信，他们默认了只有失败的人、无能的人才会留不住爱情，优秀的人一定会被爱，所以自己失恋了，就失掉了价值。

很多人的自尊心和自我评价本来就脆弱，被爱给了他们自信，然后恋人的离开等于又拿走了这些东西，他们觉得自己比恋爱之前更贫穷了。

3. 失恋的第三大伤害是再也找不回旧日的习惯。

很多人会觉得失恋的痛苦和爱情的深度成正比，其实不是。世界上最痛苦的分手并不是发生在最相爱的人之间，而是那些最没有做好分手准备的人。失恋撕裂的不仅仅是感情，还有一个人对未来的规划、设计和想象。

当失恋猝不及防到来的时候，一个人没有做好独自一个人的准备，那么失恋的麻烦就变得琐碎而具体了。生活中的所有细节都提醒你，那个人走了，你只剩下你自己。

当你已经不习惯一个人吃饭、一个人睡觉、一个人逛街的时候，恢复单身的所有福利对你来说都不是福利，全都变成了惩罚。胆怯，不敢面对一个人的日子的畏缩，或许都被解释成了爱情，放到了失恋的痛苦之中。

你的依赖落空，你必须调整你自己的未来，未来少了一个人，心里挖出了一个洞。你要拿什么来填补这些空白？

这填补的过程，就是不断唤起伤痛的过程。

4. 失恋的第四大伤害是信念的崩塌。

分手是一种注定要带来伤害的事情，即使是双方都心甘情愿分手，要结束一段大家都曾经付出过的感情，依然是无法言说的痛苦。

信念的崩塌，是很多在分手后走不出沉沦的人内心真正的结。

曾经自己如此相信世界上会有那么一个自己的归宿，有一个可以依靠的人，有一盏灯、一扇窗、一个家、一颗心都属于你，这种感觉会让这个冷酷的世界显得分外温暖和贴心。如果一切在瞬间失去，那么整个世界都倾斜了，信念都化为乌有。

要如何再去相信一个人，全身心相信彼此的誓言？你尝试过，你失败了，你如何能确定这一次的失败不会延续到下一次呢？

感情可以重新再来，恋人的位置可以新欢替代旧爱，但被创伤打下烙印的人，没有了信念，就像孤魂野鬼一样，不知道该往哪里去。

或许，不敢再相信的不仅是对方，还有自己，还有爱情本身。

大概所有的人都曾经失恋过吧，失恋真的是一件特别公平的事情，谁管你优秀不优秀，美丽不美丽，遇上了，就是劫数。

要挨过失恋的打击和痛苦，这个过程，如同渡劫。

首先你必须相信一切都会过去的，这是最起码的信念，因为人类就是这样的，什么样的惨痛和血泪都可以被时间稀释。

其次你得明白爱情中没有好与坏之分，有人离开只是因为你们不合适，而不是谁高谁低。如果这爱情已经耗尽了你的尊严，令你觉得自己卑微，那么证明这分手来得太晚了。

再次你得了解你痛苦的方式和根源。到底是为了感情，还是为了自尊，抑或是因为无法适应单身，你得清楚。你要检阅你的痛苦，就像将军检阅他的士兵，你清点它们，盘点它们，直到你对它们彻底熟悉，你看到了自己痛苦的经脉是如何行走在你的身体中，你知道它们的源头，然后才能去安抚他们。

最后你还要知道如何疼爱自己，这是你对自己的使命，爱情来或者不来，你都应该在自己这里成为唯一的依靠。不要自暴自弃，不要毁灭自己给别人看，保护好你的灵魂和你的肉身，失恋是一个重整河山待后生的过程，在新的黎明来临之前，学会耐心等待，就像动物，从不展示自己的伤口，它们只是找一个角落，默默舔舐。

爱情不见得是永恒，而自我则永恒。在爱情中都不会迷失自己的人，跌倒了才能用最短的时间爬起来。

> 你一个月薪三千的人，有什么资格视金钱如粪土？

传说演员佟丽娅和陈思诚离婚了，仅仅是传说，已经令很多女人感觉到出了一口恶气。

"早就该离，像陈思诚这种出轨惯犯，根本不值得原谅。"某人对我说。

可是，我们觉得不值得原谅，没准佟丽娅身在其中，认为有原谅的理由呢。毕竟两个人在一起恋爱、结婚好几年，还有了孩子，离婚也不是那么容易做出的决定。

再说，就算是想离婚，也得需要时间处理财产问题啊。明星身家丰厚，房子、股票、各种投资，陈思诚名下还有公司吧，那可能还涉及股权变更，桩桩件件都好麻烦，哪里是短时间能办到的。

看我这么说，某人很不以为然："钱很重要吗，和这种男人再过一天都是折磨，要是我，宁可净身出户也要离！"

净身出户？凭啥？凭什么他犯错误，你却净身出户？你和钱有仇吗？

像谢杏芳那样，林丹昨天被曝出轨，第二天就表示风雨同舟也有点太坍女人的台，但发现男人出轨，就立马离婚，什么都顾不得了，哪怕是净身出户都得赚一个争气的女人，也一样不成熟。

我真见过这样的女人，她因为男人在外搞暧昧闹离婚，闹着闹着就烦了，带着孩子净身出户，房子存款都没有要。

"你怎么想的，你一个月只赚三千块，要怎么养孩子？"

"我为了争一口气啊，谁让他说我和他在一起就是为了他的钱，我偏要让他看看，我是有志气的。"

我叹气："大姐，你是有志气了，可你没赚钱的本事啊。"

她买不起自己的清高，一时出了气，高大了自己的形象，跟着的，就是生活的巨大压力迎面袭来。

女人特别害怕男人说自己现实，"你怎么那么爱钱呢，你太无情了"，一句话触中靶心，马上玻璃心尽碎，立马要用实际行动来表现自己一身铮铮铁骨和不爱钱的高贵节操。

结婚时候女人容易不冷静，离婚时候更容易不冷静，为了赌口气就要离，为了显示自己清高不爱钱也要离。离婚成了主要目的，能不能公平公正地拿走自己若干年苦心经营的家庭财产倒成了次要问题，结果离完之后过得乱七八糟的大有人在。

女人的体面，是靠钱来维持的。

你看王菲特立独行,任何时候都敢作敢为,蔑视俗世,那后面是有强大的财力做支撑的。她看似云淡风轻,实际上赚起钱来绝不手软,上次演唱会卖出那么高价的票,她为自己人生打算的,从来都不比任何俗人少。

飘逸如仙子不食人间烟火的舞蹈家杨丽萍,为了自己的舞蹈团,四处走穴演出,谈价钱的时候从不客气。艺术家又怎么样,她说艺术家没有钱撑着,什么都做不成。

这没什么不对,爱钱,现实,都没错,只要是取之有道。

你看男人,他们多么懂得替自己打算。

出轨了,男人下跪,磕头,痛哭流涕:"你怎么惩罚我都行,我错了。""那你把房子加上我的名字吧。"一听这话,他们马上眼泪都吓没了:"那不行,那是我的婚前财产。"

闺密是律师,偶尔会替人打一些离婚官司,总有些女当事人哭哭啼啼和她讲,他们夫妻过去有多么多么好,现在男人有多么多么无情,小三有多么多么不要脸。我闺密对这些事一律不想听:"你只说财产关系就可以了,家里积蓄有多少,有无股票、债券,共同债务有没有,房子登记在谁的名下,是不是婚前财产,孩子谁带得较多,你的心理预期是拿走多少。"

有人会觉得她好没同情心,像个法律机器。但她见过了太多男女开始闹离婚的时候,女人还在回忆过去的感情,沉浸在"你好坏我好伤心"的情绪中,男人一边说"要不我们别离了",一边全家商议何去何从,动手转移财产,先做好最坏的打算,然后再进行最好的努力。

这样无论成功还是失败，他们都没有太大的损失。

人们对于男女离婚的态度是不同的，问男人，都是："离婚房子归谁了？"问女人，一般却是："要孩子了吗？"好像女人就不该争财产，只应该争孩子，否则就是自私。

凭什么？

女人应该向男人学习，离婚的时候不手软，爱的是自己赚的钱，爱的是夫妻共同财产，要理直气壮。该要孩子要孩子，该要钱要钱。

离婚是律师的生意，也是客户自己的生意。既然是生意，就要遵循利益最大化的原则来进行谋划，若是余情尚在，可以不难为对方，用怀柔的方式来争取，但前提必须是确保自己的利益不遭受损失。

离婚了，也得活，还要活好，除非你有钱到不屑于和那仨瓜俩枣计较，否则，那些生存能力较弱的女人，那些月薪几千元的普通人，是没有资格视金钱如粪土的。

结婚的时候是因为有感情，所以不谈条件，只谈感情。离婚的时候，没有了感情，要讲证据，讲策略，讲利益。

当婚姻已经失掉了意义，当夫妻已经无法继续生活下去，在离婚念头升起的时候，对于未来的新的规划也即将开始。房子、车、孩子归谁，日后的生活怎么继续，都要想好了，想明白了。条件合适，再离。事情没谈妥，对方开的条件不够公平，就不要离。

因为离婚不是为了过瘾，更不是为了出气，离婚是因为想要选择另外一种生活方式，离开一个男人，但生活依旧在继续。

/ PART FOUR / 避免 99% 的恋爱误区

CAST OFF
CLOSE

PART

FIVE

/

再亲密的感情

都要有退出机制

如果你不懂止损，你没有这份狠劲，也没有这个远见，你停止不下来和不合适的人纠缠，你生命最大的麻烦，其实不是别人，就是你自己。

爱情没了，你一定要抓住面包

有些公司有不成文的规定，禁止员工谈恋爱。这真是值得人吐大槽的规定，但没办法啊，一般能做出这种规定的公司，还都是一些经济效益不错的地方，既然处于买方市场的位置，就特别敢于提这些不厚道的要求。

我有个小表妹，就在这种公司上班。上岗前的培训说得很清楚，一旦发现同一个公司的员工恋爱，有一方必须离开公司。她很珍惜这个工作，每天埋头苦干，不想其他，很快便升职加薪，个人事业充满希望。

怎奈爱情总是神出鬼没地出现，她越是不想恋爱，爱情越是来敲门。同一个部门的小A频频对她示好，很快打动了她的心。她恋爱了！

恋爱中的女人总是最美的，她每天容光焕发，走路脚底像踩着弹簧一样,一步一跃,充满活力。虽然是地下情,不能在公司内部公开,可是这样更觉刺激,走廊擦肩而过匆匆拥抱一下,开会的时候递过来的火辣眼神,都成为爱情令人迷醉的理由。

感情稳定后,两个人开始面对不许谈恋爱这件事。小A的意思是,让表妹离职,自己留在公司。表妹不知如何抉择,来找我商量。

"为什么一定是你离开呢?"我问她。

她想了想,说:"男人事业重要啊。"

"那你的事业就不重要吗?"

"可是他说了,女人终究还是属于家庭的。"她虽然这么说,不过看得出并不是那么确定。

我帮她分析,不谈谁应该为爱情牺牲的问题,仅从有利于事业发展的角度来看,目前她做得比小A要好,那留下的应该是她。而且男人适应外部环境的能力比女人更强,更适合去外闯荡。

她觉得我说得很对,很有道理。走了,回去和小A沟通去了。

很久没联系,后来,消息传来,离职的依然是表妹,小A为她联系了一家工作更轻松但收入和发展前景也都基本乏善可陈的公司,估计又拿出了"女人要多照顾家,男人事业更重要"的说辞,说服了表妹。我也懒得干涉别人家内政,只希望他们的爱情最好能开花结果。

如果故事这么发展就好了,可是没有,尽管表妹为了爱情做出了牺牲,不到一年,小A还是提出了分手,理由非常令人无语:"我觉得你现在特别平庸,不是我当初喜欢的那个人了。"表妹欲哭无语，自己当初可不平庸，是小 A 的主管呢，还不是听信了他的话才走出这一步，现在他居然嫌弃自己了。

她来我这里哭，后悔没听我的话。我说这不是你的错，很多女孩都相信男人应该承担人生更多重担，这没错，自我牺牲的背后是对人性的美好期待，只不过给错了人而已。但经此一役，我要她记住，爱情固然美好，面包更加重要。

后来我还见过比表妹更傻的女孩。失恋了，两个人在一个公司，也是非常好的公司，很多人想进都进不来，她觉得同在一个公司，心里别扭，想要离职。还是那个问题："为何是你走？为何不是他走？"原因是："他不觉得别扭，他觉得没什么。"

他觉得没什么，为什么你要觉得有什么？你已经都失掉爱情了，为何还要失掉面包？

男人在这方面通常都很理性。他们绝少意气用事，看他们交朋友便知道了，哪怕三观不相同，互相不赞赏，但只要能带来共同的利益，就完全不介意彼此利用和扶持。感情归感情，利益归利益，所以很多时候，女人最讨厌男人的这一点，恰恰是因为自己并不具备这样的理智。

女人的小纠结特别像小孩之间的闹别扭，仅仅为了满足情绪，从不看能不能为自己带来好处。其实仔细想想看，爱情没了，已经是很严重的损失，为什么还要辞职，和面包作对，继续加重自己人生的损失呢？女人都和自己有仇吗？

没了爱情，有面包还能活下去。没有了面包，爱情却不一定

能永远保证你吃得饱。

这个面包,不仅指的是物质、金钱、收入,还有事业。

电影《清洁》让张曼玉获得戛纳电影节影后头衔,能取得这样的成就,是因为影片剧本本来就是法国导演奥利维耶·阿萨亚斯,也就是张曼玉的前夫为她量身定做的。张曼玉在其中扮演了一个摇滚明星的瘾君子遗孀,经历了绝望、流浪、戒毒和被剥夺子女监护权等各种颠沛流离的生活,非常坎坷,也非常有戏。戏里,她穿现代衣服,说英语、法语和广东话,玩撞球,唱摇滚歌曲,多方面展示了自己作为一个资深演员的全部才艺。

张曼玉与阿萨亚斯相识在她的事业瓶颈期,她停止工作,能接到的剧本都很雷同,对演艺生涯没有什么新的展望,是阿萨亚斯的出现拯救了她"迷失的灵魂"。但两个人定居巴黎结婚一年后,她受邀请参加《花样年华》的拍摄,遇到了王家卫惯常的无剧本长周期拍摄手法,拍了一年都没有拍完,而且不时停顿下来,演员不知道该做什么,导演只管观察他们。"等回到巴黎时,一切都改变了。"

分手是双方共同的意图,并不艰难。难的是当时阿萨亚斯当时为张曼玉写好了《清洁》的剧本,一对本应该分手的夫妻还要在片场研磨艺术,这对任何人来说都是一种折磨。当阿萨亚斯试着征询张曼玉的意见时,张曼玉回答:"如果你还想拍,那我就加入。"

他们在片场签订了离婚协议书,然后两个人都全身心投入到创作中。这部片子获奖后，成为张曼玉从影以来的巅峰之作，也是前夫留给她的最后一份礼物。"这虽然不能让我真正为之高兴。"张曼玉对此充满惆怅。

是的，虽然不能让她真正高兴，因为永远都能看到奖杯后面镌刻的悲伤记忆，但终究还是一件值得庆幸的事情。庆幸自己没有逃避，没有为了自己的小情绪就放弃追求事业的高峰，她可以放弃和这个男人的婚姻，却十分清楚，"我们在一起工作是对的"。

与张曼玉有类似经历的还有巩俐，她与张艺谋合作的《摇啊摇，摇到外婆桥》就是两个人的分手之作，这边剧组杀青，拍完最后一个镜头之后，张艺谋召开了一个小型新闻发布会，公开宣布与巩俐分手，《新民晚报》等主流媒体随之将消息报道出去，一时间引起轩然大波。按说巩俐等了张艺谋8年，依然没有等到结婚的那一天，这份羞辱和不甘会让有的人选择从此老死不相往来。但之后，两个人在《满城尽带黄金甲》中有过合作，8年后，又合作了《归来》，重新将两个人的事业再推向高峰。

有人说他们是余情未了，其实还不如说张艺谋选择巩俐，巩俐能欣然接受，并倾力相助，代表着对彼此艺术才华的充分认可。张艺谋解释自己为何与巩俐合作，是因为她是"中国演员顶峰上的、尖儿上的一个代表，也是最有国际影响力的了"。对于他们俩都是如此，恩怨放在一边，两个人都算得上中国导演和演员中顶尖的人物。

徐静蕾分手后把每任前男友都变成自己的朋友，是因为即使没有了爱意，他们也都是最有价值的最值得相交的朋友。她发新片，前任绯闻男友黄觉卖力推荐转发，王朔亲自操刀帮助改造剧本，并利用人脉四处吆喝。她把一份爱情所能具有的全部价值都挖掘到最干净最彻底。

她们都是聪明的女人，聪明的女人聪明在哪里，就是从来都不和自己的面包作对。有爱情固然好，没有爱情就要抓紧面包。

正如新女性最爱的师太亦舒，她对于爱情与金钱的杰庐借着小说中喜宝的口说出来："我需要很多很多的爱，如果没有爱，那么就很多很多的钱，如果两件都没有，有健康也是好的。"

哥哥倪匡的文艺表达方式比妹妹亦舒的更直白："健康的人，有钱没有钱都健康，而当没有健康的时候，有金钱比没金钱好一万倍。得到爱情的人，有金钱没金钱一样得到，但不论有无爱神眷顾，有金钱比没有金钱好一万倍……"

爱情并非空中楼阁，要先确保自己有面包吃，自己能喂饱自己，然后再考虑爱情。爱情没了，更要抓紧面包，切忌意气用事。这样才能活得更有尊严，等待下一段爱情的时候才会更有底气。

对得不到的爱情拔草，就像放弃一件不合适的衣服

知道为什么通常女人比男人更为长寿吗，很大程度上因为女人爱倾诉，有什么心事叨叨叨一说，压力就会得到缓解了，只要保持尺度得当，这是一种天然的心理疏导方式。

而男人呢，受天性所限，加上后天被文化和社会传统带歪了，认为说心事是软弱的表现，即使内心彷徨无依，也要做出若无其事的样子，强撑局面。到忍受不了的时候，又一下子垮下来，身心俱损。

现在所有情感类微信公号都有一个问题，就是女性读者多，男性读者少，女性对情感话题比男性更为关注，也是这种习惯的延伸。

所以我只要一遇到咨询的男性读者，就会格外热情。要保护这种人啊，同志们，想想看，他们是男性同胞中敢于剖析内心、

正视情感问题，并且愿意向外界求助的少数分子，这样的男人多一点，在感情中独自绝望的女人才会少一点。

今天就讲一个男人和他求而不得的爱情的故事。
我用第一人称来讲述这段感情经历。
我是一个单身男性，因为工作关系，认识了她。她比我大一岁，还有一个小女儿，并且身处婚姻之内，可是我就是喜欢她。
我知道自己不应该打扰她的生活，我一直克制自己，和她做朋友，偷偷地暗恋了她一年，后来还是忍不住表白了。本以为会遭到唾骂，没想到她说她对我也有感觉，说自己的婚姻也很不幸福。我很心疼她，我不介意她结过婚，我愿意等她，给她和孩子一个幸福生活。
有一段时间，我们的感情很好，急剧升温，也到了规划未来的程度。可没有两个月，她就说自己对我没了感觉，说我在感情上太依赖她，不把心思放在事业上，让她感觉没安全感。
我承认，我是一个恨不得把自己所有都给予爱人的那种人，所以可能让她有了压力。我愿意彼此冷静一下，然后调整一下相处方式，她却不再给我机会，对我特别冷淡。
我很难受，整个人像被掏空了灵魂，我不想失去她。家里父母也一直催我结婚，可我心里再接纳不了任何人，我还是喜欢她，无条件地喜欢，我会一直守护着她的，无论我将来是否结婚，我都愿意等她，守她一辈子。

看完这段感情故事，客观上来说，虽然这位男士是一位小三，身份虽然不光彩，但感情是真实的，不过，也是幼稚的。

已婚女人的感情变得这么快，从急剧升温到迅速冷淡，说明她并不是真的喜欢他，无非是出于对婚姻的失望，或者是虚荣心作祟，觉得多个人爱总是好的。

一切都是借口，女人只有不爱一个男人的时候，才会这么挑剔，把太黏着自己也当作是个缺点来说事。若是真的喜欢，哪里会觉得太多。大概她还是想回归婚姻了，或者是他还不够有钱，不值她付出抛家弃夫的代价。

他说自己喜欢她，无条件地喜欢，无论将来是否结婚，都愿意等她一辈子。这句话让我想起阿加莎·克里斯蒂在小说中评价一个杀害了自己妻子的男人："他实在太爱她了，不过这样的爱太可怕。"她指的是他不惜杀死她，以达到永远不会失去她的目的。而在他身上，这份爱的可怕是他太轻视自己的生活，爱到没有了自己，抱着殉难者的心情来守护一颗已经冰冷的心（也可能从来没有热乎过）。

有人会觉得他不过是说说而已，不会真的那么傻，可现实中的确会有这样的人，因为不能和相爱的人在一起就抱着为爱情殉葬的念头，敷衍着随便找一个人结婚，然后对方只要勾勾手指头就马上扑过去。前几天还有一个女读者留言，说自己的老公出轨初恋，然后丝毫愧疚感都没有，"我们在一起18年，你才是我们中间的小三"。

很少见男人感性，而女人绝情的故事。但剔除介入他人婚姻的因素,他和很多恋情失败之后无法接受现实的人面临着相同的困惑:是无望地等待一个不爱自己的人,放弃幸福的机会,还是转过身,开始自己的新生活?

这位男读者问我的看法,我不想只谈爱情,我想说说生活。

小时候我有一次不知为了什么和我妈怄气,于是用绝食表示抗议,全家都吃饭,只有我不吃,背过身趴在写字台上,不看他们。

我妈真坏,她做了一大碗鲜肉馄饨,卧了两个荷包蛋,撒了一把小葱花,故意放在我面前:"你吃不吃啊,不吃我给你姐吃了。"这真是一场艰难的战争,一边是我饥肠辘辘还要强装无视,一边是馄饨散发出来的肉香、蛋香、葱花香往我鼻子里扑,我实在受不了这种诱惑,自己给自己做起了思想工作:这么好吃的饭不吃白不吃,我可以吃了饭继续和她生气嘛!

想通了之后,我拿起筷子狼吞虎咽地吃起来,那馄饨真香啊,是我之前之后都没有吃过的美食。

后来每当我犯倔,我都会想起来这段经历,想到那碗差一点就失之交臂的香馄饨。我学会了不和自己较劲,不会为了赌一口气就让自己吃亏,过好每一个当下比盼望不可知的未来有意义多了。

生活就像那碗馄饨,该吃的时候就要吃,别和自己过不去。

爱情是生活的点缀,却不是生活本身。生活比爱情俗气,也比爱情实在,一天三顿,少吃一顿都饿。爱情也应该服从生活的安排，让两个人在一起的力量比单独一加一更大，最好能有助于生活得更好，如果说没爱情还能一天三顿，有了爱情改一天一顿了，那大概也坚持不了多久。

我们都是俗人，俗人就要活得有世俗的幸福和价值，要活色生香，身边有人，兜里有钱，锅里有饭。你随便在大街上找个人拉过来问问，他整天忙来忙去为的是什么，无非就是以上这三点。

我曾经是左手天涯、右手淘宝的那种人，在天涯上刷刷帖，一旦发现有网友推荐什么好吃的好玩的好看的，马上心里长草，跑到淘宝下订单，冲动购物，买了很多不合适的东西。

后来钱花多了肉疼，就想着不能这么干了，对于不合适的东西，学会了拔草。再喜欢的东西，也放到购物车里冷却几天，然后隔几天再看，会发现其实也没有那么好了，甚至会怀疑："咦，我看上它哪一点？"爱情也不过如此吧，就像某件不适合拥有的衣服，即使被种了草，也要学会去拔草，而拔草的核心秘诀不过是意识到，没有它，并不影响继续生活。

这篇文章不仅是写给那位男读者的，也是写给所有不知道如何面对得不到的爱情的人。佛家说，人生至苦不过是得不到和已失去，多少平日聪慧的人都会不小心着了道，无法摆脱这两种苦楚的折磨，还是以俗人的办法来应对更容易想明白：你来世上一遭难道就是为了某一个人吗，不，你是为了吃香的喝辣的见识更多美好的，在得到这个结果之前，你绝不应该放弃。

如果为了得不到的人，就把自己变成行尸走肉，变成爱情的纪念碑,那损失的不只是爱情,还有爱情真正的本意。正如舒婷在诗中说:"与其在悬崖上眺望千年,不如在爱人肩头痛哭一晚。"虚幻的爱情,绝对没有经济适用型的关系更叫人受用。

爱情中，敢于离开的才是强者

在亦舒的笔下，港女一直是坚强、独立、精干的代表。大陆女多心机，台湾女太嗲，都不是现代女性楷模，不如港女活得洒脱。

几年前我去香港，等地铁的时候看到一个身穿套装貌似白领的姑娘。样式简单的西装，清水挂面的头发，素颜的脸，哪里都没什么出奇的，但就是别有一番气质，而且是独属的，香港女子的气质。想到亦舒说这样的女子在中环遍地都是，不禁心驰神往。

不过看过"港女对男友当街施暴，男子跪地惨号"的视频，着实有点破坏了我心目中港女的形象。

视频有5分半钟，摄于土瓜湾马头角新码头街翔龙湾广场对开行人路。看内容大概是因为女方怀疑男朋友带另一名女子回家，当街发生口角，越说越怒，命令男友跪下，扯着他的头发质问他，更掌掴男朋友不下十次，男友跪地号哭否认，说自己是被冤枉的。

女子怒气未消，直打得男友口水鼻涕飞溅，凄厉大哭，引来路人围观。

看热闹不怕事大的围观群众有喊让男子赶快起来的，也有起哄让两个人分手的，还有人指责女子太粗暴。这一切都被人用手机全程记录，放在网上，大家看得很嗨皮。

最后事件以警方以涉嫌袭击为名拘捕女子而告终，据说这不是这姑娘第一次对男友动手，以前男友也曾在 Facebook（脸书）上抱怨过自己被打，原因和这次大同小异。

虽然感慨形象一贯温婉的南方姑娘也有"猛"的一面，但其实也很正常。哪里的太阳都会有阴影，感情的纠缠可能会降临在所有人身上，纷争、吵闹，各种失态。

我能理解那种气愤到了极点，以至于不顾一切只想宣泄情绪的感觉。尤其是在年轻的爱情中，好胜心会战胜理智，"爱不爱的单说，反正我是不能输"，一定要赢的心态居多，所以吵架也会特别猛烈。

当然，这个报道多半会获得"这个女人太凶残，男人太窝囊"的效果，继而衍生出这样的女人不能要的结论。但在爱情中，这样强势的、粗暴的，就真的是强大的一方吗？

我曾经在街头看见过几次类似这样的场景，分属不同的城市。一次，一个姑娘一面用手袋摔打男友，一面泪流满面，知道的是她在打人，不知道的还以为她是被打的一方呢。还有一次，男人歇斯底里，用沙哑的声音对女友喊："你为什么要这样对我，为什么，我哪里对你不好了，你说啊？！"对面的女人却一片沉默，只有他一个人像小丑一样脑门直冒青筋，形象全无。

如果他们此刻能找到一面镜子，看看自己现在的样子，我相信他们定然会更加崩溃。为了一个人，一段感情，就让自己变得如此粗鲁、丑陋、难堪，不值得。这也不是他们开始一段感情的初衷。

这看似强者，又吵又闹的一方，正可能是感情关系中的弱者。就像那对香港情侣，她做不到分手，又恨他荒唐，各种情绪逼迫上来，导致当众失态；他呢，看似被打，弱势可怜，实际上一再不忠，这样没原则没底线的人就是有本事逼疯别人，然后又做无辜状，"我不是有意伤害你的"。

强者不强，弱者不弱。很多感情中的甘苦，只有当事人自己知道。我们外人只看到了一个火山爆发的状况，却不太好想象在地下那岩浆酝酿、沸腾的情况。

有位姑娘向我咨询，说男友总是有很多事会惹她生气，对待别的人她都可以好脾气，唯独对他，总是会瞬间就爆发，曾经不会说脏话的女孩子，现在骂起人来比村妇都泼辣。详细了解一下，原来她男友劈过腿，她本来想分手，但考虑到现实和感情又原谅了他。所以她整天摔盆打碗，看似凶猛强势，实则不堪一击。真强势的早分手了，正因为分不开，断不掉，舍不得，所以才会失去风度、仪态、耐性，变成一个自己都不喜欢的人。

这是很多糟糕感情的内在相似之处。你抱怨，他不忠，无能，奸懒馋滑，可你走啊，你又走不掉；你觉得她不够爱你，她不尊重你，为何你不去另外选择一个,啊,你做不到,所以你痛恨自己的无能。

于是,你为何要变强悍、凶猛,是因为你委屈,不甘,意识到自己已经输了,却无法摆脱这个结局,所以要在气势上找平衡。

我还见过另外一种强势姑娘。她们的委屈不是来自男友劈腿,而是"我条件比他好"。这种相貌、学历或者身家背景上的差距,她们自动用地位上的不平等来抹平。她处处都要占上风,她像呵斥奴隶一样呵斥他、驱使他,这样才能消减一点内心的憋屈。男人呢,知道自己占了便宜,或者这女朋友一开始的时候就是靠伏低做小换来的,又或者是真的爱她,所以只能忍。

忍到最后,忍不了了,提出分手,她们又觉得特别受打击,努力求他回来。

我为这样的姑娘做辅导的时候说:"你要知道,你之所以如此肆无忌惮,是因为他的爱在支撑着你,如果抽走这份爱,你会像被抽走了脊梁骨一样,匍匐不起。所以你的强大都是空洞的虚幻的强大。"

感情中,女的假强大的多,男人真软弱的少。女人喜欢装强大,因为真弱;男人习惯装弱势,因为真强。

总体说,无关男女,爱情都应该叫人变得美好、柔软。无论基于何种原因,如果一个人让你有疯了的冲动,如果一段感情让你变得越来越强势、粗鲁,越来越不快乐,那么再痛,也应该考虑放手,或者调整自己的心态。否则你会变成一个自己也不认识的人,对方会令你有变得更坏、更糟糕的机会。

因为和对的人在一起不会是这样的。那是心里有爱，嘴角带笑的境界。

爱情中原本就不应该分成强者和弱者，如果硬要区分的话，敢于分手的一方才是真的强。赖着不走，靠动手来声讨"你怎么不能再爱我一点"的人，则是彻头彻尾的 Loser（失败者）。

还是断、舍、离吧

她和丈夫离婚了,却因为是同事,还会经常在一起见面、聚会。

看到前夫在聚会上和另外一个女同事跳起热舞,她的目光久久难以收回。

她略带惆怅地对刚刚认识的朋友说:"以前都是我和他一起跳这个舞的。"

朋友犹豫了一下回答:"我觉得他有点浑蛋。"

她的目光黯淡了下来:"可那也是我的浑蛋。"

这是我前几天看某部美剧中的一个情节,这点小插曲和整体剧情无关,却令我陷入沉思。

这种心理是多么现实和典型啊。那些不愿意离开自己浑蛋男友或者浑蛋丈夫的女人,她们不是不知道他是个浑蛋,对这个事实她们已经被一起生活的经历一次次告知过,可她们还是舍不得,因为，他是她的，怎么能够归属别人。

有一位总是难以下决心离婚的女人说，我很确定自己不爱他了，可一想到如果离婚后，他就要和别的女人在一起，做我们曾经做过的那些事，走我们曾经走过的城市，一起欢笑，一起分享所有，就觉得心痛无比。

山下英子女士自称是全世界唯一的"杂物管理咨询师"，通俗点说，她就是教你扔东西的那种人。"建议、协助客户扔掉自己不需要、不合适、不舒服的东西。通过重新审视自己与物品的关系，顺便与自己内心的垃圾说再见。"

能出现这样的职业，与现代人越来越强的恋物情结有关。每个人的家里都有大量杂物、旧衣，几年不穿的衣服，过期很久的营养品，买来之后就没拆过封的家居用品，外出带回来的廉价旅游纪念品，充斥着我们并不宽敞的空间。偶尔收拾一次，丢掉一些，却因为手不够狠，总舍不得，觉得说不定什么时候就会用上了，导致丢掉的速度，总也跟不上买的速度。

这些东西乱哄哄地堆在我们身边，生活变得不那么清爽。我们所拥有的东西，本来应该是为我们提供服务的，最后却好像让我们成了它们的奴隶。

张柏芝和刘青云演过一部电影《购物狂》，她扮演的"方芳芳"是个弃婴，被遗弃在购物广场内，长大后她变成了一个购物狂，每到百货公司就无法控制自己的购物欲望，卡全都刷爆了，欠下很多钱，也因此失业，自己治不了自己的病，只好去看精神科医生。

而张柏芝本人呢，戏外则是戏里的写照，《购物狂》这部电影几乎是她的本色出演，影片最开始的拍摄现场正是她用来储存战利品的货仓，铺满整个片场的物品几乎都是她的私人珍藏，包括内衣裤，总值达 80 万港元。

方芳芳是个弃婴，对归属感和安全感的渴望让她沉迷于物欲，张柏芝呢，她在每一次恋情失败后，都会疯狂消费来补偿心情，有一次短暂恋爱结束后，她竟花了近两百万一口气买下了三辆名车。

美国演员丽芙·泰勒也是购物狂，号称"闪灵刷手"，只要她看见喜欢的衣服，她就一定要买，不买心里不会痛快，而且不到商店打烊绝不罢手，每次都要提着大包小包的漂亮衣服，她才能开心回家。但是她却有个怪癖，那就是买了却从来不穿，她宁愿把这些成堆的漂亮衣服、鞋子摆在家里欣赏，然后仔细品味自己的战利品，这样她就满足了。

几乎所有的女人都有购物无节制的问题，有的男人不解，说你们女人真奇怪，开心了要买，不开心了也要买。是的，女人的购物诱惑大概是天底下最难控制的诱惑，它包含了很多女人在其他方面的缺失，那些秘而不宣、无法通过正常方式宣泄的欲望，都通过对物品的占有和无限求索发泄了出来。心理学家说："你貌似爱惜却长久不用的东西是什么，你重复囤积的东西是什么，你舍不得扔掉的是什么，这里面藏着某个共同的秘密。"

这个共同的秘密就是安全感的缺失。恋物与恋人都是一样的，一个自我扎根不够强大的人，总是习惯在外界寻找支援和帮助，对属于自己的东西的占有，对已经不再属于自己的人的不愿意放手，就像一个孩子自我意识开始萌生的阶段，有了"我"这个概念，不愿意自己的玩具被夺走一样。有的物品是一辈子都用不上的，有的人已经成了自己生活的包袱，但只要打上"这是我的"这个标签之后，都舍不得放开。

陈丹青说：衰老就是一个不断被剥夺的过程。健康、容貌、身体的各项机能，都在一点点地走下坡路，过去能做到的，现在做不到了，这对人的自信是一种强烈的打击。其实接受分手和接受衰老有共通之处，之所以令人不好接受，也是因为同样是一种剥夺，曾经属于你的人，要从生命中拿走，那种扣出一个窟窿一样的拿走，实在需要强大的心理去接受。软弱的人，舍不得的人，会觉得即使在一起仇恨着、互相伤害着，也比离开要好。

山下英子女士从修习瑜伽术的"断行、舍行、离行"中发明出关于管理物品的新思路："断、舍、离。""断＝断绝不需要的东西，不买、不收、不取。舍＝舍弃堆放在家里没用的东西。离＝脱离对物品的执念，了解自己的真正需要，创造游刃有余的自在空间。"

"人类一直在获得和放手的循环往复中螺旋式前进。"对物、对人，皆可如此。该放手，就要放手，而放手的依据就是看这个人是不是自己真正需要的。

如果自己已经不再需要，或者对方已经不再需要自己，还是断、舍、离吧：断掉不健康的情感关系，舍弃不能给自己带来幸福的人，离开对他人的依赖，创造一个真的勇敢的自己。

清理自己的生活，就像每到换季的时候清理自己的衣橱，留下的都是真正重要的，丢掉的，都是已经失去价值的。

你不必将丈夫拱手让人

上高中的时候，正流行看琼瑶小说。我十分清楚地记得自己看到的第一本琼瑶小说就是《几度夕阳红》，借的，厚厚的两大本，必须夜以继日地看完，因为还有好几个同学等着看。

后来又看了刘雪华和秦汉演的同名电视剧，琼瑶的厉害就在于选角能完全符合小说的设定，让那些原本清丽得似乎不食人间烟火的小说人物，在影视剧中成为可能。

小说中有这么一段重要情节：

何慕天和李梦竹相爱后，他告诉梦竹自己要回家面告父母，然后准备迎娶她。结果一去不复返，音信全无。

梦竹等了又等，心急如焚，又意外发现自己有了身孕，就孤身一人赶到何府。不料却见到了何慕天的太太，原来何慕天已经结婚，这次回家就是想要离婚的，只是遭到了何太太的拒绝。痛苦之中，何慕天每天跑出去买醉，不敢回去面对梦竹。

何太太也怀孕了，她大着肚子见了梦竹，表明了自己的身份。"我和慕天结婚好几年了。"梦竹仿佛遭遇了晴天霹雳一般，彻底崩溃了，她根本就没有想过那个和自己情投意合的男人竟然把自己骗得这么苦。

何慕天的绝情，令何太太十分受伤，他口口声声求太太成全自己，他忽略了自己的太太也同样是爱他的。所以从看见梦竹的那一刻起，何太太就决定："我如果得不到，也不会让你得到。"

她微笑着，淡淡地说："唉！李小姐，慕天这个毛病，或者你还不太了解，我和他结婚几年来，不知帮他解决过多少次问题。关于你，我也风闻一二，他们说，慕天在重庆又弄了个女孩子……唉！李小姐，我真抱歉，你远迢迢地赶到昆明，就是为了找慕天吗？但是，他现在天天不在家，八成是又泡上了哪家女孩子了。他就是这个毛病，见一个，爱一个，三天半新鲜，等新鲜劲儿一过，又甩掉人家不管了。然后，家里再帮他想办法圆场……"

她表现得非常同情梦竹，也怜悯自己："男人！这就是男人！你还没结婚吧？嫁了这样的丈夫，又有什么话好说呢？"

梦竹遇到这样贤惠得体的太太，能说什么呢，她只恨何慕天，恨自己看错了人。她跑出何府，和何慕天几乎是擦肩而过，两个人就此错过，再次相见已经是十多年后的台湾。

当年看到这段，恨死何太太了，居然撒起谎来脸不红不白，太无耻太歹毒，拆散那么有情的一对。

现在想，我这三观出现了问题，何太太有什么义务一定要成全他们？

一个女人，怀着自己丈夫的孩子，然后他突然跑回家里，告诉她："我爱上了别的女孩，她可好啦，跟天使似的，我再也不能离开她，求你离婚吧。"这是多么大的伤害和讽刺，谁能不受伤？谁有资格要求她必须将自己的丈夫拱手让人？她又凭什么必须实话实说："我不想让你们在一起，所以我偏不告诉你他出去喝酒了。"

遇到男人出轨，丈夫变心，有的女人愿意优雅转身，这是她自己的选择和志向。但有的女人不愿意，认为婚姻还有挽留的价值，这也没什么可指责的。

琼瑶把李梦竹描写得楚楚可怜，目光迷离，不食人间烟火，到了原配这里，就是装扮得很浓艳的少妇："浑身散发着一种咄咄逼人的美，还有份说不出来的威严和气势。"暗示男人为何会移情别恋，无非是原配太强势，不能和男主进行灵魂的沟通。

实际上，在生活中，很多男人之所以吃着碗里的看着锅里的，纯粹是贪心在作怪。比如有些男人会选择用出轨来对抗中年危机，找一个年轻的女孩试图让自己也能抓住青春的尾巴。谈不上什么爱不爱，尝过了新鲜，激情平淡之后，还是觉得回头的好。

如果男人知道错了，想要回归家庭，而女人也愿意原谅，那就要动点心机，帮助他切断和过去的联系。

不要追着小三打，那是最无能的做法，很 low，而且断绝不了后患。男人如果想要，也别打，不能外面的人使劲往外拉他，女人在家里还一味地往外推。一定要先拉回来再说，就算日后不想要了，现在也得拆散他们。正如何太太所想："我如果得不到，也不会让你得到。"

知道什么才是对小三最大的伤害吗? 就是夫妻一体，表现出"他干的坏事我都能帮他料理后事的"淡定原配范儿，小三或者会在心里骂你"懦弱、无能、蠢女人"，然后又深深地感觉到自己的卑微和渺小。

现在很多女人都认为男人出轨就得离婚，那样才快意恩仇，免得忍辱负重。但生活是多么复杂，怎么可能所有的人都抓一种药方。当生存的压力已经大过感情的价值，就不要总是希望用爱情的规律来解决问题——一个人不爱你了，就代表这段关系死亡——婚姻比爱情更复杂。

每个人都有义务，也有资格来为自己谋取福利。

婚姻稳定往往更符合家庭中所有人的利益，在婚姻挫折面前，不应束手就擒，不是将你还想要的丈夫拱手让人，而是必须去做你认为应该做的，这并非因为女人是弱者，而是因为你足够现实，足够清醒。

有些阴暗与心计，能坚持一辈子不拆穿，也就变成了美德。

哪一种男人出了轨，最难挽回？

不知道是否还有人记得曾经轰动天涯社区的姜岩事件？

作为亲历者，我简单回顾一下整个事件的经过：

姜岩和王某是姐弟恋，王某家境一般，学业中断得早，但是有点艺术上的天分，于是姜岩资助他出国留学，回国后进入北京的一家广告公司工作。

后来王某出轨公司女同事，两个人公然外出旅游并拍照留念，姜岩在和王某经历了一段极其痛苦的纠缠之后，跳楼自杀身亡。

我为这个事件写过几篇文章，也曾经在这个事件之后，和姜岩的姐姐有过接触。他们一家都是修养极好、老实忠厚的人，姜岩本人也是一个非常有才华的女子。她的自杀并非是因为王某出轨——她真的不是那种男人出轨了，好，我活不下去了我要跳楼去的女人。

在这个过程中，最伤害她的，是王某及其家人出尔反尔的无赖态度，以及刷新底线的行为。王某一会儿说要回归，一会儿又和小三打得火热。公婆一会儿说我不支持你们离婚，一会儿又接纳小三在家里，还称呼小三是小公主。

姜岩曾经提过离婚，她不想死赖着一个不爱自己的男人，可王某还不同意。他承诺着要彻底和小三断绝关系，然后迫不及待地带着小三外出旅游，再回家逼问姜岩何时离婚，表现得极为凉薄。

姜岩的世界太干净了，而被迫陷入这种人性的污浊之中，她受不了，只求解脱。

一次偶然，我又认识了一位和姜岩有同样遭遇的女子。

她和丈夫是同学，在国外认识，她顺利毕业，他却没有拿到毕业证，所以回国之后，也没有找到什么像样的工作。

她并不在乎物质，她看重的就是他这个人单纯善良，和他在一起有安全感。

生了女儿之后，他开始不回家，说自己在外面打了两份工。结果却有人看见他在外面搂着别的女人招摇过市，她开始怀疑他的说法，到了他说的工作地点一看，他根本就没在那里工作过。而这段时间，他谎称老板拖欠工资，不仅没有拿回来家用，还反倒从她手里拿了不少钱。

看到自己的谎言被揭穿，他索性离家出走，让父母和她谈。他的父母也是一味袒护着他，从不反思自己儿子的问题。后来他坚持要离婚，说拖着也没用，逼她走。

孩子好久都没看到父亲了，她想让他见见孩子，他却说，你想让我见孩子，就必须同意离婚。

她不明白，为什么感情说没就没了，一个曾经那么单纯的人，却变得如此厚颜无耻，简直令人不敢相信。

我很同情她，她的困惑和姜岩的困惑是一样的，都是难以想象为何人会变得那么快、那么彻底。枕边尚有余温，人却已经翻脸无情。

不幸就在于，她们都遇到了一种"单纯"的男人。

我曾经在文章中写过，王某是一个单纯的人。有人说这好像是夸奖他，替他辩护。不，单纯本身其实是个中性词，没有任何褒义或者贬义。区别就在于，单纯可能是缺乏家教和阅历的结果，也可能是一种人格上的至真至纯。

王某的单纯曾是非常吸引姜岩的地方，但是他的单纯是靠不住的，是缺乏家教、未经世事考验的苍白，是一种不稳定的状态。

如果让他身处在一个相对纯净的环境中，他会很像一个好男人，但如果在外界诱惑的带动下，他有了贪心有了欲望，就会坏到极致。因为他眼中只有自己的需求，只会奔着自己的目标而去，就像未经驯化的野兽。

有些男人出轨，是值得挽回，也是能够挽回的。

因为他们是成年人，知道权衡成本得失，不会让自己一错再错。

而有的男人，不具备成年人的基本担当，天真得像孩子，还是那种无知而残酷的孩子。好的时候,大家一起玩;不好了,烦了,什么坏事都干得出来。

这样的男人出轨,最难挽回。

因为你不成全他,你就是在害他,就是他的敌人。他们可以明晃晃地无耻,明晃晃地自私,明晃晃地坦白。

在他们身上,可以叫人看到人性最黑暗的表现,而看到了,就回不去了,即使以后他们知道错了,也令人难以在他们身边安然睡去。

有一种救命的智慧，叫止损

有人向我倾诉她的感情烦恼。

她 27 岁，追随男朋友来到他所在的城市，这一来不要紧，发现了很多以前没有发现的问题。

他一直没什么正经工作，说在外面做生意，但没看到赚钱，只见往里搭钱。之前以缺资金为理由，从她手里陆陆续续借了八万多块钱，她手头也没有那么多，有一部分还是刷信用卡刷出来的。

除了这部分亏空，他在外面也是负债累累，什么前女友、前前女友、大学同学、同事，全让他借了个遍。现在他每个月都要负责给这些人的信用卡最低还款，因为他已经上了信用黑名单，自己的信用卡用不了了。

欠这么多钱已经很要命，她更介意的是他还骗她。三月份的时候他让她信用卡套现一万,她考虑他手里有笔货款还没结回来,到账了可以还上,就答应了。结果货款到了,他却拿去还别人的信用卡了,还骗她说没收到。

她发现了,两个人大吵一架,打了起来,两个人都是遍体鳞伤,谁也没饶过谁。

这不是第一次打架了,深陷在经济危机中的两个人,谁都没有好态度给对方,动不动就会动起手来。

他只要有一点钱就要去还别人,每天连吃饭的钱都是她出,反正她的卡还能套出钱来。她怪他,他反倒很硬气,从来不会主动低头,不会哄她,骂她无理取闹,找茬,根本不爱他。

她觉得自己冤死了:"我付出了这样多。钱没借给你救急?你居然这样对我?"

她不明白自己付出了一切,为什么得到的只是男人的欺骗。他拿着她的钱去还别人的债,却完全不顾她的死活。"我现在真的好累,每天把自己弄得人不人鬼不鬼。"

她活在巨大的焦虑之中,每天听到他接的电话全都是朋友在催债,银行发短信催还款,他把前女友、大学同学都连累成了黑名单,一想到这些,她简直就喘不过气来。

按照现时流行的说法,这种问题绝对是一道送分题。

分手,必须分。麻溜地,赶紧地分。

这样负债累累的男人,就像宇宙黑洞一样,有本事把周围所有人的钱都吸干,谁挨着他,都只有倒霉。他连前女友、前前女友的钱都借，说明为了得到钱，他基本上已经丧失了任何原则，人一旦陷入这种不计任何代价都要翻本的心态，就不是一个生意人，而是一个赌徒了。

以后，他绝对还能干出更疯狂的事情来。

除去金钱的问题，他也不爱她。

他为什么这么对她，骗她的钱还别人的钱？这答案不是很简单吗？因为别人他都不敢得罪，唯有她，怎么得罪都是安全的，她这么执迷不悟，一根筋地认定，"我这么对你，你一定知道我好"，他不欺负她欺负谁，一个落水的人能轻易丢掉手里的木板吗？

他只当她是个冤大头，没有人会尊重一枚冤大头，只会一面轻蔑地看不起，一面继续利用着。

对这样的人，除了远离，还能找到什么更好的保全办法吗？

那八万块，能要回来就要，要不回来，也不至于为了八万块而把后半辈子搭进去吧。怎么说自己的后半生也比八万块更值钱啊。如果舍不得这八万块，一定会搭上更多的八万块。

但她做不到，她说了："我知道这种男人没有未来，但我不懂得止损。"

她就是委屈，和他较劲，觉得他不该骗自己："我可能真的要被自己逼成精神病了。我真救不了自己。"

一个自己都觉得救不了自己的人，别人要怎么救呢。我说止损是我唯一能建议的，也是你唯一应该做的，如果你不懂得止损，就没有人能救你。

我每天都会在微信后台收到很多留言，有咨询的，也有聊天的，还有遇到稀奇事想和我分享一下的。

那些拿着故事来分享的，也通常都是对别人的选择感到困惑的人。

比如有女孩说，"我闺密的男朋友对她不好，从不买礼物，还经常动手打她，她整天抱怨，然后我们劝她分手，她却分了好多次都分不掉，还说这是自己的命了，我们看着好心疼。晚睡姐，你能劝劝她吗？"

生活中的朋友劝说都不管用的人，我来劝就能管用吗？我可没有这份自信。

老实说，人生的道理就这么多，就算说出天花来，也不过是陈词滥调的那几条。如果一个人懂得自救，就像落水的人伸出手，别人才能抓住，连手都不愿意伸，你去拖还使劲打千斤坠向下出溜的人，是救不了的。徒叹奈何。

那些不愿意止损的人，有太多理由为自己的行为辩护："年纪大了，还能再找到合适的人吗？""我都付出这么多了，现在分手是不是损失太大了？""也许他会改变，我再等等看吧。"

他们缺乏的不是行动力，是远见。看不到如果舍不得前期的那一点投入，就会损失更多。就像预付了定金，发现货不对板，也舍不得退，硬要买回来，结果浪费了更多的钱。

他们还缺乏承认失败的勇气。止损的前提是的确造成了损失，没有人可以全身而退，无奈之下只能舍卒保帅。所以要做到止损，就必须面对失败，敢于接受亏空。"是的，我是投资错误，但我不想继续损失下去。"这种气魄，不是所有人都具备的，太多人躲躲藏藏，遮遮掩掩，都是为了逃避面对失败的真相，骗自己说，只要一天不停投资下去，就会有翻本的可能。

谁的生命中不曾有过切断自己尾巴的惨痛往事？不抛弃旧日，就不会有新生。

我有位女友，在经历了离婚之后说："看过那个故事吗？狐狸为了逃命，自己咬断了落在猎人扑兽夹中的前腿，我就是那只狐狸。为了逃命，我必须丢掉一条腿，半条命。现在偶尔我依旧还会被噩梦惊醒，但我活下来了，我还有未来，这是值得的。"

究竟这场婚姻是如何糟糕，才能让她把离婚比作逃命，我不知道。我只知道，对自己越狠的人，其实越爱自己。

如果可以给生命附上几个关键时刻可以打开的锦囊，那么我相信，"学会止损"应该是必须装进锦囊的一句话。

人生总要经历各种失败，走错了方向，爱错了人，选错了路，都是常有的事情。

行到半程，爱到半生，才发现一切都是错误，而且是解决不了的错误，也是人间常见的悲喜剧。

这时候打开锦囊，能看到"止损"两个字闪闪发光。

这一招，正是关键时刻用来救命的，是人生的大智慧。

靠着它，多少伤心的人重生，多少迷茫的人清醒，多少人不再与往事纠缠。

黑人作家埃尔德里奇·克里弗说过："你不能解决问题，你就会成为问题。"

如果你不懂止损，你没有这份狠劲，也没有这个远见，你停止不下来和不合适的人纠缠，你生命最大的麻烦，其实不是别人，就是你自己。

请你理性地，策划一场离婚

20世纪70年代美国有一部片子，叫《克莱默夫妇》，是根据同名小说改编的，上映后轰动一时，并获得了第52届奥斯卡金像奖最佳影片等五项大奖，现在看来，依旧经典无比。

这部片子的成功之处就在于真实反映了当时美国人的婚恋生活，细腻刻画了一对平凡人的婚姻危机。

女主人公乔安娜七年之前嫁给了丈夫克莱默，怀着对幸福生活的憧憬，她成了一名家庭主妇，生下了儿子比利。克莱默在广告公司的工作非常忙，家里的一切都是乔安娜照料，她整天买菜做饭料理家务，被固定在家庭这个小天地中，曾经的理想变得遥不可及。

她内心非常苦闷，感觉自己成了丈夫的附属品，丧失了独立人格。但克莱默整天忙忙碌碌，无暇顾及妻子的感受，也不理解她的痛苦，还总是提出各种要求，意识不到妻子的精神逐渐陷入崩溃。

终于，在克莱默拿下一个大客户怀着喜悦的心情回家打算庆祝的一个晚上，乔安娜突然收拾了所有行囊，告诉他："我要离开你了。"令克莱默措手不及。

乔安娜抛下儿子，不是因为绝情，而是因为作为全职太太，她没有工作，没有独立生活的能力，影响她争夺抚养权。

一年后，重新找回自我的乔安娜已经成为一名成功的时装设计师，实现了经济独立。她回来找到克莱默，要求离婚，并获得儿子的抚养权。

但在这期间，克莱默已经发生了巨大的改变，他从最开始乔安娜离家对家庭生活的不适应，到后来放弃了自己的广告生意，把大部分时间都留给了家庭，现在他已经和儿子建立了深厚的感情。他不愿意离开儿子，儿子也不愿意离开他。

双方争执不下，只能上法庭。

法官将比利的抚养权判给了乔安娜，克莱默虽然无法接受，但为了不给儿子带来心理伤害，还是决定让步，父子俩最后在一起吃了一顿早餐，依依不舍。结果却等到了乔安娜的电话，克莱默和儿子之间的父子情感动了她，她决定忍痛把抚养权让给他。

我讲这个故事就是想说，当婚姻走到解体，有些选择不论怎么做，都不见得是轻松的。

这就是生活。没有一劳永逸的选择，更少欢欣鼓舞的胜利，常常是选择带来改变，但结果并不是你能够操纵的。

尤其是作为全职太太，在目前中国的现行法律下，没有保障全职太太离婚之后经济利益的规定。脱离过去的家庭，不仅等于脱离一个男人，更是脱离自己的经济供养人。一个养活不了自己又缺乏基本经济支援的母亲，很难承担起抚养孩子的使命。

所以乔安娜的选择是，先离家，忍住思念之痛，去学习独立生存，只有这样，她才有资格去争夺抚养权。

后来她的放弃，也是为了爱放弃，舍不得孩子痛苦，并不是那种无力选择的放弃。

放弃与放弃是不同的，有选择权的自愿放弃，是理性的决定，也会痛苦，但不会像无法选择那样煎熬。

现在离婚并不是什么艰难的选择，有时候，很多人脑子一热就去离了，对未来生活的规划却十分草率。

那些人缺乏的正是像乔安娜那样的理性，当她看到，一切的根源都在于自己失掉了自我之后，她直接奔向本质，去解决这个核心矛盾，而不是冲动离婚。最后，她拯救了自己，也间接促成了丈夫对家庭的关注和回归，一个人活了，全家都活了。所有人的生命都被改写。

这时候，倒显得离婚一事，没那么可怕了。

过不下去了，最好能理性地，策划一场离婚。子女归属于谁并没有一定之规，所有负责任的父母，都会在自己的能力范围内给出最佳答案。

其实，孩子所需要的东西其实很简单，那就是尽量做最小的改变，尽量拥有最大的爱。他需要一对能心平气和、成熟地解决婚姻矛盾的父母，他们联手创造一种对孩子最好、最有利的生活方式，而不是不理性的争执。

当你没有足够能力的时候，就不应该盲目逞强。忍得住恶心的话，就先去独立，有了资本后再谈离婚。忍不住，一定要离，那就独立后再来要回抚养权。

不要过多地被自己的感性绑架，非要把孩子带在身边，结果孩子成了负担，影响了自己的独立。

以前曾有读者给我留言："能请你谈谈单身妈妈应该如何生活吗？"

其实很简单，婚姻只是我们生存的一种容器，并不能解决所有人生的风险。

无论是婚姻之内，还是婚姻之外，女人都应该坚持自我成长，丈夫靠不了一辈子，孩子更靠不了一辈子，一个人，总应该先把自己照顾好，然后才能照顾好别人。

你过得不好,就是因为你不够"坏"

偶尔,我也觉得自己很分裂,一会儿教人"学好",一会儿,又变态地教人"学坏"。

所谓"学好"很好理解,无非是更自信、独立、坚强、宽容,一切美好的品质并非天然,也需要后天去模仿和学习。

但"学坏"呢,是教人变得更精明、现实、有心机,甚至耍点阴谋诡计。

有时候,"学坏"比"学好"更重要。

比如这一位,只是普通的家庭主妇,一贯在家里相夫教子,一手带大了两个儿子。现在大的初三,小的才上幼儿园,正是负担最重、最需要钱的时候。可自去年开始,孩子的爸爸就出轨了,并且一出不回头,公开带着小三在外面租房子。

这已经够绝情的了吧,可更绝的还有呢。

有了小三，他就不再支付生活费，连学费都不出，两个孩子生活、上学都成了问题。只能靠当妈的一边照顾孩子，一边打点散工维持生活，凭微薄的积蓄坐吃山空。

她说："我好辛苦。"其实辛苦是不怕的，最怕的是靠一个人的力量养不活孩子，让孩子跟着大人受苦，这是一个母亲最难过的事情。

这样的女人，告诉她要"学好"，要强大、独立，在生活的残酷面前，都是轻飘飘的废话。

一个家庭主妇，能力有限，退守家庭多年，要做到心理强大、人生独立不是一时半会儿就能学会的。

她需要的，是学点"坏"，"学坏"的好处是立竿见影，马上就可以帮到她。

我教她，如果有公婆，公婆条件还可以的话，就去哭诉自己的难处，公婆看在孙子的分上，多多少少都会有点同情心的。这钱，必须拿，不是为了自己拿，是为了孩子拿。

然后看老公是什么职业，如果有公职，是公务员或者事业单位、国企员工这些单位的话，就收集出轨的证据，拿着它，要挟老公负抚养费。

如果没有公职，只是小生意人或者无业游民这种身份，不怕舆论，那也有办法，可以去他居住的小区收集他以夫妻的名义共同居住的证据，证明他重婚。握着这些证据，也可以要挟他出钱。

各种心机手段，总有一款适合她。

离婚当然也是一种选项，但离婚后他同样可能会拒绝支付抚养费，不见得就能彻底解决她的困境，拿到钱，让他承担自己应尽的义务，才是当务之急。

我以前也教过身处类似处境的女人这些办法，但她犹豫："这样会不会显得太坏了？"

这就是很多女人的软肋，男人做得初一，她却不敢做十五，总是害怕被男人看作是坏人。

武侠片里，男人上了女人的当，捂着胸口，吐出一口鲜血，指着她，骂一句："最毒妇人心。"然后那女人必得露出一个羞愧的表情。

读霍小玉的故事，这位唐代著名歌姬，绮年玉貌，爱上了状元及第的李益，两个人相约白头，许下婚约。后来李益嫌弃她的出身，负心而去，霍小玉抑郁成疾，不久人世。有义士将李益带到霍小玉门前，她泼酒在地，以示覆水难收之意，然后发出毒誓："我死以后，一定变成厉鬼，让你的妻妾，终日不得安宁！"

这个情节就成了某些鸡汤文中女性的典范了——你看她，不甘心枉死，留下这么恶毒的诅咒，做出了最大的反抗，剩下的那些被男人伤害的、遗弃的女人，老老实实地死去，或者像杜十娘那样，怒沉百宝箱，自己和自己较劲，却不懂得用钱赎身，过自己的逍遥日子去。

但这有什么意义？她以死亡为代价，祸乱的还是李益的妻妾，用伤害女人的方式来伤害男人，终究还是逃不过弱者的人设。

千百年来，男人为女人树立的道德牌坊，沉沉压在女人心上，迫得女人一门心思想着如何把自己变得更好，温良恭俭让，宽容忠厚，遇到伤害优雅转身，却没有学会，当男人化身饿狼，当生活露出利齿的时候，应该如何处理。

这种女人的存在，是男权社会里男人们的大批量需求，根本未曾体恤过女人的处境、女人的需要和女人的感受。

当男人出轨、包养小三、不给生活费，对老婆无情、对孩子绝情时，他难道还不应该得到一点惩罚吗？

现代社会，就该讲科学，讲法律，讲策略。诅咒、骂大街、贴传单、到网上挂小三图片、扒第三者的衣服，这统统都是愚蠢的行为。默不作声地拿到证据，利用对方的一切软肋保全自己的利益，"我不是为了证明自己威风，我只是拿回我自己应得的东西"。这才是女人在伤害面前应该有的态度。

这不是女人变毒了，而是因为被伤害被侮辱被辜负的人要决定重生，就必须知道如何保护自己。只知道摆个凄苦的造型，躲在一边掉眼泪，毫无益处。

我有朋友离婚了，我问她："现在是否能够原谅他了？"

她云淡风轻地笑："我当然可以原谅他，我又没吃亏，他伤害了我，然后我又拿回了应得的东西，我们两相抵消，从此就是路人，无爱也无恨。"

她的前夫出轨又暗中转移财产，十几年夫妻却想让她净身出户,做事十分不厚道,但她亦不是省油的灯,颇费了一番手段,到底拿到了一半财产,没有便宜他一分。

感情的伤害是算不清的账,法律都不支持精神赔偿,所以物质上不吃亏,就已经足够了。

宽恕、原谅这些手段,是属于强者的,真有千万身家,那点损失转手就能赚到,谁都可以放开胸怀说:"我不和你一般计较。"但那些生存能力弱一点的人,需要应付的最大问题不过是活下去,并无资格讲风度和姿态。

有的人日子不幸福,错在不够好;有的人不幸福,则是错在不够坏。

这个"坏",不是阴险和怨毒,而是人不犯我我不犯人,不再僵化地被一个道德牌坊压制住自己,你对我好,我就可以更好,你对我坏,我自然用坏的回应你。

老天爷或许顾不到所有人的公平,但你自己可以化身判官,假自己之手去执行。

在薄情的世界里，要凶猛地活着

大概是被影视剧暗示的结果，很多人都觉得男人一旦出轨，情人肯定比老婆强，否则为什么要出轨呢，这事不好解释啊。

以前刘姨也是这么想的。

刘姨年轻的时候是个清秀的姑娘，到了四十岁也不显老，她爱干净，干活麻利，整天把自己收拾得体体面面的。

虽然高中毕业，文化水平一般，只是个工厂的工人，但她的日子过得并不枯燥，偶尔还写写文章，也不图发表，写完放在家里自己看。

刘姨生了两个女儿，一个像妈妈，一个像爸爸。刘姨的老公也是个工人，典型的大老粗，爱喝酒，愿意往外跑，不爱做家务，刘姨也习惯了，他外面事多干点，家里刘姨多操心点，市井人家的日子都是这么过的。

可就是这样的一个男人，竟然也出轨了。而且出轨对象是一个超级超级不像女人的女人，那人穿 42 号鞋，梳着男人头，膀大腰圆，100 多斤的大麻袋胳膊一夹就走。她哪里比自己好了，刘姨想不开呀，有一段时间，她几乎魔怔了，像祥林嫂一样，逢人就说："42 号鞋啊 42 号鞋……"用手比画着。

女儿都那么大了，夫家的人都劝她不要离婚，她自己也不想离婚。她是传统的女人，离开男人是传统女人最大的失败，她恐惧中年失婚女人的这种身份。熬吧，熬到他蹦跶不动了，自然就会回家了，多少女人都是这样过了一辈子。

她忍下来，不吵不闹，假装什么都不知道。但没什么用，男人心已经不在家里了，整天往"42 号鞋"家里跑。

开始的时候还找点借口，后来就是明目张胆地越回来越晚。她和"42 号鞋"的家就隔着一条小路，她家的前窗户正好对着她家的后窗户，她整晚地守在窗边看着自己的男人公然和别的女人相会，她心里苦得啊，没法说。气急了会捡石头偷偷打对面窗子的玻璃，或者一口口吐吐沫。

终于有一天，男人回来摊牌，不是刘姨希望的改邪归正，而是要求离婚，好和"42 号鞋"结婚。刘姨快气疯了，死活不同意。男人的蛮劲上来，日子也不好好过了，孩子也不管，回到家里看什么都不顺眼，成天找茬，动不动就骂骂咧咧，偶尔还对刘姨举起拳头。

就算是这样刘姨也不离婚，人人都说她男人是鬼迷心窍了，她也这么想。治个感冒发烧还要有个过程呢，更何况要忘掉一个大活人呢，再多给他点时间。女儿替她打抱不平，她还劝女儿不要恨爸爸，谁都有糊涂的时候。

刘姨的日子是越来越难过了，男人频繁动手，刘姨经常身上青一块紫一块的，开始还找借口说自己摔的，后来索性连借口都不找，邻居谁不知道是怎么一回事啊。

刘姨觉得自己顾了二十多年的脸在这几年都荡然无存了。后来她终于同意离婚，没别的，只因为有一天她被男人拎着头发拖出家门，她在一片混乱和疼痛中，用眼睛的余光看到"42号鞋"靠在自己门前悠闲地嗑着瓜子，用鄙夷的眼神看着她，仿佛在看一场演穿帮的烂戏。

这一刻，肉体上的疼痛比不上心里的痛更深，刘姨终于彻底对这个男人绝望了，为何要忍受这份屈辱，为何要这么糟践自己，都是过一天少一天的生命啊，都是爹生父母养的啊。

带着两个女儿，刘姨离开了家。开始刘姨整夜整夜睡不着，会用最恶毒的语言咒骂男人和"42号鞋"不得好死，后来也想开了，服气不服气，日子都得过，人是活的，事儿是死的，人不能跟事较劲。

再后来，她都懒得提起这两人——就当他们死了，心头这口怨气不可能完全消散，她只是做到将他们压缩在生命中最小的角落之中。

刘姨能干，心也善，经常有人给她介绍老伴，女儿大了，也都开通，支持她找一个。她见过一些,但现在的老头们都太精明了,或者说老头们的子女们都精明，都要求不登记，只把铺盖卷搬到一起住，女人的基本使命就是伺候老头到老。

还有的家里有房子也不打算让老两口住，就在外面租房子，活一天租一天，等有一天老头过世了，房子一退，对不起，你哪来的回哪去，任何财产上的纠葛都没有。

刘姨很快就想明白了："他们都是在找保姆，不是找老伴呢。"那还不如索性直接当保姆呢，还有钱赚。

刘姨到我家的时候正好50岁，是她帮我将儿子一手带大。有时候我们聊天，我问她："如果他回头求你，你们会复婚吗？"因为男人到底也没有和"42号鞋"结婚，大家都觉得他们还有复合的机会，连我妈都劝她，"男人还是原配的好"。刘姨斩钉截铁："就算地球上只剩下他一个男人，我也不会和他继续过下去了。"

心不完全是伤透了，其实也是看开了。刘姨偶尔也会羞涩地别别扭扭地说起爱情："女人谁不想要男人疼呢，有爱情当然好了，但如果随便找个坏男人过，还不如自己一个人呢。"

前几年，刘姨的前夫癌症晚期，亲戚们又找上门，劝她将前夫收留回来："好歹也是原配，你不管他就没人管他了。"

刘姨只有冷笑："我就那么稀罕当原配吗？"刘姨放话，女儿照顾他爸那是父女感情，她不会拦着，但她自己肯定不会帮忙了。

那场婚姻是噩梦，她既然爬上岸，就断然不可能再回头。"两口子就像买一张船票过河的人，到岸，船票就作废了，你能拿着旧船票要求再过一回河吗？"

这么多年，刘姨一直是一个人。她恋爱过，像个小姑娘一样地写着情诗，但她并没有选择结婚。

两个女儿都不在身边，偶尔她们会替她犯愁："老了身边也没个人照顾怎么办？"她很潇洒："不能动了我就把房子一租，去住养老院。"她算看透了："你以为你现在有男人，等老了就一定能指望得上了吗？"

刘姨说，女人这辈子愁事太多了，没嫁的时候担心没人要，嫁出去又担心守不住男人，其实想开了，看破了，有什么啊。谁不是孤单单地来，又孤单单地走，再好的夫妻都有撒手的时候。"你见谁家两口子一起走的？一起抬出去，那是煤气中毒。"曾经一本正经的刘姨也学会了幽默。

前几天和一个中年离婚的朋友聊天，她说原来以为家里没一个男人很多事情女人都应付不了，现在才发现，"除了合法生育外，男人能做的事，钱都可以代替"。以前马桶坏了她只知道喊"老公，快来"，现在发现原来一个电话，就会有专业人士来解决问题，"一切水电煤气搬家装修打扫卫生都可以找家政公司搞定"，从这一刻起，她因为离婚所带来的无助感开始消失。

用她的话来说："当我恢复了直立行走，我才发现，自己死活不能放手这个男人，并不是因为爱，而是自己的依赖、胆怯和无能。"

现在她的核心任务是努力赚钱："钱买不来体面，但有钱才能确保尊严和体面得以实现。"再婚这件事情她也看得特别淡："我能活到七十五就差不多了，还有三十年的生命。这三十年中，工作，挣钱、锻炼身体、四处旅游、陪儿子、带孙子，任何一件事，都比伺候一个老头子有意义。"

有合适的就拿来恋爱，她并不抗拒男人接近，只是："欢迎骗色，拒绝骗财。"

是的，人到中年，要看紧自己的荷包，因为钱比男人更可靠更管用。

我在她身上，仿佛看到了刘姨的影子。单身女人的人到中年，比一般女人更为难过，人人都觉得一个女人这么活不像话，老了还是得找个男人挂靠着。但要想被男人收留，你就得处理、大贱卖，接受被盘剥的命运。那些刘姨们啊，世道对她们虎视眈眈，缺少友善。

即使这样，她们也努力活下去，即使磕磕绊绊跌跌撞撞。人生从不完美，每个人都有旁人看不见的眼泪和伤痛，她们的尤其多，但她们长得像野草，知道无人看顾所以必然要比其他人更多一点坚强。

电影《生活秀》里，苦命的漂亮姑娘来双扬在母亲去世后，摆小摊把弟弟妹妹养活大，为了生存，她变得泼辣精明。经历了一次短暂的婚姻之后，她留在熙熙攘攘的吉庆街卖鸭脖。

弟弟进了戒毒所，哥哥嫂子把孩子丢给她，来家的房子被别人抢占不归还，暧昧对象卓雄洲若即若离——在这样复杂的环境中，来双扬依然高昂着头。每天晚上，她拿着菜刀熟练地剁着鸭脖，一刀一刀，仿佛将所有的坎坷和不顺利都从这股力量中发泄了出来。

在这个薄情的世界中,她凶猛地活着,每天都像一场战争。也许有人会感叹,那么美的姑娘要是温柔点会更可爱,但生活需要有股狠劲,不够狠的人会在涕泪交流之间错失与幸福的会面。

也许每个看起来强势到无所畏惧的女人都有自己的伤心事,世道无情,收走了她们温柔婉约的那一部分美好,她们学会了,唯有凶猛地活下去,才能让生的恐惧一点点消散,新的命运逐渐现出眉目。

如果男人出现了出轨前兆

都说在事关男人出轨的问题上,女人有福尔摩斯一般的智商和预感,这话说得太对了。

根据我在生活中的观察,以及从情感咨询中得到的实践来看,当女人心头的雷达启动,小红灯闪烁,99% 都是准确的,绝大部分拍着胸脯信誓旦旦地叫嚣"我是冤枉"的男人都不怎么干净。

区别就在于到底走出了多远,有的是刚开始活动心眼,有的是已经蠢蠢欲动,有的是已经彻底失控。

其实男人都很幼稚,或者说想要出轨的男人都很蠢。他们一旦想要情感走私,就会利令智昏,行动上露出马脚。发微信不知道删除、突然不爱回家、有电话当场不敢接、半夜三更上网聊天、对老婆十分不耐烦,一切变异都昭然若揭,稍微细心点的女人没有发现不了的。

但要真的拿到了男人出轨的实锤倒好办了，难的就是那种有了出轨前兆、还没有真正发生实质性问题的最叫人头疼。你要逼他承认吧，还没确切的证据。你听着他欲盖弥彰的解释吧，又觉得对自己的智商是一种侮辱。你不理他，他正好蒙混过关。

男人都不会主动承认自己有非分之想，他们当中默认的规则就是即使被老婆从被窝里拎出来，也要坚决说"我没进去"，进去了也说没动，动了也说没射，反正只要没抓到实质性证据，就死活都不认账。

承认了就完蛋了，不承认永远是无辜者。

他们吃定了女人不会因为这点小事就怎么样，你吵你闹，他们哄一哄就没事了。大多数女人都不会因为一点出轨前兆、几个短信、查无实据的风言风语就真的去离婚，男人心里比什么都明白。

女人的吵闹并非为了得到男人出轨的结论，恰恰相反，她们想要得到的是反向的证明，就是男人拼命否认，"我没出轨，我真没那想法"，用这些话来安抚自己的恐惧。

在这个角度上，男人和女人是一对合谋。他必须撒谎，她其实也希望他撒谎。若是男人真的承认了，女人可能就傻了，因为很多人根本不曾真的有心理准备去面对真相。

所以遇到男人出现了出轨前兆，非要纠缠出轨不出轨是没有意义的，无法证实的事情，只能各执一词，吵到最后也是无用。

燕南也曾经遇到过这样的事情。

她老公有个多年的同学，因为是同行，所以经常在一起交流职场心得，两家关系也不错，偶尔还会一起旅游。后来她发现他们越走越近，由公开聊天转为私聊，聊天记录经常也会删除，还时不时地发一些"梦见你了想你了"之类的话，眼看着是往婚外情的路子上去发展。

她不动声色，找机会休了年假，带着老公去旅行，每天两个人在一起吃吃喝喝打打闹闹，感觉像回到了蜜月期一样，而且天天腻在一起，男人也没有时间拿着手机聊天。

一天晚上，他们躺在海边的躺椅上，听着海浪声，仰望星光，在这么美好而浪漫的氛围下，她和老公开始交心。"亲爱的，你有没有对别的女人动心过？"老公被如此良辰美景麻痹了，开始坦白："最近我是有点喜欢某某。"她没有翻脸，而是柔声说："我看出来了，某某这人的确有很多优点，我是男人也可能会喜欢她。"

然后，她又说："不过咱们两家这么熟，还是应该克制一下，否则你俩有什么事，我倒无所谓，离婚就是，可她老公还是你的上司，你的事业前途就别想要了。"她老公好似一下子就清醒了过来，抱着她掉了眼泪："我也知道自己在玩火，对不起，我不会了，你可别离开我。"

结束旅游之后，她又抽时间组织了一个饭局，请了若干朋友，也包括老公的那位同学。席间她给同学敬酒，感谢她在事业上对自己老公的帮助，还十分体谅她："女人在职场上真的不容易，我很理解，你和男人走得近了一点吧，别人就传闲话，像你这样又把事情做好，又能把关系处理好的，真难得，我以后应该向你学习。"

真诚、体贴、大气，她表现出了一个女人真正的优雅，让人为之臣服。对方也是个明白人，知难而退。

事后燕南和朋友交流，她说："我倒不是惺惺作态，我是真的挺理解这种关系的，男女接触多了，很容易生出感情，如果他们能结婚，也不见得不幸福，只可惜，是我先到的，他们要接受这个现实。"

面对男人的出轨前兆，女人不必惊慌失措，淡定一点来处理，才是最聪明的做法，看起来不够解恨，可是很有效。

在漫长的婚姻中，每个人都有犯糊涂的时候，也都可能会有动了歪心眼来点小猫腻的冲动，女人最终的目的不是为了证实男人出轨，而是要制止他不再出轨。这是夫妻双方对于婚姻最起码的责任。

男女之间过招，无需歇斯底里的恐吓："你要是出轨我们就离婚！"说到做不到的事情就不说，你只需要身体力行地保护自己的婚姻，让他看到，你其实什么都明白，但你愿意给他留点脸。

说到底，女人如果想解决男人出轨前兆，必须心头挂一个勇字，不畏惧离婚这个结果，在这段关系中不弱势，才可能真正冷静自如地处理问题。

有些女人，太害怕离婚，太不敢面对男人出轨的事实，太习惯看男人脸色，已经不知不觉堕入最弱势的位置上，也会同时丧失了讲价钱、谈条件的资本。

致离婚的你：一个人的路，也要好好走

离婚了，生命遭受巨变，曾经的爱侣各分东西，自己再次回归了一个人的世界。

一本离婚证书并不能真正结束一切，掩盖掉曾经的爱与恨，还有一些东西在婚姻已经消亡之后依然来打扰着你。今后的路，应该怎么走？

1. 不要让孩子参与到离婚后的父母纠纷中。

父母离异，已经是对孩子的一种辜负，那么在离婚之后，尽自己所能尽量减少对孩子的刺激和改变，给他（她）不比婚姻未破裂之前更少的关爱，这是每个为人父母都应该想到的责任。

是，每个婚姻走到离婚的时候大家都曾经被对方伤害过。但即使那些失败的婚姻，有过最坏的时候，也有过最好的时候，让你哭的人，也一定曾让你笑过。每个人生命中都不可避免地被亏待过，被伤害过，如果一定都要背上它们行走，这样的道路该走得多么辛苦。

随着婚姻关系的结束，今后两个人在法律上已经没有任何关系，除了孩子。就算我们想追讨那些不满，也失去了一个合情合理的平台。

而且，在所有育有孩子的离婚夫妻之间，因为孩子的教育和费用等问题，永远无法做到彻底隔绝。关于这些问题，要保持平和的心态和对方协商，在不影响自己生活质量的前提下，尽量给孩子良好的物质环境。

不要让孩子成为夫妻之间争斗的牺牲品，仇恨解决不了任何问题，除了让你继续沉沦于过去的日子中，不会有别的好处。

要惩罚一个人，离婚已经是最好的表达态度的方式。如果觉得对方不堪，觉得对方对不起自己，那么让他（她）失去自己这样有价值的伴侣，难道不是一种发泄怒火最好的态度吗？就不要在一点点金钱或者物质的联系上，在子女的抚养问题上刁难对方，激怒对方，以至于自己丧失了稳定的心态，让孩子得不到尽可能完整和健康的爱和关心，给孩子笼罩上巨大的心理负担和压力，影响孩子一生的成长和心态。

这样的狭隘和固执，会让你在收获了失败的婚姻之后，还继续收获失败的后半生。

要学会做一个不记仇的人，为了孩子。

2. 学会与过去告别。

离婚不是一种固定不动的状态，它只是一个阶段的一个选择，终究你还是要跨越这个阶段向前走。

离婚也不是一句号令，一声令下以往的一切都会烟消云散，过去曾经在枕边亲密无比的那个人就会迅速远离。不，你和令自己又爱又恨的那个人的纠缠可能会在离婚之后继续延续，人类最痛苦的就是想要忘掉自己不能忘掉的人和事。

有时候，只要一看到那个人，马上就会回到过去的状态中去，甜蜜、痛苦、无望、愤懑、嫉妒等等复杂的情感一起开始纠葛，也爱着，也恨着，也许终其一生有的人也学不会如何平复心态，伤得太重，终于彻底失去了痊愈的希望。

有时候，这婚离得太惨烈，或者太文明都会让离婚后的日子变得难过。前者是所有的平衡和温情都打破，以至于连陌生人的关系都无法还原；后者是夫妻之间固有的牵念和形态没有经历过被摧毁的过程，以至于在感情上很难感受到离婚的状态。前者是无法接近，接近了就是摧毁；后者是不能接近，接近了就是还原。

所以，当你已经经历了那样的痛苦将婚姻分开，就不要再试图在离婚之后寻找夫妻曾经有的默契和感觉、责任和承担，应该学会将曾经的爱和人定格在一个适当的安全距离上，不要过多地介入去打扰彼此的生活，也不要用一些冠冕堂皇的借口来掩盖自己好奇和不甘心失败的心情。

也许有人会幻想离婚后还能做朋友的完美境界，但是那需要建立在双方都有着同样的愿望并且都能理性把握的情况下，其中如果有任何一方做不到，就很容易再次沦为离婚之前那种牵扯不清的状态。这无论是对后来的婚姻还是自己的生活，都是不负责任的一种态度。

离婚之后，就做一个熟悉的陌生人也没什么不好，看见的时候，点头微笑，不见的时候，沉默无语。

3. 慎重选择再婚。

一段婚姻的结束，并不能一下子停止所有的关系和纠缠，尤其是有了孩子，更是如此，终其一生，可能都无法摆脱这千丝万缕的联系。

所以，当你选择再婚的时候，就是自动地选择了和对方以及自己的过去与未来一起生活，好与坏，权利与义务，全部都要参与，都逃不开，并不仅仅是分享你的现在。所以，再婚的时候就要充分考虑到这种复杂和艰难，给予充分的心理准备。

关于再婚家庭，并不太适用那些只要自己努力以心换心就会有好结果的原则。有些隔膜和纠纷是必然的，和对方的子女以及对方过去的婚姻之间，本身就是非常微妙和矛盾的关系，不可能仅仅由于一份诚意就会冰消雪融，尽释前嫌，满堂和乐。

走过一段婚姻的人，常常会有着自己对于婚姻某一个层面的深刻体会和失败的教训，这会让你变得更加谨慎、胆怯，也会让你对某一方面的问题存在着挥之不去的阴影，影响着你在下一段婚姻中的判断。

有时候，一个人可能在第一场婚姻中不能忍受一些东西，却在第二场婚姻中学会了忍耐,这就是被伤后的感悟和畏缩。因此在再婚的过程中,应该能够正确区分过去什么样的经验才是值得借鉴的,什么才是维持婚姻的关键,既不要因噎废食无原则地退让,也不要杯弓蛇影处处都要戒备。给自己一个端正的心态,心理上准备充分,行动上清醒理智。

现实中,再婚的选择可能更现实、更功利、更物质,感情的成分被压缩,实际的部分被扩大。这也是无奈的现实,正视这种现实也是一个人成熟的标志。

但是在承认社会的苛刻的基础上,也应该看到,仅仅是功利和物质,缺乏必要的情感份额,将会为本来就艰难的再婚之路创造更艰难的生存环境,一颗受过伤的心,更需要温暖的呵护和真诚的关怀。

再婚更需要有基本的感情和尊重,否则,不如不要轻易进入婚姻。婚姻只是代表一种生活方式,不代表一个人成功还是失败。

4. 在挫折中重生。

这个社会对于男女离异的态度是不同的,女人离异所遭受到的心理打击,和重建新生的难度,都要比男性更大。这是事实,不能不面对。

有时候,为什么拥有了知识、地位和修养的现代女性,遭遇到婚姻裂变的时候,会表现得比过去的无知妇女更懦弱呢?这是因为当代女性正处于时代的夹层中间,经济上独立了,精神上还不够解放,越是有社会地位的女性,越爱面子,虚荣心以及所谓的修养束缚住了她们应对挫折的能力。

面对不幸福的婚姻，很多女人不敢放手一搏，不够泼辣，缺少一种活生生的斗志，怕人说不够优雅，没有修养，没有办法说出心里最真切的感受。所以，就会被对方掌握住弱点，在婚姻之内一再放纵。

传统的教育中，告诉女孩子从小就要做好人，但是做好人的结果不是为了要被坏人欺负，是要比坏人生活得还好的。如果，做好人做到被人侵害，那么就说明，这种好，只是枷锁，不要也罢。

成年人无法选择不被人伤害，但是可以选择远离伤害。与其在一个不爱自己的人面前苦思冥想，追问他们为何对你不善，还不如直接忽视他的一切。

婚姻失败给女人带来的痛苦往往在于对男人还抱有期望，还有所要求，还不甘心，如果把根源切除，认识到他之所以能够伤害你只因为是你给了他这个机会，那么就会终结这个糟糕的循环。

女人不是全部为婚姻而活的，家庭不应该是女人生命的全部。

女性和男人都一样，在这个社会上立足，凭借的是自己的能力、智慧和手段，只要有独立生存的本领，活出自己的个性和光彩，就不怕没有人珍惜。

和一个人的平庸、无能、琐碎相比，婚姻的失败是最小的事情了。即使是在婚姻中，能够依靠自己的独立生存能力赢得伴侣的尊敬也很重要。

婚姻的失败是一种人生的挫折，这种挫折也会呼唤出一个更强大和无畏的你，你如果在挫折中得到重生，那个新生的你将是

/ PART FIVE / 再亲密的感情都要有退出机制

你未来最大的财富。

　　曾经，习惯了两个人走路，现在一个人奔向了另外一个方向，留下了你一个人。

　　短暂的徘徊之后，一个人的道路，也要好好走，慢慢走，那些曾经被忽略的景色，一一在眼前呈现。一个人，看得更仔细。

　　一个人的时候，风来了，雨来了，自己遮挡，自己躲避，你是自己的王，在自己的国度中找到了真正的自由。

你怎能眼睁睁地看着婚姻死亡

人的性格多种多样，简单区分的话，大概可以分为积极的和消极的两大类。

积极的人，习惯看到问题，解决问题，从不逃避问题，无论自己能力大小，都会尽全力，然后才能对结果无怨无悔。

消极的人，习惯拖延，躲着自己的问题走，忽视自己的能力，宁可默默等待最坏的结果到来，也不愿意主动去抗争或者主动做出一个选择。

A女士可以算是比较典型的消极人。她和老公是经人介绍认识的，婚前也没怎么了解对方，就草率地结了婚。结婚之后发现双方差异大，无论是生活习惯还是思维方式都不一样。

他们尝试过沟通，但也不怎么奏效，她的心就淡了，干脆不再寻找感情寄托，只是努力工作，照顾好孩子。

她不爱他,也不愿意和他过夫妻生活,总觉得累和烦。有时候觉得自己不对,勉强也配合,可从内心深处还是不想这样难为自己,大多数他提出来的要求,她都会拒绝。

前几天,她看他的聊天记录,看到他加了一个陌生女人的微信,诉苦说自己的老婆是性冷淡,自己的需求得不到满足,孤枕难眠。本能告诉她,他这是在聊骚,在内心深处,她已经有这样的预感。即便如此,她还是不愿意对他示好,只是希望他能洁身自好。

像这样完全被放弃经营的婚姻,发展下去会是什么样,完全可以预言一下:

他的情感需求在老婆那里常年得不到满足,一定会出轨——现在已经有这个迹象了,只差一点外界的推动和合适的人选,找一个能够满足自己的人,然后被女人发现。

因为出轨男人对婚姻更加冷淡,女人对男人更加厌恶,两个人天天争来吵去,最后,必定有一个人先忍受不住,或者是他,想要离婚和新欢结婚,或者是她,被他彻底搞伤心了。

我见过太多这样的故事和套路了,失去质量的婚姻,就像一座摇摇欲坠的危楼,你不知道它什么时候会垮下去。让一个男人在家庭中不幸福,性得不到满足的情况下为老婆守贞,不犯错误,不出轨,那简直是太难了。反过来,对于女人也是这样。

A女士逃避解决问题,就是不想做出离婚的决定,所以打算这么凑合着过下去,假装事情不会再糟下去。但拖延、逃避,解决不了任何问题,只会让情况不断地恶化。忍来忍去,结果很可能还是离婚。时间早晚的问题。

　　任何事物都是在发展中的，没有可能停留在一个境界不改变，被动承受就是等待被动地被别人改变，也等于是把自己生活的决策权交出去。

　　放弃努力的唯一好处就是到最后可以把婚姻失败的全部责任都推到对方身上："你不忠诚，你出轨。"但领到一个受害者的名头对女人又有什么用呢，离婚毕竟不是你希望的结果。

　　不要逃避，不要消极，不愿轻易认输，不要眼睁睁地看着婚姻死亡，那对自己的生活太失职了。应该再努力一下，这不是为了他，而是为了自己。每个人都应该对自己的选择负责，然后才能对任何结果都不后悔。

　　改善婚姻从哪里入手，性是最好的切入点。

　　在很多婚姻中，只要还有性生活，保持恰当的频率，其实就有得救。

　　男人的性连着感情，不要觉得他们是禽兽，夫妻关系不好，居然也能睡得下去，这恰恰是男人的一个弱点，反过来说，你和他睡好了，感情也会好。你完全可以通过性生活的改善，促进婚姻质量的提高。

　　女人对于性事的不热衷，常常和性被动有关，认为这是男人享受、女人受累的事情，所以从心往外不爱配合。尤其是当女人对男人有怨气的时候，更会下意识地用性来作为惩罚，故意不满足他。

性不是惩罚，而应该是个杠杆，女人可以用它撬动男人的心。

要让男人意识到，想要完美的性生活，就要帮助老婆分担家务，照顾孩子，老婆心情好了，身体不那么疲惫，他才会有"福利"。

当然，女人不能把它说成是一种要挟，而应该是递个暧昧的眼神给他："快点帮我把地拖了，然后早点把宝宝哄睡了，咱们晚上就可以……嘿嘿嘿。"男人肯定屁颠屁颠地给你干活，肯定像上了发条的机器狗一样卖力气。

性不是单纯男人的享受，女人自己也需要，要让男人学会取悦女人，一次完美的性生活胜过一次完美的SPA（水疗），能够大大降低内心的焦虑。

落入不够完美的婚姻中，不要束手就擒，不要眼睁睁地看着婚姻死亡。要折腾，要改变，除非，当一切都无法逆转，再彻底放弃。

丧偶式婚姻，真的只有离婚一条出路吗？

时下一个新词火了，"丧偶式婚姻"，指的是那种女人一个人带孩子，一个人包办家务，男人只管当甩手掌柜，如同丧偶一般的婚姻。

好多女人一听到这个词就觉得找到了组织，自己的委屈有人懂了："怪不得我经常觉得我家这位男人可有可无呢，原来我过的日子就是丧偶式的日子。"我一位女友有一种恍然大悟的感觉。

老实说，我不觉得现实中真的情况严重到有大量丧偶式婚姻，但这种倾向绝对是一直存在的。

中国男人不爱做家务，总觉得整理内务、照顾孩子，都是老婆的事情，即使两个人同时都要外出工作，女人依旧需要在工作之外，照顾家庭多一点。

有些男人当中甚至有一种这样的小气候，谁恋家、疼老婆、爱孩子，就会遭到鄙视，认为是"没出息"，所以有的男人还得偷偷摸摸地做个好男人，当着朋友面装着自己其实挺不在乎家庭的，唯恐被自己的群体排斥。

这也不是中国男人独有的问题，看美剧《人人都爱雷蒙德》，主人公雷蒙德每天下班就想瘫在沙发上看电视，而老婆黛布拉则希望他可以分担些家务，多照顾下孩子，两个人总是因为这件事闹矛盾。

有一次，雷蒙德一下班，黛布拉就给了他两个选项，一个是陪大女儿爱丽做家庭作业，另外一个是带双胞胎儿子去洗澡。雷蒙德先是不假思索地决定带儿子洗澡，然后看了看两个儿子弄脏自己的程度，又改了主意："我还是陪爱丽做作业吧。"

但是作业好难做，居然还要制造一个全球海洋系统的模型，雷蒙德做到崩溃，晚上向黛布拉抱怨，黛布拉冷笑："这种事我都做了几百万次了。"

在这部经典之作的弹幕中，网友一致认为："黛布拉居然没有和雷蒙德离婚，绝对是真爱。"

雷蒙德真的很像我们中国男人，因为在自己的原生家庭中被妈妈照顾得无微不至，所以心理不成熟、懒散、逃避家务劳动，总想自己偷偷去打高尔夫球，有时宁可在办公室耗着，做无聊的游戏，也不愿意回家照顾孩子。

但黛布拉之所以耐着性子接受他的一切缺点，是因为雷蒙德对家庭还是很有责任感的，他辛勤工作，赚钱养家，深爱老婆和孩子，虽然总是气得老婆无语，不过善于承认错误，胆小，吓唬吓唬就老实了。

看雷蒙德和黛布拉长达十季的婚姻，就是一场漫长的战斗与妥协的过程。这是一部非常生活化的剧集，他们的矛盾就是我们每个人的婚姻中都会存在的问题，有好多次，观众都认为唯有离婚才可以解决问题，但最后，还是被他们妥善化解了。矛盾并未彻底消除，但同时，生活也在悲喜之间继续向前。

这部剧给了我们一个启示，即使丧偶式婚姻也不见得只有离婚一条出路，意识到问题的存在，去磨合、改变、调整，如果感情和责任尚在，婚姻就有改善的空间。

给所有遭遇丧偶式婚姻，或者想要避免丧偶式婚姻的女人支几招：

1. 建立规则，一定要趁早。

两个人都上班，赚着一样多的钱，但回家之后，有的男人就认为女人得多干家务，自己可以躺着享受，这种轻视女性的劳动，扭曲的不公平的概念是谁带给他的？往往是家庭教育。

如果一个男人的原生家庭中就有这样的结构，妈妈能干，爸爸懒惰而不尊重妈妈的付出，那么他头脑中可能天然地就认为女性在家庭中应该更多付出，未来他也会对自己的妻子有这样的要求。

注意到男人的这种心态，并且争取早日扭转他们的错误认识，就很重要。

我有位女友，老公是个事业有成而又顾家的男人，十分令人羡慕。

问她的驭夫心得，很简单："婚姻需要有规则，而立规矩，就要趁早。"

每个女人都有在男人心中最金贵的一个阶段，那时候男人靠着殷勤体贴讨得女人的欢心，姿态放得很低，什么要求都能答应，她就趁着这股子热乎劲，抓紧让男人接受自己理想中的婚姻模式。

她和他一起分担家务，一个做饭，一个刷碗，一个拖地，一个洗衣。新婚，总是有甜甜蜜蜜说不完的话，干活也不知道累。

他犯懒，不爱干活的时候，她也不会一边自己忍不住干了，一边还要骂他，结果吃力不讨好。她会说累就歇一会儿，一会儿再干好了。态度总是很好，只是绝不惯着臭毛病。

她的婚姻一开始就建立了良好的规则。这所谓的规矩，并不是僵化地执行谁洗碗、谁做饭这样的小事，而是在生活目标和原则上的统一。应该怎样看待家庭，夫妻关系如何定位，应该有什么样的婚姻价值观，等等原则问题，都在两个人走进婚姻之后敲定成功。

好丈夫一直是好丈夫，外人只看得到结果，看不到这其中水里来火里去的磨合。

很多女人的失误就是规则建立得太晚，刚结婚新鲜劲还没过，觉得扮演贤妻良母挺过瘾，逐渐把家务都承包了下来。等发现男人已经习惯了当大爷，就太晚了。

2. 女人，太能干就是你的原罪。

不得不说，有一部分女人的丧偶式婚姻完全是女人自己惯出来的。她们贤惠无比，骁勇善战，认定家庭和孩子就是女人的全部战场，自己一个人肩负了老公和老婆两种职能，男也做得，女也做得，久而久之，男人就靠边站了。

我姐就是这样能干的女人，她一直看我不顺眼，嫌弃我依赖性太强："你家给猫咪喂药居然要两个人一起来？我一个人就能干。"她什么都可以一个人干，买菜、做饭、送孩子上学，我姐夫整天笑眯眯地过着幸福悠闲的小日子，可她时不时也会委屈，觉得自己没人疼，嫌弃姐夫太懒惰，她就没意识到问题就出在自己太能干上。

家庭概念这东西是需要培养的，没办法从天上掉下来。要想让男人建立这种概念，从一开始女人就不要那么能干，不要天生就认为家务和孩子是女人自己的，一定要分出一部分工作给男人。

比如给猫咪喂药这种事，你说一个人到底能不能搞定，肯定也没问题啊。但有他在身边，为什么不用，为什么让他一个人看着我忙？当我给他传递出"你很重要，我需要你的帮助"的时候，对他而言，也是一种认可。只要方法得当，他是很愿意参与其中的。

人的行为一旦形成了惯性，就会下意识地沿着惯性前进。所以生活中经常会有这样的搭配，不能干的女人，都找到了能干的男人，而能干的女人，往往也培养出了不能干的男人。

凡事都是过犹不及，太能干，就不是女人的优点了，反而变成了一种缺点，它妨碍和排斥着男人进入家庭生活，承担自己的角色。

3. 别要求过高，破坏了男人的积极性。

我有位男性朋友，他说自己在儿子小时候从没有单独带孩子出去玩过。这么说，他也属于那种极度不称职的父亲吧？

但他又说了，不是自己不想陪孩子："是孩子妈妈和我丈母娘不让，她们害怕我把孩子给弄丢了。"

他老婆和丈母娘都十分宝贝这个孩子，宝贝到除了自己，别人谁都不放心带的程度，包括孩子的爸爸。"她们总嫌弃我什么都干不好，我做的事情她们都会返工做一遍。"

这位朋友后来也成了家里的甩手掌柜，不是他想，而是办事不达标，遭人嫌弃。

做家务，陪伴孩子，都是需要大量的耐心和技巧，十分考验情绪稳定的事情，男人的天性中缺乏这样的基因，所以他们做的事情按照女人的标准，基本上都会有纰漏。

这时，如果女人总是批评或者挑三拣四，要求男人遵照自己的方式做事，男人的积极性一定会被破坏，他们就会找到借口："反正我做了你也不满意，那我干脆不做了。"

为了鼓励男人投身家庭生活，女人真的需要狠下心来，即使弄乱了搞砸了一些事也要咬紧牙关，少批评多赞美，哄笨鸭子上架。

在国外旅游，经常看见那种超级奶爸，一个人带着好几个孩子。他们带孩子的方式十分粗糙，有的爸爸任由孩子在太阳下晒得小脸通红，也不记得把童车的遮阳篷放下；有的爸爸在草地上看书，孩子在一边专心致志地向水边爬，爸爸一抬头，看快爬远了，走过去一把揪过来，照样低头看书；有的爸爸给很小的孩子买冰激凌，让孩子自己吃，吃得满头满脸脏兮兮的。这种种陪伴方式，全都是我们当妈的看了会暴走的，但可能外国妈妈心大，她们把孩子交给爸爸就不管了，自己只自顾自地走在一边。

相比母亲的细致，爸爸的简单对于孩子建立完整的人格同样有益处，适当学会放手，容忍男人和自己不同的教养方式，男人做爸爸会更有兴致。

4. 太贪玩的男人，要釜底抽薪。

有位读者曾经咨询我，她烦恼的问题是老公太贪玩，几乎每天都要在外面吃吃喝喝，经常夜里12点左右回家，偶尔通宵不回。

其实婚前这个男人就是这样，爱玩、喜欢和朋友喝酒聊天、K歌之类，但那时男人经常带着她，便没有矛盾。她以为男人没结婚都爱玩，结婚了就好了。结果婚后他照旧那样玩，不着家，她就受不了了。

男人为什么就是不爱回家，阴谋论者大概要猜，会不会是因为家庭没温暖？可她说了："我使劲对他好，给他端茶送水，捏腰捶背，把换洗的衣服干干净净放他床头，经常变换家里布局，给他端洗脚水，他似乎显得满足，但仍旧同样地玩。"

这种男人是创造丧偶式婚姻中的主力军，他们自私，不成熟，缺乏家庭观念，结婚了也想过单身生活，靠感化是没用的。

他们能在外面这么安心地玩，一个基本前提就是对家庭放心，对老婆放心，后方大本营稳固，前方将士打仗才有劲。对付他们，就得釜底抽薪。

要让他们知道，女人不会安心等在家里的，女人也有自己的事情，比如朋友聚会、聚餐、旅游，把家和孩子都丢给他，让他尝尝每天在家里等人回来是什么感觉。这不是简单的"你玩我也玩，咱们一起把家拆散"的做法，而是女人要把自己的位置从黄脸婆的身份中摆脱出来，丰富自己的生活，不做闺中怨妇，才能促使男人反省自己的行为。

婚姻不是单方面的生活，是两个人共同的功课。一段婚姻关系的失衡，常常意味着两个人都站错了位置，就好像跳舞，只要有一个人出错了脚，就步步错。重新调整后，用正确的步伐再次起舞，也许这一次，一切会不同。